百家小集

王鹏程 —— 著

长安市上醉春风

广东人民出版社
·广州·

图书在版编目（CIP）数据

长安市上醉春风 / 王鹏程著. —广州：广东人民出版社，2023.5

ISBN 978-7-218-15581-4

Ⅰ.①长… Ⅱ.①王… Ⅲ.①散文集—中国—当代 Ⅳ.① I267

中国版本图书馆 CIP 数据核字（2021）第 263210 号

CHANG'AN SHISHANG ZUI CHUNFENG
长安市上醉春风
王鹏程　著

版权所有　翻印必究

出 版 人：肖风华

责任编辑：马妮璐
责任技编：吴彦斌　周星奎
装帧设计：徐　奎

出版发行：广东人民出版社
地　　址：广东省广州市越秀区大沙头四马路 10 号（邮政编码：510199）
电　　话：（020）85716809（总编室）
传　　真：（020）83289585
网　　址：http://www.gdpph.com
印　　刷：三河市中晟雅豪印务有限公司
开　　本：880mm×1230mm　1/32
印　　张：9.25　字　　数：180 千
版　　次：2023 年 5 月第 1 版
印　　次：2023 年 5 月第 1 次印刷
定　　价：88.00 元

如发现印装质量问题，影响阅读，请与出版社（020-85716849）联系调换。
售书热线：（020）85716833

王鹏程印象

——序《长安市上醉春风》

王彬彬

广东人民出版社要出版王鹏程一本书，名曰《长安市上醉春风》，是其散见于报刊的文章的结集。鹏程嘱我作序，并发来书稿的电子版。目录中，文章分为上、下两编，上编《怀人忆事》，是对一些人物印象和过去生活的回忆，人物印象，所写的有些是故人，例如陈忠实先生，例如红柯先生。下编《品鉴钩沉》，有几篇是对批评家的评说，例如李建军先生，例如黄伟林先生，还有就是对一些文学史问题的新探讨。

我记得，张燕玲女士主持的《南方文坛》，2017年曾在《今日批评家》栏目推介了王鹏程，我当时写了一篇短文《王鹏程印象》，用来权作这本《长安市上醉春风》的序，也还合适。现把那篇文章抄录在下面：

是十几年前的事了。王鹏程报考我的博士，看材料，"出身"不大好，没有读过本科，是以中师毕业的身份考硕士，硕士毕业学校也不是那什么"211"和"985"。但看他附在材料里的文章，却颇不一般。行文平实、论述扎实，水平远高于通常见到的硕士毕业生的作品。我于是怀着期待等待他的考试结果。结果是，他的专业课85分，在报考我的考生中是第一名，而英语差了3分。那些年，南京大学博士招生的英语试卷之难，是出了名的。许多专业很优秀的人因为慑于英语而放弃了南大。也有许多专业很优秀的人，鼓足勇气报考了南大而终于栽在英语上。英语差3分，不能录取，但3分毕竟不多。第二年，鹏程又报考了。成绩揭晓，仍然是专业课85分，第一名；仍然是英语差3分。这样的巧合给我留下了深刻的印象。我也不敢劝他再考。第三年，鹏程考入了别的学校。其实，当时我如果争取一下，给研究生院打个报告，请求破格录取，虽然我人微言轻，也还是可能的。当时不知我为什么没有这样做。这些年来，我想起此事便有些后悔。

后来我就一直关注鹏程。这些年来，与有些青年才俊比，鹏程的学术成果，在量上不算多。其原因，大概有二：一是生活和工作上都有不少麻烦要应付，用于专业研究的时间有限；另一个原因，就是学术态度严肃认真，不轻易动笔。虽然在数量上不算多，但鹏程的文章，真可说是"一篇是一篇"，每一篇都有一定的分量，我没有见过鹏程写过那种很轻浮很荒谬的文章。

价值观念的"正确"，是鹏程特别值得称道之处。我当然知道，价值观念难以有"正确"与"错误"之分，所以我把"正确"加上引号。我所谓的"正确"，当然是指鹏程信守的基本的价值理念，是我所认同的，是我所认为正确的。在文学研究中，价值观念很重要。在中国现当代文学研究中，价值观念尤其重要。我所谓的价值观念正确，无非是认可、尊重人类生活的一些常识，无非是表现为具有一个心智正常之人、一个知识分子应有的良知。价值观念的不同，会使得对一个作家、一部作品、一个文学史问题，有截然相反的评判。这些年来，在中国现当代文学研究界，一些青年人在一些中老年人的带领下，把践踏常识、背弃良知的勾当干得十分起劲。明明是一钱不值的作品，非要说其有伟大意义不可；明明是非曲直清清楚楚的事情，偏要胡搅蛮缠，把水弄浑。鹏程则一直保持着清醒的头脑，没有成为这类青年人中的一员。

鹏程也没有赶过"理论先行"的时髦。所谓"理论先行"，是手中先握着某种理论，然后用这种理论去套文学作品和文学现象，用中国现当代的文学作品和文学现象去印证那种异域的理论。多年来，在中国现当代文学研究界，不少年轻人在一些前辈的示范下，一开始就走上了以理论套对象的路子，在研究任何一个问题前，手中必须握有至少一种理论，有时是握着一把理论。手中有理论，一时找不到可套的对象，也会"拔剑四顾心茫然"吧，然而，眼前有了问题，手中却无理论，则如猫咪遇上了蜷成一团的刺猬，不知从哪里下嘴。鹏程也没有走上这样的路子。他一直是问题先行。在对问题深入后的解说中，当然也会有理论的介入，但这不是事先握在手里用来"套"的理论，而是体现为过去长期阅读、思考所形成的理论修养、理论眼光。

作为一个文学研究者，鹏程的素质很全面。在文学研究领域，有的人擅长资料的搜集、研究、考证，审判能力则明显欠缺，要让他对一部文学作品进行审美意义上的解读，他会不知所措。有的人，则审美能力比较强，而资料功夫则比较不够，要让他对一个复杂一点的文学史问题进行梳理，他则会无所适从。鹏程则两方面的素质都很好，他的文章，有的偏重于资料的考索、辨析，有的偏重于对作品美学价值的阐释。更多的时候，鹏程能把资料性的考证与美学价值的阐释融汇贯通。

前面说过，鹏程的论述语言很平实，这也是难能可贵的。我以为，平实而准确，是学术语言的最高境界。语言平实而准确，能融考据于审美阐释，融审美阐释于考据辨正，这就略近于古人所说的义理、考据、辞章兼备了。

博士毕业后，鹏程进了南京大学文学院的博士后流动站，"联系导师"是我。"博士后"是不能称作学生的，而"联系导师"与"博士后"也不是师生关系，是合作关系。所以，王鹏程没有当过我的学生。我们一直是朋友。

以上是2017年所写《王鹏程印象》。这些年来，王鹏程一如过去那样，写得不多，但文章篇篇都很扎实，仍然是义理、考据、辞章三者兼备，在同龄人中，是很有特色的。

2022年10月9日

目录 CONTENTS

上编　怀人忆事

记忆中的陈忠实老师 /003

四十年前，他从这里走向世界 /014
　　——陪洪汉鼎先生回永寿侧记

"红梅香雪海，柯柳笑春风" /033
　　——回忆我与红柯老师的交往

清华酒事 /040

清华"八怪" /049

清华园里的自行车 /055

北京的冬天 /060

幸有诗书伴流年 /067
　　——我的十本（套）书

在书中寻找自己 /081

没有"母校"的人 /085

西安的雨 /093

01

下编　品鉴钩沉

奇外有奇更无奇 / 101
　　——余华《文城》的叙事艺术及其问题

《藏家》：一只闯进当代小说庄园的秦岭猛虎 / 121

论中国现代文学对话性批评精神的形成 / 127

为文学批评招魂 / 151
　　——读李建军的《文学还能更好些吗》

砥柱八桂是此峰 / 175
　　——论黄伟林的文学批评

为谁风露立中宵？ / 190
　　——钱锺书清华读书时期的情诗

钱锺书《且住楼诗十首》考释 / 199

"我来自北兮，回北方" / 223
　　——郝御风与抗战时著名的《国立东北中山中学校歌》

"向失望宣战"的新月派诗人朱湘 / 235

天灾乎？人祸乎？ / 241
　　——徐志摩因与主机师谈文学而遇空难？

徐志摩的"粉墨"生涯 / 255

后记 / 281

上编
怀人忆事

记忆中的陈忠实老师

陈忠实老师起初给我最深的印象,是他夹着雪茄,满脸沧桑,在白鹿原上眺望和沉思的凝重表情。站在他的墓前,望着辽阔的灞河河川和沟壑纵横的黄土塬坡,我脑海里浮现的,依然是他那坚毅而深邃、普通而伟大、平常而奇伟的神情。

记忆中的这一瞬,是1993年春夏之交,陕西电视台为陈老师拍摄的纪录片中的一个特写。此时,《白鹿原》已在文坛引发"地震",被评论界誉为"开天辟地""一部令人震撼的民族秘史"。6月份,《白鹿原》由人民文学出版社隆重推出。陕西电视台推波助澜,专门拍摄了纪录片,在不同时段滚动播出。这在当代小说史上,应该是史无前例的。彼时,我还是初中一年级的学生,周末回家取馍得空,盯着电视不放。——那只神奇的白鹿一下子就把我吸引住了：

很古很古的时候，这原上出现过一只白色的鹿，白毛白腿白蹄，那鹿角更是莹亮剔透的白。白鹿跳跳蹦蹦像跑着又像飘着从东原向西原跑去，倏忽之间就消失了。庄稼汉们猛然发现白鹿飘过以后麦苗忽地蹿高了，黄不拉几的弱苗子变成黑油油的绿苗子，整个原上和河川里全是一色绿的麦苗……

神奇的白鹿的传说，经由主持人活色生香的讲述，一时让人置身于迷离的幻境之中。电视画面上这时也出现了一只影影绰绰的白鹿，在开阔的白鹿塬上，奋蹄而起，飘逸地奔腾……我的思绪完全被这只白鹿带走了。

题陈忠实先生照
灞桥春水浸晚霞，
嘹亮秦腔入农家。
极目南塬天地阔，
静看白鹿食蘋花。

王鹏程，2011 年孟冬

近二十年后，在陈老师二府庄的工作室聊到当年的情景，聊到那只俶尔远逝、往来翕忽的白鹿，聊到主持人的解说，陈老师吸了一口雪茄，身子往后靠在沙发背上，爽朗地笑了起来。有次谈到他的"三体验说"（生活体验、生命体验与艺术体验），他也是这样，起身弹弹烟灰，爽朗而不失谦虚地笑着说："那就是我个人的一点心得。没有啥。"跟他聊天如春风拂面，暖阳沐颊，轻松，惬意，享受——他朴素，真诚，耿直，睿智，厚道，大气，让人置身于莫大的陶醉和难得的享受之中，更难得的是他敞开心扉，将自己的生命体验和艺术体验毫无保留地托盘而出，仿佛聆听者是他多年的故交挚友一样。

我与陈老师的直接交往，缘于一篇《白鹿原》版本比较的文章。2008年初，我翻阅《当代》旧刊，看到《白鹿原》的初版本，大约在朱先生墓被红卫兵挖掘的一节，觉得同我阅读的人民文学出版社的"九三本"有着较大差异，于是便萌发了将两者比较的念头。图书馆的过刊不能外借，我便从家中拿来《白鹿原》的"九三本"，与《当代》刊发的初版本进行仔细的比较。不同之处，或标记在书上，或抄写下来。大约花了一个星期的工夫，做完了这项工作。半年后，文章在四川的一家刊物刊出。这件事就到此完成了。文中我认为：《白鹿原》为了获得茅奖，陈老师做了妥协，对此颇有微词。但我没料到陈老师看到我的文章后，委托一位老作家约我，希望春节后能见一面。后来阴差阳错，最终没能见成。老作家说，陈老师埋怨他没有安排好，并要他代转歉意。其实是我这边的原因，我觉得很抱歉，也很遗憾，答应后面有时间一定去拜访陈老师。

一晃就是两年多。2011年7月21日，我打电话给陈老师，说想去拜访，陈老师说他家中有事，等几天再见，要我将手机号码给他发过去。三个月后的10月22日，他打来电话，说最近有空，可以一见。我问次日可否，他说可以。次日，下起了小雨。一大早，我到石油大学北门，在门口买了一条长城牌细支雪茄、一箱奶，还有一些水果，直奔他的工作室。2003年开春，陈老师从西蒋村老屋回到西安，一直在这里工作见客，直到病重住院。工作室在一座20世纪90年代修建的旧楼上，同周围簇新的高层比起来，显得颇为陈旧和沧桑。门铃上的数字已漫漶不清，需要按照排列顺序来推测。反应也很迟钝，按了好久，才听到陈老师的声音。上到三层，防盗门已经推开。我喊了一声陈老师，他连声说："进来，进来！"踏进屋内，陈老师从沙发上起身，说："来就行了，带东西干啥？"我说这是晚辈见长辈的礼节，笑着将手中的东西放下。他招呼我坐下，拿纸杯，打开茶叶罐，用长柄的小木勺舀茶叶。我们平时招呼客人，都是用手捏茶叶，由此可见，陈老师是个心很细的人。给我留下难忘印象的还有他的灰蓝色的已经泛白的秋裤。这种秋裤，在《白鹿原》出版的90年代，我也曾穿过，那已是近二十年前了，此时已经很少见。一种很复杂的感觉顿时涌上心头：我不知道他是简朴还是恋旧，竟然还穿着早已淘汰了的旧物

（在他离世前一年，在西京医院的病房里，我又见到了那条蓝灰色的秋裤）。我打量室内，客厅很小，是过去的两室一厅，大概五六十个平方。房门对面，是一条长沙发，上面和靠背上堆满了书籍杂志，剩余的空间，也就一个人能够坐下。茶几上香烟、卷烟和茶叶散乱地摆放着，烟灰缸的凹口上，搁着半截熄灭的雪茄。电视声音很小，正播着球赛。泼好茶，他在对面的沙发上坐了下来，点燃了那半截雪茄，开始聊了起来。他聊发表不久的短篇《李十三推磨》，讲到自己上高中时推磨的经历，很投入，我尽量跟着他的讲述，想象推石磨子的情景，不过那种辛苦却难以感同身受。他说自己最近打算写王鼎的小说，但材料太少，还在准备。聊到十二点多，我邀他一起吃饭，他说中午要午休，一般不同人吃饭。临走，他问我有没有雷达点评的《白鹿原》，我说没，他说那送你一本，拿书，签名，盖章。我们一同出家属区门，他到学校食堂吃饭。

　　之后，隔三岔五，我就叨扰陈老师。有时是打电话，问候一下身体，交流一下文坛信息；有时是朋友来拜访，我带着一起去他那里；有时是带朋友同学找他签名，或者去拿字；有时我也把自己的文章或者跟他相关的评论拿给他。2011年底，我写了几首关于他的旧体诗词，拿给他看，他很高兴，说我要是愿意，他可以找个地方发出来。我觉得还不太成熟，就说先搁搁，我再改改，后面再发。说是这么说，后来的确也作了修改。

但到他离世,这几首旧体诗词还是没有发出来,他也没有看到。我喜欢去拜访他,他关于人生、文学与社会的自由闲谈率性而至,夹带着自己的经验和体悟,都是书上学不来的。这种闲谈,当然少不了对文坛内幕的披露和一些作家作品的评价,一些情况是大多数人闻所未闻的。有次他聊到80年代末90年代,北京的从维熙、刘绍棠、刘心武等人都想当中国作协的副主席。但副主席的人选安排要考虑到地域平衡,各种文体(比如诗歌、散文、小说等)的平衡,还要考虑到性别、民族等因素,也不可能让副主席都集中在北京,所以没当上的很遗憾。他也问我怎么评价一些作家,聊到他感兴趣或者熟悉的,他的意见,他的敏锐,总能让人眼前一亮。他也毫不避讳对某些作家的讨厌。比如说:某作家有次采风不知道怎么了突然发神经,某作家睁着眼睛说瞎话,某作家给他一打电话,他头就大了……月旦人物之外,也臧否作品,记得柳青、刘心武、张炜、王蒙、刘震云、从维熙、张贤亮、雷抒雁、格非等人的作品,他都谈过他客观而独到的看法。他也提醒我,写评论尽量客观,说我批评一些获得茅奖的作品有些尖刻。我诚恳地予以接纳,感谢他的提醒,表示以后会注意。跟陈老师的交往,记忆中比较特别的有两次:

一是2012年5月的"百名作家抄讲话"。此事当时在社会上引起较大反响,陈老师也遭到了批评。我在5月31日的《南方周末》上看到后，打电话给他，问他是否看到。他说没有。说往常他都买《南方周末》，这天不知道是报刊亭没有还是他忘记了。他记不清了。他说自己大脑因为供血的问题，偶尔会出现短暂失忆。之前见他，我也注意到他偶尔长舒一口气，叹息一声，说自己气短，感叹自己老了，不行了。这大概跟他早年从事重体力劳动，透支身体有关。他年轻时在农村，一个人种十几亩地，农活繁重，又要写作，身板本来就瘦弱，生活也不好，一直没有缓过来。他也不止一次讲过，年轻时用自行车驮二百多斤重的两袋粮食，从西蒋村出发，骑十几二十公里，到西安粜粮。因而在六十多奔七十的时候，他已经老态龙钟，觉得力不从心。关于抄"讲话"遭批一事，他很生气。电话里他说浙江有个年轻教师给他打电话，谈及此事，言语不屑，连笑三声，他怒然挂断了电话。他说："上面有几万字的讲话，你怎么不批？老朋友托付，就抄了一下，有啥不对？那个青年教师，就是个二锤子货！"这是陈老师当着我的面唯一一次爆粗口。我尊重那个青年教师的意见，但觉得他那种奚落嘲讽的方式可能不妥。当然，陈老师骂人也是不对的。6月9日，因为有事，早上我到他工作室，又聊到抄"讲话"的事，陈老师依然很生气，他给我讲了事情的原委：某个出版社的社长邀请了一大批作家抄讲话，每人一页，一千元。因为这个社长是老朋友，他就答应了，跟钱毫无关系。我说，一大批当代著名作家都抄了，其中还有著名作家某某。某某后来因为网友批评得厉害，又在博客上道歉，找了一些理由搪塞，结果网友批评得更厉害，落了个"猪八戒照镜子——里外不是人"的结局。陈老师也知道某某的事情，说："某某跟我一起参加过活动，散文以前看过，写得不错，抄就抄了，又去解释，不知道是咋想的。"这时候，陕西日报记者来采访陈老师，并给陈老师拍照。我也趁机要求合影，陈老师爽快地答应了。这也是我唯一一张与陈老师的合影。

2012年6月9日，与陈老师在他石油大学的工作室

另一次是2014年11月9日，我去拜访他，顺便拿字。陈老师不会发短信，字写好了就打电话过来，让过去取。跟往常一样，十点半到他的工作室。谈到了那个会，我诧异他怎么没去。他说他以身体不好为由拒绝了。我知道，他身体有小毛病，但没有大问题。他说，近一年来很少参加社会活动，唯有亲朋好友拜访，或者不得不参与的活动才去。那个会他请假，有关部门不准，他只好给再上一级请假，最终批准了。他说："咱这么大年纪了，跑去干啥？"后来我也猜到可能有其他原因，但可以肯定，当时这个决定显然是经过深思熟虑的。我觉得他可能也从抄"讲话"那件事中吸取了经验。

后来他聊到《白鹿原》参评茅奖的惊险过程，谈到陈涌先生为获奖所作的努力，很详细，也很感慨。两年后我赴北海开会，同车遇到当年阻止《白鹿原》获茅奖的领导的秘书，他谈到《白鹿原》获奖的过程，与陈老师所言不差，有一个细节值得记下来。这位秘书说当年他向领导汇报，领导说，《白鹿原》不能得奖。他说，这是评委们的意思。说完他就走了。到了凌晨两三点，红匣子电话响了，领导在那头声音低沉地说：那就按评委的意见。

不知不觉，已到十一点半。陈老师说他要去食堂吃饭，我起身。他进卧室打开柜子，拿出一条软中华来给我。我推辞，他有些生气，说："给你你就拿上，我不抽纸烟，时间长了就坏了。"我接住连忙道谢。他的卧室正对着客厅,面积不大,光线也不大好,他打开的一瞬间,我看到里面黑乎乎的。说卧室也不对,他只在这里午休,晚上就回家了。

最后一次见陈老师是2015年7月8日。这天上午,我和妻子去西京医院看望他。陈老师住4号病房,门开着。我敲了一下门,他的女儿从洗手间出来招呼我们。她说父亲刚睡着,带我们到里面的套间。我一下子懵了,几个月没见,他竟瘦成这个样子,蜷缩在床上,左手打着点滴,人小了一半。我的眼眶一下子潮了:多好的一个人啊,多可敬的一位老人啊,像一个受伤的无助的小孩子,可怜地躺在那里。我示意不要惊扰,陈老师的女儿出于礼貌,还是喊醒了他。他努力睁开了眼睛,想看清来者是谁。他想说话,但喉咙里有痰撕扯的声音,我连忙让他不要说话。他看着我,昔日睿智有神的目光失去了神采,不住地叹息着,用手抚展着自己的衣服。那只曾写下皇皇巨著的右手,只剩下皮包骨头。两条腿也只剩下骨架,灰蓝色的秋裤空空荡荡。我很愧疚,前几天竟然打电话给他,他吃力地同我说话。此时,我可以想见他说话时的痛苦样子。我说明来意,词不达意地安慰了几句,紧握了握他那只瘦弱的曾经写下当代文坛巨著的手,很快离开了。我怕自己给已经痛苦不堪的他再增加丝毫痛苦。他几乎是用尽全力,才抬起手来,挥了挥,表示送别。出了病房,妻子不住地说:"太可怜了。"她还没见过老人瘦成这样。我没有说话,只希望他能挺过去,为他祈福,默默关注他的病情。10月11日,在朋友圈看到陈老师跟朋友在老孙家吃泡馍,虽然他消瘦了不少,但是精神不错,我就发短信过去,祝他早日康复。不大一会儿,陈老师打来电话,表示感谢,我连忙说不敢不敢,祝他早日康复。同病魔斗争半年后,他还是令人痛心地走了。

我接触的晚年的陈老师,仁义忠厚,待人诚恳,有古君子之风,汇聚了三秦大地淳朴美好民风的所有优秀点和闪光点,是众人皆赞的"好人""好老汉"。他将自己与白鹿原、与关中大地融为一体,与自己如椽大笔所塑造的经典人物群像一道,成为三秦大地上最为耀眼的文化标识和精神象征。正如有学者所评价的——"他的德性和他的作品是在同一高度的"。他永远活在这片土地上,也将永远受到人们的缅怀和尊敬!

四十年前，他从这里走向世界
——陪洪汉鼎先生回永寿侧记

题记：谁记得一切，谁就感到沉重
　　——俄罗斯谚语

洪汉鼎，1938年生于南京，1949年迁至无锡。我国著名斯宾诺莎哲学、当代德国哲学和诠释学专家，现为北京市社科院哲学研究所研究员、山东大学中国诠释学研究中心名誉主任、杜塞尔多夫大学哲学院客座教授。1961年毕业于北京大学哲学系，师从贺麟、洪谦、冯友兰等著名教授。1963年报考中国科学院硕士研究生，由于"右派"身份被哲学社会科学学部拒绝录取，被分配至陕西省永寿县工会等单位工作15年，直至1978年考入中国社会科学院哲学所。入学仅9个月，洪汉鼎即完成所有课程并顺利通过答辩，成为全国第一个提前毕业的研究生，并被《光明日报》报道。从 1978 年开始，洪汉鼎担任贺麟先生的助手。1983 年获德国洪堡基金会研究资金，赴德进修两年。由于对中德哲学交流的突出贡献，1984 年受到德国总统卡斯顿斯的接见。1985 年返国后，任职于北京市社会科学院哲学所，1986 年任研究员。1991 年荣获德国杜塞尔多夫大学哲学名誉博士，成为二战后迄今为止我国唯一获得德国哲学名誉博士的学者。此后多次赴德国、香港等地讲学。1992 年起享受国务院特殊津贴。1999 年起在台湾中正、佛光、世新、成功、中央等多所大学任教。学术兼职有中华全国西方哲学史学会和现代外国哲学学会理事、国际斯宾诺莎学会（荷兰、德国）理事等。德文专著有《斯宾诺莎与德国哲学》《中国哲学基础》《中国哲学辞典》，中文专著有《斯宾诺莎哲学研究》《诠释学——它的历史和当代发展》《重新回到现象学的原点》《当代西方哲学两大思潮》等，译著有《真理与方法》《批评的西方哲学史》《知识论导论》等。现为国家社科基金重大课题"伽达默尔著作集汉译与研究"首席专家。

2018 年 11 月 10 日午后，西安下起了淅淅沥沥的小雨，千年古都笼罩在朦朦胧胧的雨雾之中。这是立冬后的第一场降雨，虽说是雨，但已截然不同于秋雨的冰凉，而是夹挟着刺骨的难耐的冬天的寒意。天气预报说当天无雨，前一日也是艳阳高照，然而却猝不及防地下起雨来，使得八十高龄的著名哲学家洪汉鼎先生多少有些怅然。但一上车，老先生的表情立即由凝重变为激动——他很快就要回到55年前他下放的那个小县城了。

1963年9月，本应1961年毕业却因被打成"右派"而被推迟毕业的洪先生，由北京大学哲学系分配到陕西省永寿县县委工作。洪先生说起当时他到西安报到的情景无限感伤——最初由北京分配到陕西省高教局，他本想会被分到某个高校，谁知却被下分到咸阳专区文教局；他拿着省高教局的分配函到咸阳专区文教局报到，得知自己又被分配至永寿县文教局。他还清楚地记得专区文教局那位文书给他写分配函时，曾抬起头看他一眼，并说："之所以这样分，想必你自己知道。"当时他已经知道：自己已经不是什么正常分配，而是被发配，并且也做了最坏准备，就是最后被发配到某个公社或大队去当农民。决心一定，第二天他就拿上行李和书籍，从西安玉祥门乘车直奔永寿县。之后辗转组织部、工会、永寿中学、县机械厂等单位，一直到1978年通过研究生考试回到中国社会科学院担任贺麟先生的助手。从25岁到40岁的人生最宝贵的十五载青春，洪先生奉献给了永寿这片贫瘠的土地。在这里他经历了"四清""大批判""文化大革命"等政治运动，但无论是做驻村干部、工会干事、中学教师和工厂采购员，洪先生都没有悲观绝望、自暴自弃，没有放下自己喜欢的哲学。他利用一切可以利用的时间读书、思考和写作，不仅翻译了《斯宾诺莎书信集》，而且写下了研究斯宾诺莎的50多万字的手稿。他的中文专著《斯宾诺莎哲学研究》和被德国同行誉为难以超越的德文专著《斯宾诺莎与德国哲学》就是在此基础上完成的。在永寿，洪先生培养了自己斯宾诺莎式的情怀，砥砺了自己费希特般的精神，构筑了自己宏伟哲学大厦的坚实基座。重新踏上这片留驻自己青春和奠基学术根基的土地，我们难以形容洪先生的心情，心潮澎湃、百感交集之类的词语似乎都显得有些苍白和乏力。

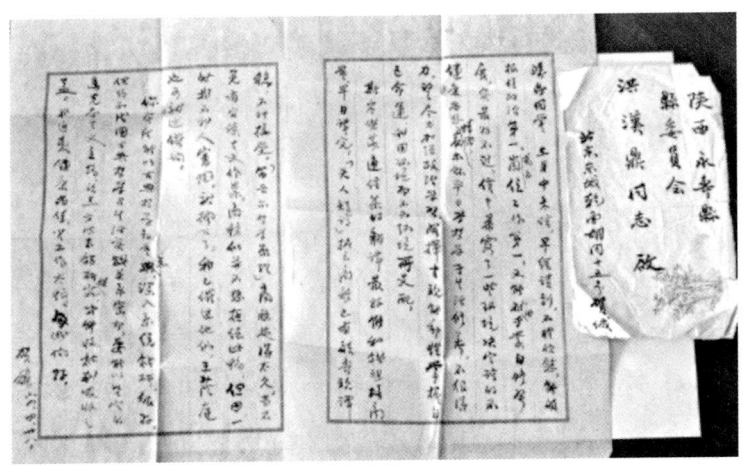

1964年4月28日，贺麟先生在北京乾面胡同寓所写信给在永寿工作的洪汉鼎

2016年底，我在洪先生的回忆录《客居忆往》中得知了洪先生曾在永寿工作过15个春秋，激动和难以置信之余，通过北大的干春松教授，联系上了洪先生。洪先生很兴奋，也很激动，在给我的邮件中，他回忆起50多年前他如何踏上永寿的土地以及在永寿的生活：

鹏程：

你好！真想不到由于拙书得识你，你到底是永寿人，立刻带来许多难忘的回想，特别是四十年前（按：应该是五十多年前）那第一天从西安玉祥门乘长途车到永寿，一下车从头到脚全是黄土，只有两只眼在动，至今还历历在目。这些我想你这永寿人也不可能经历到。原想我会再往下分到某个公社，可是革命老区人朴实，县委书记孙玉亭、王杰等领导把我留在县委工会，负责职工业余教育，最初就是负责建永寿县那唯一一条大路上的工人俱乐部，那是工字型。不知现在还在不在？图书、乐器、体育器材都是我负责购买的。……最后我就到了永寿机械厂，最初厂房也是我负责建造的，当时厂长陈国祥（我非常感激），他非常同情我，最后让我当采购员，常驻西安，正是这样我才有时间从事哲学研究。在永寿我经历"四清""大批判""文革"等各种政治运动，曾到许多大队下放，从县委书记县长到公社社长大队队长一直到农民，我有很多知心朋友。我的青春可以说就在永寿度过的。有些农村我还画了很多壁画（政治宣传画），我在斋堂煤矿大礼堂也留下大型宣传画。永寿我一直想念，但没有找到知音，现在得识你，我头脑就一下充塞着永寿画面。当时县剧团我也熟悉。可是你知道吗，当我第一次陪县委老孙书记下乡，农民的话我一句都听不懂，农活更是完全不会。我就是这样在那里成长起来，当时我还有不少青年农民朋友……

《客居忆往》是学生的访谈，当然不可多提到永寿，我一直在写自己的回忆录，那里可能有更多东西，但我想这必须要有你激励。以后我想争取去西安一次，这样我们可以详谈。我离开陕西时你还未出生，我们真可说忘年之交。

有太多的话要说，还是等你来信后再说，再次感谢你。

祝好！

洪汉鼎

2016年12月29日

洪先生的反应，出乎我的意料。巧合的是，我也曾在永寿中学任教一年，之后从这里考研离开。洪先生在永寿时，我尚未出生。"文革"中我们县的情况，我知之甚少，只能问我的父亲。父亲回忆起"文革"时县上的情况，并告诉我，我们村里的某某过去就在县机械厂当书记。这个老头在我上小学时已经去世，不过他的模样我依稀记得：高个子，鹰钩鼻，每天早

洪先生在西北大学讲座之后，与他在教室合影

上五点多沿着我们上学的道路跑步，曾吓得我们不敢上学。为此，父亲曾劝服他改变路线。我回邮件将这些告诉洪先生，洪先生尘封的记忆一下子被打开：他说这位老书记叫王某某，他曾经组织技术员、老工人和自己一行五人，去北京、沈阳和大庆出差，没有料想到他于20世纪90年代已经去世。洪先生还说，他也曾多次去我们镇下乡、驻队，并说到我们镇的大概位置和地貌。不敢想象，一个受过德国总统接见并被德国杜塞尔多夫大学授予名誉哲学博士的著名哲学家，竟同我们这个偏僻的小镇有过那么紧密的联系。从此，洪先生每当忆起在永寿的

时光，不时与我有邮件往来。他曾发来一张监军公社大队几位年轻农民的合影，想打听其中和他结下友谊的朋友是否还健在；"文革"爆发后，县委被冲击，新勤村的一位农民接他到家中躲难，他想知道这位农民朋友是否还在……遗憾的是，我非县城人，只在县高中教过短短一年的书，虽然竭尽全力，还是没有帮洪先生完成夙愿。这一切，或许连同我提供的点点滴滴的讯息，更激起了洪先生想回永寿看一看的强烈愿望。2018年七八月份，洪先生本想赴兰州讲学，途中经过西安时重返永寿，因为天气太热，加之身体不佳，终未成行。9月份，洪先生即告我，11月份他来西安开会讲学，如空闲，希望11月10日能陪他回永寿看一看。这一次，他终于踏上了阔别四十余载的下放之地。

11月8日，洪先生一到西安，即短信告知我。当天晚上，他做了两个小时的讲座。第二天上午，他又在我们学校做了两个小时的题为"诠释学与传统继承问题"的报告。八十高龄的他精神矍铄地站在讲台上，连续讲两个小时，板书一会儿德文，一会儿拉丁文，思维缜密，激情饱溢，完全沉浸在自己的诠释学王国里，台下的师生听众无不叹服敬佩。更使人惊讶的是，洪先生在今年的5月份刚动过一次大手术，目前还在观察之中。然而对于洪先生来说，学术就是生命，一旦沉浸在自己的哲学王国里，物我皆忘了。

11月10日,星期六。下午1点半,按我们约定的时间,我驾车到高新路亚朵酒店。洪先生背着双肩包,穿着厚厚的羽绒服,步履矫健,看上去像六十多岁。细雨濛濛,车行缓慢,坐在副驾驶上的洪先生望着窗外,捕捉四五十年前记忆中的街道、建筑,言谈间不时露出对西安巨大变化的惊诧。他谈他当时在西安的画家朋友,谈他见过的作家,谈曾跟他在永寿工作后来调到西安的朋友,有些他记着名字,有些已经忘记。我报出的名字,一个都对不上号。洪先生谈到当年的西北大学,谈当时在西北大学任教的永寿籍教授,谈当年的西安机场,谈起四十年前,也就是1978年9月的某天晚上,他在西北大学校长张岂之先生家中——张先生夫妇俩是洪先生同门(导师贺麟)的师兄和师姐,张先生夫妇对他说,如果去北京不成功,就回西北大学任教……车在拥挤的环道和高架上缓慢爬行,洪先生在脑海中追寻当年的记忆,追寻自己的青春……终于驶入高速,雨越下越大,雨刷已调到最大,车外雨水如瀑。洪先生望着窗外的景色,时而沉默,时而想起往事,想起过去的朋友——萧瑟冬雨今又是,却已物是人非。

车到咸阳,洪先生问秦汉新城是否是新建的区,情况如何,并说他下飞机,也才知道西安的机场在咸阳,过去是在西安。他想起咸阳的一个军工厂,那里曾经有他的朋友。这下让我蒙对了,我说西藏民院旁边有个七九五厂,是不是?他连说是，是，并问现在还在不在。我说还在。洪先生回忆起当年咸阳专区工会曾暂调他到咸阳做驻毛纺一厂的工会记者，他写了不少关于赵梦桃小组先进事例的报道，可能还见过后来当过副总理的吴桂贤。礼泉一过，很快就是乾县，能看到乾陵时，雨停了。老天还是善解人意的。我问他："乾陵去过吧？"他笑着说："何止去过，去过好多次。"20世纪70年代永泰公主墓和懿德太子墓刚挖掘的时候，他就去过多次，而且还临摹过墓中的壁画。他说，现在有什么变化吗？我说，还是老样子。进入永寿地界，洪先生沉默了，深情地望着窗外的农田村舍……

下午三点半，我们终于到了永寿。沿着西兰路（312国道），车以最慢的速度在行进。四五十年的时间过去了，洪先生的记忆还是那么清晰——县城只有一条街道，跟西兰路平行；医院和药厂对面；永寿中学的校门朝西兰路开，对面依次是车站、物资局和粮食局。现在永寿中学已迁往永店路的新校址，老校成了县职教中心，临路的门已封上。车站多年前已挪到斜对面，连着物资局和粮食局的这一片，现在已经是一大片居民楼。当年，洪先生坐着敞篷解放汽车，带着一箱子书和行李，就是在这个车站下车的。我本计划沿着县医院的十字穿过，结果这条路因为维修而封闭，我们只好沿着西兰路到下一个十字即县政府十字。一听说下一个十字是政府十字，洪先生即用手指着说，西边上是革委（现在是县政府），上面是公安局，他

1978年考上中国社会科学院的研究生,就是在那儿转的户籍关系;东边是县委,县委对面是监军小学(现在已更名为逸夫小学)。一切都在老位置,一切却都变了。

我在逸夫小学停下车,跟先生一起进了县委。洪先生到达永寿的第一天晚上,就住在县委的宿舍里,一直住到去永寿中学为止。这天是周六,除了加班的,县委的人很少。我们先在院子里转了一圈,洪先生给我指着现今的办公楼说,这位置原来是小楼,县委的宿舍,他在这住了好几年,小楼前面是两排平房,就是各部委的办公室,如组织部、宣传部、工青妇办公室。如今成了篮球场的后院,当年是职工食堂,旁边有几排宿舍。当时开着一个后门,有一条小路,通向银行和街道。洪先生很激动,院子还是老院子,面积未增加,只不过老房子没了,盖起了新楼。我问他:"是不是去老单位工会看看?"他说"去,去。"我笑着说:"五十多年前的老职工来了,一定要报个到。"洪先生说:"是,是。"工会在五楼,没有电梯。他一口气爬上五楼,有些气喘,在工会的宣传栏里停下来,看着上面的照片和文字。面孔自然是全部生疏,但他那认真的样子,似乎在看他熟悉的德文和拉丁文。如果不是那个荒诞的时代,恐怕很难将这个小县城的工会里的一个年轻人,同遥远的斯宾诺莎以及艰深的伽达默尔阐释学联系在一起。下楼,在县委大楼前给洪先生拍照。洪先生腰身直挺,目光深邃。旁边赫然立着的是县委的牌子。头顶，是红色的"执政为民"的四个大字。

出了县委，我提议开车在县城绕一周，洪先生摆手说，好不容易来了，要好好走走。他步履矫健，我这个快四十岁的小伙子有点跟不上。"银行就在这个地方——啊，还没变！"他指着县委东边的银行说。我像个外地人，听着他熟悉热情的介绍——"当时我从县委的侧门出门，就到了街道上。'文革'发生后的一个月，我没有去处，就从这个巷子进去，住在一个农民的家里。那个农民对我很好，可我记不起他的名字。"洪先生指着银行斜对面一片两层的门面房说。我只知道那一片是新勤村，县城周围不断建设扩建，不知当初的居民是否还住在那里。银行对面有一个破旧的小院，洪先生就说这一定是当年的文化馆。一进去，果然如洪先生所言，一排平房，是当年文化馆的遗物。洪先生回忆起当年和文化馆一位分配来的美院大学生一起办水土保持大型展览的情景。他说："这个展览办在当时的县委党校，为当时县委赢得了很高的荣誉。"

文化馆的东边是建筑工地。洪先生指着这片工地很自豪地说："这里曾是工人俱乐部，工字型的，是我负责的，也是我1963年来永寿第一个成就。"在我的印象中，这里曾是县电影院，那已经是新世纪初，而且电影院已经破烂不堪了。透过工地铁门的缝隙望进去，里面正在挖掘基坑，一片狼藉。洪先生说："此工地仍是原先工会俱乐部的范围，只是原先的东西完全不存在了。"站在锈迹斑斑的铁门前,洪先生有点遗憾,有些不舍。过了一会儿,他说:"留张照片吧。"

我们转身,沿着同西兰路平行的县城主街,一路向南。"这里原来是供销社,这里是商业局,这里是……这里没变,这里变了……"洪先生指着鳞次栉比的商铺,向我介绍这个小县城五十多年前的单位分布和县城格局。我们的目的地是县机械厂,从1970年到1978年,洪先生一直在机械厂担任采购员。往南走,有一个三角地,这里是县城的鸡蛋市,实际也就是农贸市场。洪先生说,这里还跟原来一样,没有变。我们顺着靠北的岔路走,洪先生说,从这里往前,就是木器厂,这里有他一个很好的朋友,名字却记不起来。那个朋友是七级木工,曾给他用包装木箱做了一个床头柜和一个小折叠凳,该凳太精美了,他至今还保存着。问了几个人,不知道木器厂,也不知道那位高级木工。在挂着永寿县建筑公司的门前,洪先生停了下来——"这里当年是建筑队。他们有几位技术很高的技工,只是不能设计,为了盖机械厂的厂房,我曾多次到这边来找建筑队的人施工。"从大门望进去,院子里破烂不堪,后面有两三孔窑洞分外显眼。洪先生说:"这几孔窑洞就是当时机械厂大会计上官兴的家。"我们走了进去,见当年的窑洞还是原样,洪先生很兴奋——"当年我们经常在窑洞上面的空地上聊天、发呆。窑洞冬暖夏凉,很舒服。"窑洞没有住人,门上都挂着锁。前面三三两两地停着车，窑洞的主人哪里去了呢？洪先生站在窑洞前留影。窑顶上的柿子树已经全无叶子，一片火红的水晶柿子，跟四五十年前一样，像挂着红红的灯笼。

街道正在基建。从西安到永寿，一路所见，几乎都在修路。实际上，偌大的中国，都是工地。刚下过雨，再加上街道开膛破肚，路极难走，鞋一会儿就沾满了污泥。我后悔没有开车过来。洪先生却兴致很高，老远看见机械厂他当年设计的厂房还在，几乎是惊叫了起来——"二层的阁楼，是我特意设计的，

洪先生在自己设计的厂房前

竟然还在！"

过去我只听说过县上有机械厂，但不知厂址在何处。洪先生带我所走的一路，我也是第一次走。洪先生突然大声说："那是机械厂。"我循声望去，看到一座一层半的大房，大概有十余间，半层阁楼有一半塌陷，玻璃几乎全无，只剩下窗户底下的一点。我们找到了大门，洪先生说大门还是当年的，没有变。一进门，是一个摩托车修理铺，沾满油渍的修理工带着异样的目光看着洪先生指来指去——"说起这房子，还是我当年负责设计的，当时永寿建筑队只盖房，不能设计，我哪里会设计，为此我专门去西安，在西北建筑设计院里整整待了三天，找了好多图纸，终于选了几张合适的加以修改。我没有盖过房子，这是第一次。""看，厂房上面的毛体字还保存着。"顺着洪先生所指望去，"工业学大庆"几个毛体字依然很清楚。其他两座房子也保持了原来的样子，"艰苦奋斗、自力更生"的标语还保存着。洪先生说不出的高兴。他说在有生之年，真没想到还能看到这片房子，真是不虚此行！他高兴地在这些毛体标语下留影。

洪先生正走着，忽然脚下一滑，打了一个趔趄，吓了我一跳。毕竟是八十岁的老人，跌一跤可不得了。我连忙去扶，他坚持不肯。当年的厂房都上着锁，窗户不是砖砌，就是在里面用纸、布之类的东西实实在在地掩盖上了。我们顺着院子转了一圈，里面有家具厂、铁匠铺等五花八门的标牌。快要转出去的时候，发现临街的那座厂房的东边竟然敞开着，门口挂着"烟酒日用品批发"的牌子。洪先生想进去看看，我们还没有走到门口，里面的一个个子不高、戴着帽子的面目丑陋的老头突然发怒，挥着手说："出去出去！"洪先生和我都有些惊诧。到院子里，洪先生问我什么原因，我说，他大概以为我们是工商局检查的吧。有理不打上门客，这个蛮横的老头，吃水却忘了掘井人。他怎能想到，他现在占有的房子，是这个或许比他大许多岁、想进门看看的老人设计建造的。洪先生自然不会与他一般见识，却让我这个永寿本地上人脸上挂不住。"二道门，这是当年防止家属进来修的。"洪先生指着一个只有半截的墙说，"没想到，四十多年了，这片房子和这道墙竟然还在。"后来我才知道，机械厂破产，职工自谋生路，于是各自占据厂房，或住人，或放物。县上想将厂子卖出去，职工不肯，折腾了几次都没能卖出，因而厂子保存了下来。洪先生也才能够看到当年的样子。

出了机械厂，我们又往北走。在街道上，洪先生向一位戴帽子的洪先生打听当年永寿县的一些干部的名字。运气真是好，这个七十七岁的洪先生曾在卫生局和县中医医院工作过，对县上的人事很熟悉，机械厂得以保留的原因的也是他告诉我们的。洪先生问他当年县委、团委主任和妇联主任，以及工业局长的名字，他都脱口而出。不过，洪先生问到分配到县医院、兽医站和商业局等单位的几个江苏籍、上海籍的大学生的名字，戴帽子的洪先生却不知道。可能因为这些人不是本地人，也很可能他们没待多久，很快就离开了。这位戴帽子的洪先生还告知洪先生，当年机械厂厂长陈国祥退休后回到老家礼泉，听说也去世了。会计上官兴后来也回到河南，早已去世。这个洪先生陪着我们，走了一段路，唤起了洪先生的许多记忆。站在曾经那么熟悉而今又十分陌生的街道，两个老人不顾凛冽的寒风，如同两个老友相见，回忆起半个世纪前这个小城的人事与往事。天色不早，洪先生大概也有事情，不再往前走了，我们和这位熟悉县城人事和历史的洪先生握手作别，去往下一个目的地——永寿中学。

洪先生曾在这里短暂教过英语，我也曾在这里教过一年的语文。我们算是前后的同事。这里现在已成为永寿职教中心。在门房一问，洪先生当年住过的窑洞还保存着，我们就踏门而进。校园里除了三四栋教学楼还是我十五年前任教时的样子，其他都已面目全非。我们直奔校园西北角的窑洞。洪先生一下子就找着了他当年住过的那间靠边的窑洞，现在已经做了小卖铺。洪先生在窑洞门口回忆起当年的情景：当时正值"文化大革命"，反对他的大字报已经贴满窑洞的墙头和窗前，他整天除了劳动外，就躲藏在这里。洪先生揭起门帘，拍了一张以窑洞内景为背景的照片留念。

天色渐暮，我们还得赶回西安，洪先生第二天还有学术活动。我建议在永寿吃了饭再走，洪先生慨然应允，建议最好吃永寿特色饭食。我选择了一家熟悉的饭馆，主食汤饸饹，辅食醋粉、面筋、花生米等合成的素拼盘。我问洪先生："能吃辣吗？"洪先生说："当然可以。"十五年已让他的胃适应了永寿饭食。在我倒水的间隙，洪先生同服务员聊了起来。他问："你看我是哪里人？"服务员说："不知道，听口音你是外地人。"他说："我曾是永寿人，在永寿生活了十五年。"他给服务员讲起了这个饭馆当年应该是农田，药厂周围是什么样子。两个年纪与我相仿的服务员哪里知道这些，对我们说："真是斯文之人。"我说："这个老先生当年北大毕业，1963年被打成'右派'，分到咱们县，后来考回北京，现在是著名的哲学家，走遍世界各地，曾经被德国总统接见。"服务员知道北大厉害，知道德国总统接见厉害，"右派"和哲学，她们都不知道，只是惊奇地发出赞叹声。

半个小时后，天已黑了下来。小县城万家灯火，开始了夜晚的喧闹。洪先生望着街道，望着人来人往，复杂的情感在脸上凝聚着。我们出发，驶向西安。路上，我们似乎不曾谈到永寿，洪先生给我讲他见过的张东荪，讲吴宓，讲卞之琳，讲梅葆玖，讲他的同事和邻居阎崇年，讲他见哈贝马斯，讲伽达默尔对海德格尔的帮助……他终于了却重返永寿的愿望。

国内有哲学家将洪先生归入"悲情哲学家"之列。洪先生自己也承认，但他不悲天悯人，自暴自弃。洪先生在我们学校讲座时，有学生提问永寿十五年对他人生的影响，洪先生曾这样作答——这也是他在《客居忆往》中所说的："这个过程特别使我懂得了人生苦难和背负十字架苦行的意义。捷克著名作家卡夫卡曾经说过，受难是这个世界的积极因素，是人同这个世界最真实的联系。静观这些年来自己智性的发展我不能不佩服这一真理。一个人承受的苦难越大，就越能洞识这个世界最深沉的一面，就越能凝聚起与命运搏斗的抗衡力。在这苦涩的十五年中，我懂得了哲学与人生的根本联系，哲学思考与德行培养的根本联系。真正的哲学家不是知识的贩卖者，而是知识的履行者。哲学家的知识应与哲学家本人的人生经验相结合，哲学家所追求的道德理想应以指导人生为重点。"《周易》云："天行健，君子以自强不息；地势坤，君子以厚德载物。"洪先生是将哲学思考和德行培养融合起来的智者。

仁者寿。哲学家寿。中哲有梁漱溟、冯友兰先生，西哲有康德、伽达默尔。关于永寿县，则有"永寿——长生不老"的释义。洪先生曾在永寿生活工作十五年，学界以及我俩也祈愿他如上述的中哲和西哲名家一样健康永寿，著述不绝！

2018 年 11 月 11 日于西北大学

"红梅香雪海，柯柳笑春风"
—— 回忆我与红柯老师的交往

第一次见红柯老师，是在2015年11月29日的一个晚宴上。之前读过他的作品，见过他的照片，但印象还是停留在纸上。见了面，平板的印象一下子立体活跃了起来——这是一个壮实敦厚、蕴含着火山一般激情的岐山汉子。尤其是他那一口地道淳朴的西府腔，更是让我觉得亲切无比——有如置身老家的街道上，听老乡们聊天。我老家虽属咸阳，但与宝鸡的扶风、麟游毗邻，西府话也是交流必备。自小听惯了西府话，因而他的声音听起来特别爽耳过瘾。不知道他上课是否用普通话，西府话固然难懂一些，但却有文化底蕴，也很有表现力，那也是他念兹在兹的周朝正朔。好奇的还有他那自来卷的头发，猛一看，新疆人！一开口，才知道他是地道的西府人。或许，就是这头自来卷，冥冥中引发了天山的召唤。也或许远走新疆的十年，使得他的自来卷更新疆化了。

他也听说过我这个小人物，但表现出的热情，却是相交已久的老友的礼数，让人手足无措。他挪凳子，斟酒，用西府话礼让，闲聊，我如同到了西府亲戚家。我紧挨他坐着。大家举杯，他举茶杯，问理由，他说是心脏不大好，医生不让喝。这令我有些意外。在新疆，妇女喝个半斤八两也是司空见惯。看他壮实的身体，喝酒应该没问题。不过转念一想，可能之前在新疆喝得太多了，喝伤了身子。人到中年，身心俱累，他写作那么辛苦，注意身体是对的。他说他很注意锻炼，散步，瘦了不少。也打坐，常能听到腹内的辘辘声。我颇为好奇，席间人多，不便多问。自此，通过微信，我们有了联系。

他经常在朋友圈发一些关于新疆的东西，有历史、舞蹈、民族风情，偶尔也发自己的作品和读者的评价。我也因此长了不少知识。作为一个作家，他跟大多数作家一样，很注意读者的反应。我身边有一个他的粉丝，对他很崇拜，我告诉了他。他很快寄了签名的书来，我也沾光有一份。我在他的隔壁，直线距离不过一里地，他用快递寄过来，我觉得有点浪费，完全可以吩咐我过去拿。后来一想，作家忙，处事也人各一套，邮寄总比见面拿要利索简便一些。后来证实果然如此，那时候他大概正忙着写《太阳深处的火焰》。

倘不是后来受李遇春先生的委托，编"红柯研究专辑"，我们的交往也就这样。他发朋友圈,我学习,然后点赞。我很少发,但点赞却很勤。大约是2017年放暑假前,华中师大的李遇春先生,委托我在他主编的《新文学评论》杂志主持一期"红柯研究专辑",大概发在2018年第1期,稿子由我来组,并要撰写"主持人语"。起初我推辞,因为自己只看过他的部分作品,留有印象的只有《美丽奴羊》和《西去的骑手》。李先生的盛情难却,也因为其他原因,我就应承了下来。第一次组稿,没有经验,后来才知道组稿的难处。《新文学评论》既非北大核心,亦非南大核心,作者难免弹嫌,有好稿子都是待价而沽。一个月下来,只组到两篇,还都是研究生的,我不免有些慌乱。情急之下,我联系红柯老师,要他提供一个研究他比较到位的学者名单。他介绍了几位,我与之一一取得了联系,说了稿子的要求和截稿时间,并要求可能的话,让红柯老师看看,提提意见,以臻完美。

联系逐渐多了起来,但多是红柯老师主动联系我。我不擅交际,也怕搅扰人,尤其是作家,作息跟我们平常人不大一样,不敢贸然打扰。记忆很清的是2017年7月31日晚,我和红柯老师聊了很久,大概到次日凌晨一两点吧。当时我在医院里,了无睡意,所以记得很清。起初我们聊的无非是放暑假没、假期有什么计划之类的寒暄话,后来不知怎么聊到学校的管理上来。他牢骚很大,说他不会用电脑,因为迟登了成绩,教务上给了他一个通报批评；学校不给写作方便，他既要上课，还要写东西，从来没有创作假，把人当牛马一样使唤。比如南大对毕飞宇，就很宽松。还举到其他例子。我只能安慰，并劝他多保重身体。他所在的学校我虽不是很了解，但也知道一些，管理上的确不够人性化，有点像中学。他离世后，有次遇到他的一位同事，问及他曾说的一些情况。他的同事不说什么，只是摇头叹息。他的遭遇，也是作家到高校所遇到的普遍困境。不要说对作家，就是我们这些普通的教师，也怨声载道：时间被零敲碎打，忙于开会培训，忙于课题项目，忙于填表，成为"表哥""表姐"……偌大的高校，哪里能放下一张安静的书桌呢！他将牢骚、愤懑、不满和讽刺，全部写进了最后一部长篇《太阳深处的火焰》中。这是一部当代知识分子的现形记。反过来，如果没有这番遭际，《太阳深处的火焰》也绝不是这样的面貌，甚至也写不出来。不过，当他有意地更多地介入社会现实的时候，他小说的特点被破坏了，不好读了。

到了年底，我有些着急。我组的两篇已经交稿，红柯老师介绍的几个作者，还有一个没有交稿。红柯老师转给我的几篇，写得很客观，很到位，也没有回避问题，是这组稿子里质量最高的。我急着写"主持人语"，没交稿的那篇，只好空着。写好"主持人语"，已经是腊月二十四。我连其他几篇稿子一并发给他，也是让他催催剩下的那篇稿子，我自己则忙着处理其他事情，准备过年了。2018年2月15日（除夕）晚上7点20分，红柯老师一连发来三条微信：一条是"这拨新疆舞，跳得真是漂亮！好久没看过这么牙的舞蹈了，我循环了100遍……"，一条是"鹰的重生，百看不厌，请送你身边的人"，一条是嵌有自己名字的拜年春联——"红梅香雪海，柯柳笑春风"。我急忙回拜，所说的无非是新年快乐、身体健康、阖家快乐、创作丰收之类的套话。对于新疆舞，我一无所知，这个视频让我深切感受到了新疆舞舞姿之优美、旋律之欢快、场面之漂亮，接连看了几遍。鹰的重生，不禁让人想到死亡之后的再生与灵魂的涅槃：鹰可以活到70岁，要维持如此长的生命，必须在40岁的时候做出艰难而又重要的决定——用150天的时间，爬到山顶，撞向悬崖，磕掉生满老茧的喙，等待新喙的长出；新喙长出后，再用其拔出老化的指甲；新的指甲长出后，再用其把旧的羽毛一根根拔掉，等待新羽毛的长出。这是一次血淋淋的再生。红柯老师似乎借此喻言自己创作的裂变，他去世前的创作已表现得相当明显。现在想来，第二条和第三条，隐隐约约已有告别之意。他当然也绝难料到，他生命的时间只有一个多星期了。2月20日（正月初五），他转来了最后一篇稿子（作者弄丢了我的联系方式，联系不上我）。我急忙补充到"主持人语"中，并在当日转给了李先生，此事就算结束了。

岂料"红柯研究专辑"编讫四天后——2月24日即戊戌年

正月初九清晨，竟传来红柯老师猝然离世的消息。我瞬时懵了，急忙联系一讯息灵通的作家朋友。前一天也就是正月初八晚上十一点，我驾车返回西安，整个古城依然沉浸在春节的喜庆当中，摇曳的灯笼火热而温暖，我蓦然想起他新出的长篇《太阳深处的火焰》，谁料这是如何让人难以接受的预兆和感应啊！噩耗是真的。我半天缓不过神来。在后来重写的"主持人语"里，我用这样一段话来描述朋友们和文坛的震惊和悼挽——"难以接受的震惊，如同电击后的木然，揪心的痛切与哀息，一霎间在微信朋友圈飞速传播开来。天道无亲，难与善人。这员'陕军'中最富活力的中年骁将的陨落，使得这个曾经辉煌的阵容一下子出现令人难以接受的空缺和寥落！大家也不敢去揣想，这样一个正值壮年、抱负巨大的极富才华的作家，在撒手人寰时，该有多么的不忍和不甘！出师未捷身先死，长使英雄泪满襟！这位生于岐山、跃马天山的西府汉子，冥冥中竟又一次没有跳脱出历史诡秘的谶命，让人何等凄恻和惘然！"

出师未捷，使命未完，抱憾终生，这是红柯老师人生未完成的永远的痛！这也是当代文坛永远的巨大遗憾！我觉得，红柯老师的意义在于，他以自己的小说叙事，使杜甫的那句名诗——"西望瑶池降王母，东来紫气满函关"获得了不曾有过的沟通与现代意义。他的充满智慧和激情的探索，虽因天不假年戛然而止，但他创作所留下的丰富而辉煌的艺术光焰依然灿烂夺目，短期内尚无人可以填补，必将给后来者以无限的滋养。

红柯老师去世后，李遇春先生强压着悲伤，声音低沉地打来电话："再补充几篇文章，重新编辑一下，主持人语你也重写一下。"再次编辑的时候，字里行间都是红柯老师矮壮的身躯，那头鬈发，那些淳朴的西府话……他最终没看到这期专辑，也没想到经由自己之手的研究专辑成了悼念专辑。真是让人痛煞肠断呀！

春风又绿长安城，紫恨红愁千万种。转瞬间，红柯老师离开这个世界已经一年了，倘他泉下有知，愿他如自己的嵌名联所说的那样——"红梅香雪海，柯柳笑春风"！

2019.3.21 日于小居安

清华酒事

酒当快意饮易尽。

清华园里的诗酒生涯，给我的就是这种感觉。

桃李春风，水木清华；书生快意，杯酒燃兴，这次第，怎一个潇洒了得！

文学博士，不饮酒不足以谈学术，更勿论谈人生。游侠在《一个文学博士的自我修养》中，将"会饮""常饮""豪饮"列为文学博士学术修炼的三重境界（当然，饮酒与恋爱均为个人自由，游侠从不强加与人）。这三重境界，完全来自我们文博一班丰富而辉煌的酒事。老杜诗曰："忆与高李辈，论交入酒垆。"文博一班的同学虽不以酒论交情，但酒绝对是不可或缺的融化剂。史无前例的文博一班，把酒谈世事，放杯玩"杀人"（游戏），酒醒做学术，开辟了清华园史无前例的诗酒江湖。

理工科博士也喝酒，但多是二三知己，啤酒不过一两瓶，白酒不过二三两，与我们文博一班的白加啤，红加黄，以及常饮、善饮、酗饮和集体豪饮相比，完全不可同日而语。可以毫不夸张地说，自从有了我们文博一班，我们还是我们，但清华已不是那个清华——清华有了酒气、豪气和大气。

文博一班，不分男女，常饮者甚多。酒精是男生的天生情人，每餐饮一瓶啤酒或二三两白干，习以为常。如游侠，晚上读书写作，烦闷之余，买二两白干，佐之以花生米、豆腐干，一边小酌，一边工作。同学和舍友偶尔也入伙，酒尽食罄遂止。有年冬天，隔壁宿舍的增宝同学探亲归来，从岳丈家里带来一大堆呼伦贝尔达赉湖鱼罐头。这可是下酒的上等佳肴。有了下酒菜，自然就少不了酒，已记不清是谁的酒。每天晚上十点左右，大家放下手中的活计，三个宿舍，五六个人，齐聚小王宿舍，围着临时拼凑的酒桌，水杯斟酒，赤手抓鱼，谈学术，谈社会，谈天下，无远弗届，其乐融融，其情怡怡。窗外寒风猎猎，柳枝哀啼，野猫悲嚎，不时传来地铁十三号线咣当咣当的穿啸声；屋内酒气氤氲，温暖如春，所谓人生得意须尽欢，也许莫过如此。

此时，不抽烟的如同清教徒一样的老庞同学，必定要点上一根，斜倚在椅子上，醉眼蒙眬地吞云驾雾，重复一句重复了无数遍的发现：抽烟的确能让人精神放松！呼伦贝尔达赉湖鱼罐头好吃,但终有吃完的一天。到了春季,我们的下酒菜换为老庞的山东煎饼加蟹酱。这些东西,老庞原来是要送人的,忘了什么原因没送出去,就拿来给我们打牙祭。酒是老庞从宴席上带回的剩下的大半瓶国窖1573。咬一口树皮一样的煎饼,嘬一口辣烈的国窖,老庞开始讲自己的进展缓慢的关于福克纳的博士论文。老庞英语专业,特认真,"吟安一个字,捻断数根须"的认真,一个单词,能讲一个小时。我们听得不大懂,也不愿意听,常常岔开话题,哪壶不开提哪壶,比如那天来他宿舍的那个女生是谁,他在操场边上热情招呼的女生是谁,等等。老庞人实诚,都是如同回答学生提问一样认真答复,遇到我们故意为难,他常急得脸红脖子粗,于是便厉声大吼: Shut up! 他名字里有个厚字,人也厚道,我几篇论文的英文摘要,都是他翻译的。后来才知道,这种为人做嫁衣的事情,他给酒友们都干过。2015年,游侠赴京开会,那时候他还在做博士后,听说游侠抵京,放下手中事情,提了瓶五粮液,穿越大半个北京,赶到清华晤面款待,其情其景,令人十分感动。

男生们若觉小酌不够尽兴,便呼朋引伴,直奔西北门,或去著名的西门烤翅,或到小摊撸串,总之是乘兴而去,尽兴而归,一两周至少酣饮一次。游侠毕业前夕,文博一班在西门豪饮了一次。这一次酒局事先并无组织,机缘凑巧,大家碰到了一起。大概是三四月份的一个晚上,我们宿舍的几个相约去西门喝一场,刚过西北门的小桥,遇见几个回宿舍的同学,一说喝酒,立即归队。去了之后,发现文博一班的五六个女生已在路边的小摊撸串,我们立即入伙。十几个人,浩浩荡荡,几乎占了小摊的所有座位。杯酒下肚,话头即开,高谈阔论,挥斥方遒,指点江山,好不快哉!这天晚上的战绩也十分可观,啤酒喝了3箱,近乎30瓶。桑师兄带来的两瓶二锅头不过是毛毛雨,陆陆续续,我们在旁边的小超市里买了8瓶衡水老白干。据田大人后来回忆,光他和杨师姐,就干了一斤半二锅头,啤酒没有限量。酒酣兴至,直言心事。有人讲述自己的趣事,有人披露老师的逸闻,有人指腹为婚,有人嚷嚷着要和阿莎同学结为儿女亲家……杯盏相碰,皆是欢声笑语;互相祝福,竟有亲家母之称,实在令人捧腹。

酒后,天空微雨,四周宿舍的灯光星星点点,大家在紫荆操场手拉手唱起了《国际歌》。这天晚上大家状态极佳,没有人失态,也没人失言。只记得某某同学乱打电话,重复的还是酒桌上那些陈话。最后大家怎么回宿舍的,已毫无印象。这次豪饮,刷新了文博一班饮酒的记录,也刷新了清华博士饮酒的记录。

四年后,游侠重回清华园,在西北门的小超市购物。老板一眼认出了过去经常买烟买酒的游侠。提到那次豪饮,老板依然记忆清楚,佩服地说:"你们真能喝,那晚我都不敢给你们拿酒了,你们是我这几十年见到最能喝的。"

2011年孟冬,西门烤翅和周边摊点被拆迁,Y兄特发来短信,语中颇含感伤:老王,西门烤翅拆了,那个重庆串串也被拆了。老王知道这家伙的心思，借着秋风说伤心，准是惦记重庆串串店里的那个漂亮妹子。不过，同学们饮酒无去处，也是事实。我们的记忆也被抹除了。

毕业离校前，与玉厚兄在宿舍

酒是天上水，越喝人越美。文博一班的女博士深谙此道。她们多喝啤酒，少数也喝白酒、清酒和洋酒。若是小酌，她们矜持有加，完全是淑女才女。清华宿舍"严男女之大防"，进一次女生宿舍比出国还难。当然，女生进男生宿舍也难。为此，当年一群女博士还在水木BBS上吐槽学校宿舍管理之缺乏人性。

至今游侠也难以想象，文博一班两个女生举杯相碰，脸红耳热的花容月貌。集体聚会或是班上活动酣饮，她们则是交头接耳，莺歌燕语，逛街游玩，美食衣饰，无所不谈；与男生所言，也不外校园掌故，学术趣闻。但若是豪饮，那面目可就全显露了。如杨旭同学的爽朗大笑，响遏云霄；曾嵘同学一塌糊涂的满脸笑容，如同五月的樱花一样烂漫；晓佳同学的豪迈干脆，丝毫不让须眉……某女同学，一次大醉，夜游清华，进二校门，过荷塘，最后如史湘云醉卧芍药裀一般，醉卧西操场。还好，有"英雄"救美。"英雄"问她是哪个系的，她说中文系的，"英雄"将她背回宿舍。后来还是酒后，一帮同学在紫荆操场夜游，此女同学讲起自己的"艳遇"，不无傲娇。班上带头大哥随即反问："你为啥不说你是历史系的？"大家遂起哄，直言此女同学不善变通。据传，北大心理有问题的同学，常跑到清华荷塘边咆哮发泄。博士生入学教育，著名的心理学家樊富珉教授开玩笑说："如果你们觉得苦闷压抑了，也可以跑到未名湖去呐喊发泄。"可惜清华的学生太老实，再加上酒后吐真言，这个女同学哪里撒得了谎！此女同学毕业后选调，前些年已为某地七品父母官，酒量想必有长进吧。

　　清华史上最能饮酒的校长是梅贻琦先生，人尽皆知。游侠曾夸下海口，自诩为清华史上最能喝酒的学生。游侠早年在媒体混过，因为年轻，常代表本单位和其他两个单位喝酒，被誉为"三个代表",久(酒)经考验。再加上笃信杯酒长精神,惟有饮者留其名,平时苦练基本功,每日必饮,啤、白不挡。又"喜得故人同待诏,拟沽春酒醉京华"——昔日同事卢君在人大读博,此君善饮,交际也广,给某酒厂做了国学讲座之后,床下俱是整箱白酒。周末得暇,两人必要切磋一番。在人大附近找个馆子,每人喝上一斤左右,各回各校。游侠骑单车一路向北,穿过北大校园,回清华。如此足足一个冬天。在清华,游侠屡露峥嵘。记得与景耀兄等在圆明园附近畅饮,游侠饮闷倒驴一斤面不改色。与中文系两博士后在宿舍饮斤二两二锅头,依然稳如泰山。最多一次是老家朋友来,饮斤三两五粮液,除了话多,其他如故。因而,游侠自嘲练成了"酒英真经",清华园里无敌手。

岂不料游侠的"酒英真经",被最不善饮的Y兄破解。这跟武林高手陈近南败于不会武功的韦小宝一样丢人——而且同样败于扬州人。Y兄酒量不行,就是爱煽惑,嘴上常说:"扬州的哪种女儿红好,茅台的哪款年份酒好。"但好酒到了他跟前,一杯也喝不了。记得小陆同学从夏威夷归来,送游侠一瓶洋酒,名字已记不清,只记得酒有橘子味,略甜。酒因人异,Y兄执言要喝,游侠只好开启。他喝了半纸杯,便扬长而去,第二天啧啧此酒后劲甚大。他哪里知道,可苦了游侠。洋酒味道的确不错,但瓶盖开启后不能复用,游侠担心酒味散去,遂一鼓作气,一饮而尽,睡了一个晚上,第二天还晕晕乎乎。在清华唯一一次醉酒，也是这位老兄撺掇。那是他过生日，有同学四五人。他备有黄酒、白酒、啤酒和红酒。我只喝白酒，他备的半斤自然不在话下。这老兄又怂恿我喝点黄酒，喝了几杯，觉得口感不佳，改喝啤酒，最后神志恍惚，红酒也喝了不少。结果这四样酒，破了游侠的"酒英真经"。游侠只记得进了宿舍楼的电梯，后面完全断片。Y兄后来说我在电梯里打了他几拳，他无处可躲。我笑着说："你存心不良，活该。"

毕业前，这位老兄慷慨仗义，送了几本心爱的珍藏，记得的有马茂元先生选注的《唐诗选》《于右任先生书法》等。他在《唐诗选》的扉页上题赠杜甫《春日忆李白》中的名句："何时一樽酒，重与细论文。"如今每次看到，不由自主地想起"酒英真经"被破的气急败坏。

清华同学喝酒，是拼命的。游侠同宿舍的小根，早游侠一年入学，学历史，不住校。每次来校，有空必喝一场。有次，他在紫荆食堂买了五六瓶啤酒，抱着赶回宿舍。一路顾着抱酒，忘了看脚下，结果失足于虚掩的井盖，在下水道来了个高难度的劈叉，裤子扯成旗袍，右腿划伤尺余，但啤酒却安然无恙。他爬起来，骂骂咧咧，一拐一瘸地回到宿舍，给后勤中心打电话，怒斥他们工作不善，吓唬他们说要赔偿。骂完，红脖子红脸，牙咬瓶盖，靠墙而蹲，像农民工一样，跟大家碰瓶而饮。饮罢，少不了咿咿呀呀，哼几句京剧《玉堂春》中的唱词——

"苏三离了洪洞县……"赔偿的事,后来再也没有听说。

这个小根,还曾讲过自己一件尴尬事,这里不妨一提。入学时,他还单干,参加开学典礼,碰到一个背着双肩包的姑娘,清丽可人,不觉心生爱慕,便上去搭讪:"同学,你是哪个学院的?"姑娘回头看了一眼,礼貌地说:"我是生命科学学院的。"典礼开始,这位姑娘大大方方地走上了主席台,坐了下来,面前的桌牌上赫然写着"颜宁"两个楷体大字。大名鼎鼎,国民心中女神般的科学家颜宁呀!小根那个窘啊,找不到词的无法形容的窘。

前几年,清华版《成都》风靡一时。游侠听罢首句——"让我掉下眼泪的,不止西门的酒",便知这是本科生或是理工男分手散伙的靡靡之音,颇不以为意。文博一班的男男女女,早已不为情所困。他们男多已婚,女多已嫁;未婚未嫁者,也多心有所属,或名花有主。俊男靓女,有酒即笑,得酒即欢,把盏能狂,对酒当歌,笑看风云,酒无人劝,醉有人管。一杯酒,没了性别,没了大小,不谈论文,不谈婚嫁,都是无忧无虑的"大清子民",完全是一幅如足如手、戚戚具尔的盛世和乐图景。

在文博一班同学的眼里,酒为何物?西山暮雪;酒为何物?清园契阔。

如今游侠种豆长安,同学问我,道寻常、泥酒只依然。凡饮,即使杯酒,也常忆起清华酒事。俱往矣,数风流人物,还看文博一!

清华"八怪"

在清华园蛰伏了三年,景物掌故还算熟悉,遗憾的是没有上升到"理论"高度。偶然看到网上流传的清华"八怪",不禁钦佩编者的用心。但原来的段子有些拗口,解释也三言两语,不够清楚。游侠一不做二不休,不仅做了修改,并要详细阐发一番。改后就成了:

东门威武朝南开,第二校门进不来。主楼头上加个盖,绿衣天使坐剑台。

两处荷塘都不赖,校河浊臭生绿苔。医院宰人不对外,小强不息是个害。

首句说的是东门——清华主校门。校名由梅贻琦先生题写,字如其人,清秀有力。进门是一大片草坪,草坪尽头是学校的主楼,即行政楼。楼前彩旗飘展,如纽约联合国总部大楼前。叫东门却朝南开，名正言顺的东门却叫东北门，为何也？游侠猜想，中国自古以东为上为大，我们常说的做东、东道主、房东都是这个意思，此门进来之主楼，因而这个实际上的南门也就被扶正成了东门。

蓝旗营那边的南门因此明显失宠，校牌还是木质地，白底红字，油漆斑驳脱落，一片寥落之象。若不是百年大庆，不知要萧条到何时。

二校门是清华的象征和标志，频频在电视报刊上露脸，占尽风光，国人大都见过它的芳颜。其建于1909年（宣统元年），青砖白柱，像个大门楼，实际上是个三拱"牌坊"，顶上镌刻着清末军机大臣那桐的手迹"清华园"，富态敦厚，得颜体之神髓。1933年，清华新建西门，这个青砖白柱的"牌坊"被称为"二校门"，就光荣退休，没有了实际功能，仅供瞻仰。后来，因为历史的原因，二校门又被破坏。我看过砸毁二校门的照片，人头攒动，群情激昂，不禁潸然。如今的二校门，根据照片复制，倒也形似，不过元气没了。二校门通道狭窄，没有实际用处，因而被用石墩和铁链隔离了起来，专供游客拍照留念，就有了"第二校门进不来"之句。

"主楼头上加个盖"说的是清华的主楼。其修于20世纪60年代初期，是典型的苏联式建筑，完全仿造莫斯科大学的主楼。起初设计得比较高，后来因为经济困难，减了几层。到了90年

2007年春，考完博之后，与在京的同学在二校门前合影

校庆的时候，据说又加了一层，也有说几层的。究竟是几层，有待考证。

"绿衣天使坐剑台"。游侠起初也不知道为何物，经前辈指点，才知道是十食堂西面小树林内的钢铁雕塑。这里是学生们休息散步锻炼的地方，自从有了这个不伦不类的雕塑之后，鬼气森然，人迹罕至。绿衣天使是指医生们，站在剑台上表示我们战胜了"非典"，旁边环绕的蛇则是医学的标志。因雕塑颜色同周围树木颜色相近，并不引人注意。如若引起注意，那也是被吓了一跳——何处来的怪物也？清华是奇怪雕塑的圣地，百年校庆的时候集中冒出一批，集中在紫荆操场到清华东北门一带。这些雕塑要造型没造型，要寓意没寓意，要创意没创意，或雕马不成反类驴，或弄一尊嘻嘻哈哈的露胸佛不知何指，或者雕塑和名字毫不相关……总之，很明显超出了地球人的审美能力。这自然招来学生和老师的骂声，学校顶不住了，则将实在不堪入目者东挪西藏。没有搬走的则被校庆后的一场大雨洗掉了劣质牌子上的字迹，成了一堆没有名字的怪物雕塑。

清华的荷塘因为朱自清先生的《荷塘月色》而天下闻名。朱先生时代的荷塘，"白天也少人走，夜晚更加寂寞"，如今却热闹得估计连坐在荷塘边的朱先生也难以忍受了。朱先生还要经受更严峻的考验，不但要有非凡的腿力，还得受得了"侮辱"。君不见，游客中常有情侣分别坐在朱先生的腿上，将手搭在朱先生的肩膀上，留下他们游览荷塘的见证。我们知道朱先生身体瘦弱，只有八十来斤，怎么负担得起呢？如果读读朱先生《桨声灯影里的秦淮河》，也不禁要想一下腼腆的朱先生是否受得了这般非礼？

清华有两处荷塘，一个是工字厅水木清华后面的荷塘，一个是近春园的荷塘。朱先生笔下的荷塘是近春园的大荷塘，塑像却被放在了小荷塘，天天看着在工字厅旁边如梭的游人。大荷塘呢，已经成了休闲场所，出售纪念品，一度还有个小型的动物园，有几只脏兮兮的叫声刺耳的孔雀。早晨这里是老人们跳舞散步的地方，中午游人如织，晚上歌舞升平。

　　清华的校河又叫万泉河，将北大和清华连在一起。这条河，半年时间干涸，露出乌黑湿腻的河床，上面有塑料袋、饮料瓶、玉米芯等五颜六色的垃圾；另外半年时间则是一渠臭水向东流。每次走过校河，我都会想起背对校河叼着烟斗的闻一多先生，自然还有他那首著名的《死水》——"这是一沟绝望的死水，清风吹不起半点漪沦……"造化真是捉弄人，九十多年过去了，还是"一沟绝望的死水"，先生若有知，不知作何感慨。"医院宰人不对外"。校医院是为教职工和学生服务的。如是公费医疗，医生开药大撒手，感冒也会开上一大包药，顶不顶事另当别论。要是自己掏腰包，小小感冒，没有三五百元是拿不下来的。附近又没有医院，只能任其处置了。"'小强'不息是个害"说的是清华的蟑螂。清华里的"小强"繁殖旺盛，势力庞大，凡住过老楼的学子大都和蟑螂有过游击战，可惜一直没有歼灭，于是它们又疯狂地跑到紫荆新楼里来。学校在消灭蟑螂上不遗余力，每年至少有两个早晨，学生都要被楼层的管理员打破美梦——"有人没？放蟑螂药。"没等学生应声，管理员就开门进来了。要是她们长时间没来，则有同学惦记她们了——"怎么好久没放蟑螂药了？"

除了游侠修改的这一版本，清华"八怪"还有两个版本。一个多了句"一校之长不识字"，说的是清华某校长给来访的宋楚瑜赠送书法时不认识篆体字"侉"的事情。搞物理的人不认识篆体字没什么奇怪的，中文系的也难免有人不认识，但事先没有准备是极不认真极不礼貌的。而将"赠送"说成"捐赠"可就无法原谅了，这是缺乏最基本的语文素养。另一个版本据传是北大的学生编的。以游侠之见，可能清华有学生按照心理学系某老师的建议，压抑的时候到北大的"一塌糊涂"（指博雅塔和未名湖）大喊发泄，招致了北大学生的不满。这个段子是这样的：

东门朝南开，宾馆不对外。教授还不赖，博士没人爱。常遭北大踹，单车丢得快。食堂不卖菜，光棍一代代。考试当小菜，原来女生也可爱。

这个版本也有不实的地方，最起码男博士还是受北大女生欢迎的，光棍也没有那么茂盛。不过作为调侃之词，夸张一点并无不可。其实，清华何止这"八怪"，它和中国其他那些普通高校一样，有着各种各样的"怪事情""怪现象""怪风气"，只不过那些显示不出特别罢了。

清华园里的自行车

在清华园里生活,没有自行车可就惨了,那纯粹是跟自己的脚过意不去。

十几年前,游侠考博第一次到清华园,人生地不熟,没有自行车,也坐不了校园公交,只能步行。几天瞎转悠下来,路盲加上园子大,脚上竟磨出了几个水泡。离开的时候,其中的一个破了,疼得寸步难行。那情景,简直如同安徒生童话《海的女儿》中的美人鱼赤脚在刀刃上跳舞。但却没有美人鱼那种为爱牺牲的幸福和神圣,游侠心里嘀咕着——考不上倒也罢了,只是白受了这份洋罪。

好在洋罪并未白受,后来幸运地在这园子里学习了三年。进园第一件大事,就是去买自行车。这是每个清华学子的"标配"。

这园子有五六千亩大，自行车是最方便、最迅捷的交通工具。可以毫不夸张地说，这里是自行车的王国。每逢早午晚饭，自行车流浩浩荡荡，如决堤之水，铺满路面，汹涌而来，壮观无比。我没有去过国外的大学，就国内而言，估计也只有清华有这样的盛景。用现在流行的话说，自行车在清华找到了充分的"存在感"。在没有进这园子之前，我跟大多数人一样，认为自行车已经没有多大的用武之地，在很多地方已经被彻底遗弃或者淘汰了。那时候共享单车还没有兴起，只有在清华园里，才可以看见数不胜数的自行车。这里自行车修理店也多，大大小小有二三十家，同时兼销售和出租。从几十块钱的旧车到几百元乃至上千元的山地车，应有尽有。我左挑右捡，花九十块钱买了一辆最少也经过五手的自行车，没刹没铃没瓦圈，锈迹斑斑，地地道道一个黑火棍。买旧车，一是担心买辆新的被小偷惦记，六教旁边就有一辆锁在树上的自行车，只剩下后轱辘，其他部件不知道身在何处。二是游侠囊中羞涩。后来发现担心完全多余，游侠好多次忘记锁车，过个十天半月去看，黑火棍依然在原地等候。更令人欣慰的是，黑火棍长相虽然丑陋，用起来却颇为皮实。首先是后面的车架结实，带得动一百八十斤的壮小伙；再就是车胎好，一两个月不充气，依然胀鼓鼓的。这可省去不少麻烦。不过也有缺陷，那就是车刹不好，几等于无。好在游侠是灵长目动物中的异类，双腿颀长，遇到紧急情况可以用双脚摩地刹车。许多次,游侠都这样化险为夷。

但还是马虎不得。那些本科硕士的小弟弟小妹妹太忙,骑飞车的人很多。因而骑车要非常小心,弄不好就要闹出事故来。你不撞别人,但别人要撞你,你就没法了。我们这些文科博士,不用上自习,不用做实验,借上几本书,慢悠悠地骑上自行车,东望望,西瞅瞅,要是瞟到一两位罕见的美女,眼睛直勾勾放光。心不在焉,就免不了被撞。游侠就有两次"被青春撞了一下腰",不是我的腰,而是车腰。好在游侠身宽体胖,底盘重,结果是"我自岿然不动",那两个小妹妹都是人仰马翻。还没等我下车,小妹妹就爬起来,扑扑身上的土,又急匆匆地走了,连个英雄救美的机会也不给。有一次,游侠从图书馆出来,嘴里叼着烟,东张西望,慢悠悠地如同校园巡逻的保安,突然听到"砰"的一声,吓了一跳,定睛一看,前面一个小妹妹没看清路面,车子撞在了阻止机动车通行的水泥墩上。车辐辘扭成了麻花,书洒落了一地。原来两个女孩子并排而行,不知道聊什么聊得很起劲,没顾上看前方,待到反应过来,才看清前面是水泥墩。这时想刹车已经来不及了,只能硬撞上去,检验自行车的质量了。

清华学生骑自行车生猛是很有名的。有次游侠在桃李食堂吃饭,旁边坐着两个退休的老教授。游侠听到一个教授对另一个说:"你以后不要骑自行车了,我现在迫不得已才骑车,学生骑得太快,你我这身子骨,要是被碰上一下,还受得了?咱们学校那个某某教授不就是被自行车撞死的吗?我一听毛骨悚然,才知道那位著名的学者是因自行车车祸离世的。Y兄给我讲过一个青年著名学者的故事:这名青年学者在园子读书的时候,一个老人被自行车撞了,撞人的学生六神无主,手足无措,青年学者及时将其送到医院,老人捡回一条命。这个老人是某个学科的大佬,青年学者因此投到他门下,并得到真传,年纪轻轻,就成为该学科的翘楚。这可谓是典型的好人好报。Y兄的故事是否真实,难以确证。他刚讲完,旁边的同学就插话了:他们是不是演双簧?几个人顿时瞠目结舌。

园子里不会骑车的人如凤毛麟角,Y兄就是其中的一只凤毛。游侠晚他一年而来,不久即成为他的专职车夫,随叫随到。弟兄们吃香喝辣不分你我,但和女孩子约会那肯定要闪了。戊子年中秋之夜,京西阵雨,水积成河。Y兄有约会,游侠备车送其到约会地点清青餐厅,然后闪开,在外面一边抽烟,一边看海。不到半个小时,Y兄出来了,一脸怒气,对我说,送她到西门。说罢,拂袖而去。那女孩子,神情木讷,满面梨花春雨。游侠倒不怜香惜玉,只是觉得扶危济难为游侠之本分。到清华西门,步行至少要半个小时。当时大雨初霁,天黑月高,路灯黯淡,积水半尺有余。虽说园里治安甚好,但女孩正在伤心之时,根本无心去看脚下,深一脚浅一脚难免让人担忧。那女孩也不见外,还未等游侠发话,便说:"送我到东门。"话里带着哭音。游侠马上跳上黑火棍,双脚撑车,当起护花使者。心里却想:这姑娘初次见面,不岔生倒也罢了,愣给我加了一段路程。她说的东门,不用说是北大东门了,距离清华西门至少有一站的距离。不辱使命回来,游侠对 Y 兄发了一大通火。这家伙倒有君子之风,态度好得不得了,任打任骂,还请游侠吃了顿饭,并夸游侠仗义,为当世之堂·吉诃德。

每到毕业季,为主人效力了几年的自行车也就被弃之若敝屣了。卖,值不了几个钱;有同学朋友要,就送给他们;没人要,就放在车棚或者露天,任凭风吹雨淋。清华百年校庆的时候,为了整顿校容,学校集中将长期无人使用的老弱病残自行车当废品处理,满满地装了几大卡车。有些主人尚在园子里的自行车,混杂在这些"低端人口"之中,因为车黑胎黄,或者看起来破旧,也被扔上卡车报废。我斜对面住的老庞,就很不走运,他有三辆自行车,相貌都有些老旧,结果无一幸免。为这,老庞和保安怒冲冲地干了一架,结果是一辆也没有追回。游侠离校的时候,将自己的黑火棍送他,他终于又有了坐骑。半年后,老庞还在电话里夸我的黑火棍结实。他哪里知道,这匹游侠的"驽骍难得",还当过护花使者呢!

北京的冬天

　　北京的冬天，外地人绝对是有点儿懵：天蓝得耀眼刺目，不能再蓝，令人如同置身幻境——从屋里出来——给人别有天地、大梦初醒的感觉。不过，太阳如同得了黄疸，只有亮度而没有温度，没有热力，寒气刺骨。

　　从山海关呼啸而下的寒风，震天动地，简直连地皮都要刮起来了。光秃的柳枝，歇斯底里地哀嚎着。凛冽的寒风如同巨浪，不断地冲击着光秃直挺的杨树上的鸦巢，不时掉下一两根树枝草杆。忽而有鸽子飞过，嗡嗡的类似吉他的低沉颤音让人陶醉。我被这景象迷住，干脆不进屋子里去，续上一根烟，抬头仰望或者极目远眺，管他什么讲座，什么重要会议。

　　土生土长的北京人对北京的冬天早习以为常，初来乍到的外地人却觉得匪夷所思，只能慢慢适应。外来者被首都难以抵御的魅力吸引而来，就得有接受这难以理解的气候的准备。在各种场合，你都能听到外地人抱怨北京气候，当然不只天气，但还是有很多人不愿意离开，因为爱情，因为事业，因为虚荣或各种各样的原因。他们对北京爱恨交加。

天气冷，行人却不见少，大家都为了生存而奔波。公交站、地铁站人挤人，马路上车挤车，街头的音乐是那么喧闹，空气是那么浑浊，汽车尾气、空调废气、供暖烟囱排出的废气混合在一起，有一股甜丝丝的呛人的味道。正如老妞的长篇小说《手心手背》中所写的："整个城市像一只庞大的发了霉的樟木箱子，但这箱子里的人依然忙忙碌碌地或者懒懒散散地生活，甚至都没人抬头向天上望望。"人们裹紧棉衣，身体蜷缩，脸上的表情如同脚下的水泥路面，神思恍惚地为生计望着眼前。没有人仰望蓝天，没有人打量一下旁边的行人，人们目光僵直，蓄积着力量，准备着挤进车厢。北京就是这样一个忙碌木然的城市。

北京的冬天来得很快。今天映入眼帘的是红叶满山，银杏金黄，明朝你就会发现只剩下几片孤零零的树叶在枝头中瑟瑟发抖。金色的秋天倏忽间溜走了，让人来不及仔细打量。鲁迅先生在北京住了十几年，他在小说《鸭的喜剧》里说：北京仿佛没有春天和秋天，夏天才去，冬又开始了。确实如此。北京的秋天是一年之中最好的季节，大家都挤着去香山看红叶，去颐和园泛舟,去居庸关爬长城,要是遇到艳阳高照且无风的好日子,穿件衬衣也会汗流浃背,真是秋高气爽,舒心惬意。等你兴尽而归,美美地睡上一夜,第二早起来,却发现红叶落地,树木光秃,满地银霜,寒气袭人,冬天不知不觉地光临了。来得太快了,来得猝不及防。

凛冽的寒风也来了。北京的寒风让凛冽这个词鼓胀胀的。要是没有这肆虐的寒风,北京冬天的特色就减去了大半。地铁站、公交站、大学校园里的自行车一大片一大片仆卧在地,寒风像一名武功盖世的冷血杀手,不允许一辆自行车站立着。自行车尸身枕藉,层层叠叠,不见有人扶起来。扶起来也是无用,你刚让它站起来,没走几步,又被刮倒了。人们都习以为常了,要是看到有自行车站立着,反觉得不太正常。十字路口,卖烤红薯的老大爷趴在炉子上,嘴里吐着白气;宾馆酒店旁,正装的男女服务员不停地跺着脚,弯腰招呼客人;公交车里,玻璃成了马赛克,水珠在慢悠悠地往下滑……"今天真冷啊",终于有人忍不住说出来。

白天是匆忙的、喧闹的。我在书桌前转过身,看到每隔十分钟就驶过一列十三号城铁,车厢里那一张张疲惫的、无奈的、闭着双目的脸,就会在我的脑海里叠累起来。你很少会看到一张愉快的、舒展的脸,即使那些热恋的紧紧偎依的情侣,也因为疲惫而缺少活力。车厢缓慢地打开,缓慢地合上,人们急匆匆地挤上来，又急匆匆跳下去。天天如此，月月如此，年年如此……

到了晚上，寒风铆足了劲，甚至连首都机场航站楼的屋顶也给揭走了。不是杜甫所言的"高者挂罥长林梢"，而是漂浮了许久，兴许会被哪个好事者当成外星人的飞碟。寒风狂啸，带着号子，如同千军万马在冲锋陷阵。那些光秃秃的枝桠，被折磨得发出厉鬼哭泣般的惨叫。秋天里到处哀号的凄楚的寒鸦不知道藏到什么地方去了，接替者的声音更使人毛骨悚然。那些无家可归的被寒冷浸透的野猫发出类似婴儿哭泣的悲鸣，使人脊背发麻。起先我以为是哪个残忍的母亲抛弃了自己的骨肉，后来才知道，是可怜的无家可归的有九条命的猫。这声音，有时候我觉得就是那些在北京拼打的人们的灵魂号叫，是他们生活的悲怆旋律。如果你去过唐家岭的蚁族聚居区，如果你去过那些偏僻的地铁站周遭，如果你去过那些地下好几层的地下室，你就明白了这个旋律的每一个音符。

晚饭之后，我沏上一杯茶，打开电脑，开始忙碌我日复一日的机械工程。城铁的呼啸声浅浅地弱了下去，寒风的声音强了起来。即使窗户有头发丝那么细的缝，寒风也会冲进来。我用胶带纸将窗户缝隙牢牢地粘了两层，没过几天，胶带纸就张着嘴巴笑了。寒风如同海浪，一浪高过一浪，带着号子，鬼哭狼嚎。继而，就是那些无家可归的猫的凄惨的鸣叫声，"一叫一回肠一断",令人难以安坐。几百个夜晚,我就是在这样的情景中进入梦乡,并时常被悲鸣声惊醒。冬风凛冽,猫鸣凄惨,乍一惊醒,不知身在何处,还以为和祖父二十年前住在深山老林。清醒过来,才知道身处京华,情境却同儿时,不禁想起刘克庄"客里似家家似寄"的词句来,真令人感慨!

气温真低。我在北京的几年都是提前供暖。然而到了深夜,暖气却常常停止。不知道是锅炉工睡着了,还是节源断流,总之一个字——冷。和我同居一室的小根是京城某高校的老师,他有事才来学校,一学期来不了几次。他膘肥体壮,夏天常裸着身子,来一段河北梆子或者京剧,慷慨激昂,总觉得他应该不怕冷,后来才发现,这家伙是个极怕冷的孬种。一天晚上临睡前,他趴在床底下找东找西,嘴里嘀咕着"怎么不见了?",我问是什么,他说他的尿壶找不见了。我乐了,宿舍有卫生间,要尿壶干啥,再说,我也从未看见尿壶。他说起夜太冷,他裁了个可乐瓶子做尿壶,怎么找不见了。我才想起我打扫屋子的时候给清理出去了,当时我还在想,这个东西是干吗的呢。

像我这样的老学生,蜷伏在清华园里,很少出门,"大隐隐于市",小隐隐于这清净的园子。如果没有网络,真是与世隔绝了。要出门,先得全副武装,将自己包得只露出眼睛。骑自行车就更麻烦了,车子早像多米诺骨牌一般撂倒了,好不容易找见自己的车子,还得将压在上面的车子扶起来。看到倒在地上的自行车，我就想起了小时候常见的的恶作剧——村里有人盖房子，打了胡基坯子，一些捣蛋的家伙只要弄倒边上的一个，其他就如同手风琴键一样挨个倒下了，他们叫作"胡基浪"。冬天在北京骑车，手套必须戴，否则车把会把手上的皮黏扯下来。等上了车，才发现骑车是错误的。顺风，车子跑得飞快，耳旁呼呼声震耳，围巾帽子没走几步就被扯了下来；逆风，自行车如同在上陡坡，不断地往后退，任凭你使出吃奶的力气，也难走上几步。经历上这么一次，冬天再也不敢骑车了。

喜欢北京的人很多。本地的土著自不待言，老舍在《想北平》中说："我所爱的北平不是枝枝节节的一些什么，而是整个儿与我的心灵相黏合的一段历史，一大块地方，多少风景名胜，从雨后什刹海的蜻蜓一直到我梦里的玉泉山的塔影，都积凑到一块儿，每一小的事件中有个我，我的每一思念中有个我，我的每一思念中有个北平，这只有说不出而已。"那是血浓于水，浓得化不开的爱。

外地人也有爱得痴迷的，如林语堂，他在《辉煌的北京》中说："北京和巴黎是世界上最美的两个城市，几乎所有到过北京人的都会渐渐喜欢上它。"又在《迷人的北平》中说："北平'代表旧中国的灵魂，文化和平静；代表和顺安适的生活，代表了生活的协调，使文化发展到最美丽，最和谐的顶点，同时含蓄着城市生活及乡村生活的协调'。"不过，那是过去，是在民国。这个古都已经不是林语堂时代的像宽厚的老祖母一样的古都,向孩子们展示出一个让人探寻净尽的大世界,孩子们只是高高兴兴地在她慈爱的怀抱里成长。

现在的北京,是一个年轻人很难立足的城市。北京有各种机会,有说不尽的优势,然而它的"劣势"远远超过了"优越"。在这个由钢筋和混凝土建造的超大城市里,灰色、冷漠是它的主色调——人多、车多、房贵、交通拥挤、生活压力大、没有归属感、冷冰冰……在皇城人海之中,你的孤立无援和无能为力会被放到最大。然而,为了留在北京,许多年轻人还是很决绝——"宁要北京一张床,不要外地一套房"。正如那首《北京的冬天》所唱的:"北京的冬天飘着白雪,这纷飞的季节,让我无法拒绝。想你的冬天,飘着白雪,丢失的从前让我无法拒绝。"我能体味到这首歌里夹带的疼痛,所以,从开始,我就未做过这玫瑰色的梦。

幸有诗书伴流年
——我的十本（套）书

王鹏程：1979年6月生于陕西永寿县。1998年6月毕业于陕西彬县师范学校，先后任初高中语文教师、报社记者等职。2006年6月毕业于广西师范大学文学院，获中国现当代文学专业硕士学位。2011年6月毕业于清华大学中文系，获中国现当代文学专业博士学位。2012—2015年在南京大学中国新文学中心从事博士后研究工作。2016年12月被破格聘为教授，并被遴选为博士生导师。现任教于西北大学文学院。学术兼职有中国现代文学馆特邀研究员、中国当代文学研究会理事等。发表学术论文百余篇。著有《马尔克斯的忧伤——小说精神与中国气象》（生活·读书·新知三联书店，2018）等。

1986年秋,我在村子的初小开始读书发蒙,迄今忽忽焉已32年半。其间除了大半年在报社外,32年半都在学校度过——读小学、上初中、上中师、教中学、读硕士、做大学教书匠、读博士、做博后、再做大学教书匠,以教书谋生,以读书为业,以藏书为乐,日日与书为伴,"寂寂寥寥扬子居,年年岁岁一床书",不敢想象没有书的日子。30多年来,无论经受挫折困厄,还是兴奋得意,读书都是最好的慰藉。书如空气,如饭食,如眼睛须臾不可离——一日不读书,恍然有所失;两日不读书,惶惶兮不安;三日不读书,面目立觉可憎。站在书架前,宛如历数自己的挚友,很难判定哪一个跟自己更亲近。细心盘点,反复掂量,最终挑出人生各个阶段影响最大的十本(套)来,献与同好。

《路遥文集》

1992年秋,我上初一。一个周末,大概是路遥逝世不久,我用一天半的时间看完了《路遥文集》一、二卷。书是借来的,陕西人民出版社出的精装版,暗黄色硬壳。《人生》一书带给我强烈的震撼,高加林命运的巨大翻转令我不能释怀,尤其是他重新回到村里所遭受的难堪和奚落。当时想:倘若我不努力读书考上学,处境甚至远不如他。这三年所面临的人生抉择,用我们校长那俗气的话说——是穿皮鞋与穿草鞋的分水岭。这时我才深深地理解了上小学时，父亲在我笔记本扉页所题的柳青《创业史》第十五章中的那句话："人生的道路虽然漫长，但要紧处常常只有几步，特别是当人年轻的时候。"——这也是《人生》的题记。

3年后的秋天，我如愿跳出农门，考入中师。中师重文轻理，课外阅读也有充裕的时间。我读了《平凡的世界》，并节衣缩食买了一套陕西人民出版社的《路遥文集》，两本，字体很小，该是小五号，密密麻麻，读起来很伤眼睛。我又从头至尾读了一遍路遥的作品，并做了五颜六色的标记和夹注。前些年写关于路遥的文章，重新翻阅，当年阅读的情景依然历历在目。对我鼓舞最大的无疑是孙少平，他的坚强和奋斗给了我无限的力量和鼓舞。我觉得自己也不能妄自菲薄，甘于平庸，应该追求高远的东西。我开始自学大学中文系的课程。这是一个改变我命运的重大抉择。在中师毕业前的一月，我拿到了大专文凭——我们学校历史上史无前例的第一个（当时的自考很难，通过拿到毕业证者寥寥无几），因而才能分配至中学任教。中师是培养小学教师的，见习和实习时我在小学大概讲过三五节课，实际上并没有真正教过小学。

后来因为大学教学和研究的需要，我又先后两次系统地阅读了路遥的作品。尽管路遥的作品有着明显的问题，比如过于

我在彬县师范教学楼东头平台的留影，1997年五六月份

理想化、道德化、迷恋权力、拖沓等，但其充沛的精神魅力和浓郁的道德诗情，在当代很少有作品能够企及。正如我在一篇文章中所言：路遥是我们那代人——尤其是从农村出来、通过奋斗改变命运的青年的"精神灯塔"。他给了我们信心与力量、希望与慰藉、温暖与诗意，给了我们对爱情的纯洁认识，唤起了我们对未来生活的美好憧憬。

《金蔷薇》

《金蔷薇》是苏联作家康·帕乌斯托夫斯基的一部总结作家本人创作经验、纠正自己时代文学偏差、改变自己时代文学风气的名著。该书结合普希金、莱蒙托夫、勃洛克、蒲宁、契诃夫、托尔斯泰、高尔基、普里什文、莫泊桑、雨果、安徒生等人的创作活动，探讨了一系列文学创作中的重要问题：作品的构思、观察力的培养、想象的必要性、灵感的由来、细节描写的功能、人物性格的逻辑性等。如强调想象力重要性的《夜行的驿车》，借助安徒生的故事，不仅说明了作家驾驭想象力的重要性，同时也诠释了安徒生艺术生命的悲剧性和伟大之处，申述了一种令人感动和沉醉的幸福观念。十多年前，我曾用两节课的时间给学生朗诵过这篇杰作，学生完全被摄魂夺魄，沉浸在其中久久难以忘怀。至今，他们中仍有人念叨那堂课，想起安徒生乘马车夜行的悲戚的爱情故事。

该书表现出帕乌斯托夫斯基无与伦比的艺术才华。他有一颗纯洁的童心，善于捕捉世间美好的情感并能细腻地表现出来，在写实中糅合着浓郁的诗意，安放着人性的光辉和美妙的梦境，每一个渺小的人与物都放射出生命的亮光，每一个卑微的角落都显露出不一样的美丽。正如作者所说的："每一分钟，每一个在无意中说出来的字眼，每一个无心的流盼，每一个深刻的或者戏谑的想法，人的心脏的每一次察觉不到的搏动，一如杨树的飞絮或者夜间映在水洼中的星光——无不都是一粒粒金粉。"全书娓娓道来，纯净清丽，质朴隽永，是一部洗涤心灵的令人叹为观止的难得的佳作。

《鲁迅全集》

鲁迅的文章我上小学时就开始读,但真正读懂,却是三十岁后。读书是需要人生阅历的,没有阅历,有些书在一定的年龄就难以理解。鲁迅的重要和伟大在于,他不仅文起百代之衰,实现了中国文学传统的创造性转换,开创了真正意义上的中国现代文学,更在于他对中国历史文化传统的深刻洞察,对中国世道人心的深刻剖析和生动显现。可以说,要了解中国,了解中国的历史文化,鲁迅是绕不过去的第一人。在中国实现真正的现代转型之前,鲁迅不但不会过时,而且会愈来愈彰显出无可比拟的重要性。比如关于改革,鲁迅的只言片语,即令人悚然惊醒——"曾经阔过的人想复古;正在阔的人想维持现状;未曾阔过的人想革命"。当然,鲁迅的思想中有幽暗的虚无的成分,但这不过是他反抗绝望中的一个面相,且植根于他"无穷的远方,无数的人们,都与我有关"的博大关怀之中。

《胡适文集》

胡适是 20 世纪中国最具国际声誉的学者、思想家和教育家,是"五四"以来开风气的学术大师,对中国现代学术产生了非常深远的影响,在文、史、哲等领域均取得了非凡的成就。

历史地、客观地看，他的学问执简驭繁，由浅入深，在学术范式方面的贡献远远超过他个人的学术建树。他最伟大的地方在于对自由主义理念的传播、诠释和践行。如果说鲁迅偏于对中国历史、政治、文化的解构的话，胡适则侧重于历史、政治、道德与文化的建设。可以毫不夸张地说，胡适是20世纪中国自由主义最具诠释力和建设性的思想家。他与鲁迅二人互为补充，为中华文明与中国文化的新生提供了最为宝贵的思想资源和精神支持。他的自由主义思想及其实践，在今天非但没有过时，反而弥加珍贵和稀缺，是中国跨越"历史三峡"无法绕过的最为重要的内生资源。

《史记》

《史记》是"史家之绝唱，无韵之《离骚》"。司马迁时代，历史和文学的边界还不是很清楚，历史性和文学性往往兼而具之，但如《史记》这样完美融合且达到后世难以企及的高度，在中国历史上，也惟有《史记》而已。从历史学的角度来看，《史记》如班固所言"其善序事理，辨而不华，质而不俚，其文直，其事核，不虚美，不隐恶"，是历史学书写的完美典范；从文学性上看，其通过人物来塑造主题，巧妙处理历史史料的基本真实与局部、细节夸张与虚构的问题，善于描写心理、捕捉个性化的人物语言，善于描写场面、渲染气氛，感情充沛、气势雄浑、笔墨朴拙，直接启发并决定了后世的散文与小说创作的面貌与形态，是中国古代史学、文学的武库与土壤。作为一个现代人，要了解古代中国，不可不读《史记》；作为一个中国人，要了解我们这个民族过去的"伟大处"和现在的"堕落处"，也不可不读《史记》。

我读《史记》，除了课本上的篇目，最早熟读的篇目是《郦生陆贾列传》与《刘敬叔孙通列传》。陆贾葬于我们村；娄敬葬

我放羊的山坡，山岭为安葬娄敬并以娄敬命名的娄敬山

于我们邻村，据传为我村女婿。二人墓前均有清代陕西巡抚毕沅所立之碑，娄敬墓前有历代文人墨客题咏怀古之"小碑林"。小时候放羊或结伴游玩，常经二人墓冢。故读《史记》中二人列传，倍觉亲切。而后通读《史记》数遍，最感喟和珍爱者还属《太史公自序》。这篇千古而下的奇文，与人激励感动无数。

《战争与和平》

无论从涵盖的广度还是深度来看，《战争与和平》无疑是人类文学史上最伟大的作品。倘若世界上只允许留下一本书，我相信读过的人绝大多数会同意留下这本。尽管它线索繁多，叙事庞杂，有着令人不堪忍受的与小说叙事看起来脱节的絮絮叨叨的历史议论。

托尔斯泰的叙事是拙朴的，据说他常常会改掉一些漂亮的字句，因为生活本来不是这样。他同时又是澄明的，他洞悉心灵的辩证法，无论是欢乐还是忧伤，无论是琐碎还是宏大，是高尚还是卑鄙，他都能在你毫不觉察的状态下带你潜入沉静或者飞跃深渊——没有一个小说家能够在如此简练朴素的表达中抵达高尚，有若神助般地抵达生活旋涡的中心。他是叙事的天才。安德烈在奥斯特里茨战役中负伤，仰天倒了下来，高邈的浮云、飘逸的苍穹，使得他的生命陷入了沉思，他思考生命、思考战争、思考上帝，宁静而庄严的仰望，也不动声色地将读者带入到对自己生命的思考中。还有那个天使般的娜塔莎。寥寥几笔，娜塔莎眼神中凝结的热力与生命力，就感染到罗斯托夫家客厅的每个人的微笑与哀伤里，并激起安德烈与皮埃尔对人生与生活的强烈的迷恋与"向往"。皮埃尔经过战争的洗礼之后，浑身散发出伟大的人性光辉。娜塔莎当着玛丽小姐的面这样夸赞他："他变得干净、整齐、有生气了；好像从浴室里出来的一样，你明白我的意思吗？——好像精神上洗过澡一样。"娜塔莎不知道，是自己，才使得皮埃尔完成了精神蜕变。我相信，每一个读者都会被她无与伦比的美丽与纯洁所震撼、净化，跟"精神上洗过澡一样"。

这部如海洋般浩瀚的巨著的容量与魅力当然不只上述，打猎、割草、星空、大地……每一个细小的人与物，每一个细节，每一个表情，均能纳须弥于芥子，刹那间见千古，带给人前所未有的冲击与思考。

《中国的智慧》

《中国的智慧》是著名学者韦政通针对阿德勒的《西方的智慧》(Great Ideas From The Great Books) 所提问题的回应。阿德勒根据西方两千多年的思想，对书中所提问题给予了简明扼要的答案。韦政通受此启发，根据中国文化的背景，设计了90个问题（70个与阿氏的相同），在中西对照的视野里比较中西文化的异同，估量中国古代思想的现代价值，思考了一系列国人普遍关心的问题，对于认清我们文化的优点与短处，选择我们努力的方向，具有重要的认识价值和参考意义。韦政通为忙碌的现代人着想，压缩篇幅，并在书尾设有中西智慧对比表。其自谦为简略，实质上是一部闪烁着卓识与智慧的极为难得的中西文化比较杰作。

《给青年诗人的十封信》

里尔克是杰出的德语诗人，也是一个永不疲倦的书简家。他一生写过数万封信，但没有比《给青年诗人的十封信》更亲切、更美好的。这十封信有首有尾，浑然天成，是一位睿智长者献给青年的人生箴言。青年心里盘伏的重要困惑和问题——艺术、爱情、生活、职业选择、前途，严肃和冷嘲，悲哀与怀疑等，无不涉及而且语重心长，别有见地。——"让你的判断力静静地发展，发展跟每个进步一样，是深深地从内心出来，既不能强迫，也不能催促。一切都是时至才能产生。让每个印象与一种情感的萌芽在自身里、在暗中、在不能言说、不知不觉、个人理解所不能达到的地方完成。以深深的谦虚与忍耐去

期待一个新的豁然贯通的时刻：这才是艺术地生活，无论是理解或是创造，都一样。"——"爱就长期地深深地侵入生命——寂寞，增强而深入的孤独生活，是为了爱着的人。爱的要义并不是什么倾心、献身、与第二者结合（那该是怎样的一个结合呢，如果是一种不明了、无所成就、不关重要的结合？），它对于个人是一种崇高的动力，去成熟，在自身内有所完成，去完成一个世界，是为了另一个人完成一个自己的世界，这对于他是一个巨大的、不让步的要求，把他选择出来，向广远召唤。"类似的令人醍醐灌顶的深沉思索和真知灼见，这十封信中随处可见。这本十封信组成的小册子，实际上是本广阔无垠的大书。这是一本不可错过的智慧之书。

《思辨录》

王元化是当代罕见的学术大师，也是我十分尊崇、反复阅读其作品的几位当代学者之一。他视野开阔、思想深邃、学问淹博、善于思辨，更难得的是，他秉持了知识分子的骨气和深刻的反思精神。他的学问涉及历史、哲学、文学、考据、翻译等诸多领域，多有发明，新见迭出。如《文心雕龙讲疏》，即是难以超越的杰作。《思辨录》摘录了王先生六十年著述的菁华，从中可以"看到一种学贯中西、熔铄古今的真学问、真思想，一种操守如一、特立卓行的真精神、真性情"。

《文学因何而伟大》

李建军是影响巨大的著名批评家，也是一位腹笥丰赡、建树卓越的杰出学者。他的文学批评，诚挚恳切、洞察敏锐、见解精辟，既有勇猛精进的批判锐气，亦有充满智慧的理性思辨；既有宏阔深厚的学养，亦有深沉博大的关怀；既有文本上的咬文嚼字和细致剖析，亦有理论上的摧陷廓清、疏通致远。其视野之开阔，学养之深厚，思虑之精纯，用力之扎实，当代罕有人匹。《文学因何而伟大》以托尔斯泰、陀思妥耶夫斯基、契诃夫等大师的文学经验为奥援，直面当代文学的弊病和问题，阐述了何为伟大的文学、大师为什么不朽，为我们时代的文学寻找精神支点和经验支持，是一部功力深厚的学术著作。同时，这也是一部矫正我们时代畸形文学风气与文学趣味的不可不读的优秀作品。

《路遥文集》，北京十月文艺出版社，2013年。

《金蔷薇》，帕乌斯托夫斯基著，戴骢译，上海文艺出版社，2007年。

《鲁迅全集》，人民文学出版社，2005年。

《胡适文集》，欧阳哲生编，北京大学出版社，2013年。

《史记》，司马迁著，韩兆琦注评，岳麓书社，2011年。

《战争与和平》，列夫·托尔斯泰著，张捷译，译林出版社，2011。

《中国的智慧》，韦政通著，岳麓书社，2003年。

《给青年诗人的十封信》，莱内·马利亚·里尔克著，冯至译，上海译文出版社，2011年。

《思辨录》，王元化著，华东师范大学出版社，2017年。

《文学因何而伟大》，李建军著，华夏出版社，2010年。

附记：本文受《中国教师报》"影响我的十（套）本书"栏目之约，开头简介为栏目要求。

在书中寻找自己

回望自己的阅读，我愈来愈加清晰地意识到——自1986年开蒙以来，我一直坚持在书中寻找自己，不懈地成为一个与别人不同的自己。

当时的农村孩子，能上学已属不易，课外读物想都没想过。书不易得，因而捡到篮子都是菜，看了一些乱七八糟的书。小学读过，现在记得的有：《开元天宝遗事》《山月恨》《四雄一杰》《说岳全传》《人生》《杜鹏程作品欣赏》《"求"三部曲》《海中金》《跟随毛主席长征》《毛主席诗词》《周总理我们永远怀念您》等。值得一提的是前两本。四年级寒假放羊，一同放羊的邻家哥哥带了《开元天宝遗事》《山月恨》。他当时读高中，爱好文学。从《开元天宝遗事》里，我知道了开元盛世、天宝之乱，被郭子仪、程咬金的传奇故事深深吸引。《山月恨》是一个现代版的痴情女子负心汉的故事，当时虽不大懂，但也禁不住为女主人公的凄惨命运感叹唏嘘。三十多年过去，小说开头"人生，幸福不是目的，美德才是准绳"的题记我依然记得。

当年读书的情景，偶尔也闪现于脑海——我们躺在山坡上，沙沙地翻动着书页；羊儿咀嚼着莎草，不时走到我们跟前，打量一下又离开。冬天的暖阳温煦舒适，让人酥醉，我们沉浸在想象的世界，逸兴遄飞，梦回大唐，迷醉在凄恻的爱情故事中。一觉醒来，太阳西斜，寒风乍起，不知身在何处，今生何生。怅然之后，合上书，起身，一声呐喊，羊儿排成一条纵队。我们跟在肚儿滚圆的羊群后面，缓缓归家，心头依然是书中的金戈铁马与爱恨情仇。

读初中在镇上，接触课外书的机会多了。可以向老师借，如《路遥文集》《三千里江山》等，都是从老师那里借阅的。大多借自学校的图书室，如《绿房子》《我的前半生》《高山下的花环》《彭德怀自述》等。学校的图书室不开放，同学们甚至不知道学校有图书室。管理员是我们村的，他患有肝病，长年服药，让我经常给他捎东西。见到他房间有两大排书柜，我少不了瞄上两眼。他见状便说，想看可以借去看，一次只能借两本，一个月还，且不能影响学习，要保住名次，给我们村争气——他知道我的成绩在全年级名列前茅，担心课外阅读影响成绩。就这样，我囫囵吞枣地读完了这个小小图书室里我感兴趣的书籍。

三年后,我有幸考上了上中师,没有了升学和就业压力,完全可以随心所欲地阅读了。学校那个小小的图书馆,让我翻了个遍。那时候借书,先在目录里检索出自己想看的书,将索取号交给管理员,借书者不能进入书库。管理员老师发现我看书快、借书多,索性让我进入书库自己挑拣。这应该是我们同学中极为罕见的"优待"。后来才知道这位温文谦和的女老师,是我们一位体育老师的爱人。我毕业后再没有见过她,她应该早已退休了。应该感谢的还有我们隔壁宿舍姓马的同学和一位女同学。他手头宽裕,爱买书,看完了就扔床头。我在他那儿看过《穆斯林的葬礼》《未穿的红嫁衣》《少年天子》《星星草》《蓝袍先生》《丰乳肥臀》《补天裂》《苍生》《都市风流》等。当时流行的文学作品,都是经他之手读到的。女同学姓梁,家里有不少外国文学作品,在她那里借过不少,现在记得的有二叶亭四迷的《浮云》、米尔内的《浪荡女人》等。这三年的自由阅读,古今中外、古典现代、文学哲学、心理逻辑均有所涉猎,完全是兴趣牵引,如鼹鼠饮河,不敢肯定学到了多少东西,但让我明白了自己喜欢什么、需要什么,更重要的是,阅读成为日常的生存状态,也成为习惯的生活方式。"寂寂寥寥扬子居,年年岁岁一床书",找不到比这更让自己惬意、自在和舒展的生活了。

中师毕业照，我在第三排最中间（左右皆为第八）

因而，我一直感谢在中师三年漫无目的的阅读，后来读研、上博、做博后，在大学教书，无不基于中师时期率性阅读所激发的兴趣以及广泛涉猎所奠定的根基。吾生有涯而书无际，现在我经常感叹自己在最好的年华读了不少垃圾书，也欣慰自己执着固执，一路披沙拣金，有幸遇到、读到不少人类思想和精神的瑰宝，不曾放弃对自己的寻找。罗曼·罗兰说："从来没有人读书，只有人在书中读自己，发现自己或检视自己。"从读第一本课外书开始，实际上我已在懵懵懂懂中开始了寻找。在浩瀚无边的书海中，我始终在寻找自己、发现自己、检视自己，也在努力地确认自己、塑造自己、成为自己。

没有"母校"的人

前几年,《美文》主编穆涛先生命我评析阎连科先生的一组散文,读到《一个没有母校的人》,我会心一笑:其实这个题目我一直也想写。

对于有母校情结的人来说,这实在是大逆不道!

阎先生说自己没有母校,多是谦虚——他忙于创作,没认真地听老师讲课,也得了文凭。他是名人,为母校增了光,他的那些母校也都还在,母校肯定会时常念叨着他。凡有重大活动,想必是以他回去为荣的。他说自己没有母校,母校可不买账;他心里不认,未必敢在口头上也这样说。在中国,口中所言和心中所想的背离,如同一日三餐平常。倘若母校有活动请阎先生回去,他大概也难以免俗吧。这是中国的人情世故。

以"母亲"喻指曾经就读的学校,不知何人发明,从何时开始，但实在有些不伦不类。母爱是本能，伟大而无私，是人类最自然、最深厚的情感。因而，古今中外，人们总是怀着崇敬之情，不吝笔墨，用最美好的词句来咏赞母爱。当然，也有恶母，比如古希腊欧里庇得斯悲剧中手刃两个儿子的美狄亚。假如生活中有这样的母亲，是断不能歌颂的。——毕竟这类恶母少之又少，非常特殊，对于普遍的伟大的母爱并无影响。

2018年，在初中母校任教时的宿舍前，这座两层的小红楼前几年已被拆除

母校是什么呢？我觉得是这样——一拨同学、一群老师在一起的几年里，在共同的校园构建的一个生活学习的共同体和情感的共同体。交集的这几年结束以后，同学风流云散，老师人事更迭（如调离、去世），母校就成为一个靠回忆和想象维持的虚幻空间。回到熟悉的校园，不少人都有物是人非的恍惚。

母校的爱不是本能，没有血缘关系，给予每个成员的情感记忆完全不同，甚至是大相径庭。大致有这么几类：一类是个人在学校时得到老师的关照与赏识，或者母校给予了某种机遇，如保研、找工作或者有一场刻骨铭心的恋爱，那个人对母校的感情则会不断强化，一提起母校，就会两眼放光，激动无比；一类是在母校有着不愉快的经历，比如某个老师、某个同学、某个工作人员给自己留下不好甚至恶劣的印象，或者因东西被偷、作弊被抓、谈恋爱被处分，对母校耿耿于怀，虽然嘴里不说，但是心里的疙瘩却难以开解。我有两个同学，在校时谈"恋爱"，被学校处分了，他们对母校就有些"恨之入骨"。我上的是中师，同学年龄在15岁到19岁之间，也就是高中生的年龄。年龄小，学校担心影响学习，明令禁止恋爱。这两个同学，也没有什么越轨的举止，熄灯后站在楼道说话，女生因为紧张或害羞，无所事事地抠着墙壁上胀裂的白灰皮，结果被政教处巡逻的老师抓住，说他们谈恋爱，给了处分，还全校通报。我还知道有个名人，20世纪60年代上大学，因为谈恋爱学校给了处分，后来他出了名发了迹，母校校庆，三番五次邀请他，他也不肯回来给母校长脸。可见那个结还是解不开。以上两类是橄榄的两头，对母校印象平平的占大多数，没有什么特殊的感情和记忆。这三类虽有不同，但对母校的感情却有一致之处——他们聚在一起，可以对母校说三道四，指手画脚，倘有外人跟着起哄，他们就矛头马上一转，一致对外了。所以有人说：母校允许自己的学子说三道四而不准许别人指点诋毁，可谓深得三昧。

1998年冬，与学生在宿舍起舞，墙上是《铁达尼号》的海报

母校在每个人之后的生活和学习中扮演的角色也不一样。比如同学，可谓是人生最亲密的关系和最宝贵的资源，甚至超过了有血缘关系的亲属。有句流行的话说，人生有三种关系最铁——一起同过窗的、一起扛过枪的、一起嫖过娼的。第三种关系无法确证是否真铁，但前两类，真铁毋疑。等而下之，是追认的校友、学长，其远比不上同窗同班，多免不了夤缘趋奉，有所企图。

母校对学子呢，也不像母爱，无私而平等。尤其是当下的高校，行政化且世俗化，对自己的学子，常常是衣分三色，人分九等，伤透了学子的心。记得某著名高校百年大庆，印制了精美的纪念册，其中知名校友，排在最前的是当官作宰的，并配以三五吋的巨照；而著名的学者专家，一律是一吋见方的小照。后来群情哗然，校友谤议，校方先是缄默不言，后来竟振振有词，令人大跌眼镜。我原来任教的一所高校也是这样。对是官员巨贾的校友，铺以红地毯，夹道恭迎，正餐也是单独设宴，高桌子低板凳；对那些普通校友，也有不主要的领导相迎，但红地毯是没有的，主餐则是食堂的餐票。这样的三等六样，难免伤人。有个学生当时就忿忿地说："以后校庆再也不回来了。"由此可见，母校还是不如母亲，倘若母亲的孩子从外面归来，无论孩子发达显贵与否，母亲肯定是一视同仁的，说不准更疼爱混得不好的，绝不会给混得好的孩子吃饺子，让混得差的孩子啃窝头。

对读过书的学校，我跟大多数人一样，有一种很特殊的感情,但自己太理性,上升不到"母校"的高度。我们对读过书的学校有感情,无非是学校有一些自己很尊敬的,或者给自己很大影响的老师,还有一些情同手足的同学。倘若没有这些,校园的一切也仅仅是人生某个时段的回忆和见证。当然,学校带给我们每个人的也有不快和伤害,回忆往往筛选了不快,单留下美好的一面,不好的全被遮蔽了。但伤害得太深和太重,还是无法全部拭去的。如我,读中师时有次考试,发卷前,坐在我前面的同学嗑瓜子,我戳他脊背要几颗,结果被巡视的教务处领导发现,直接定罪为"作弊"。我辩护道:"卷子还未发呀!"这位领导说:"你有作弊动机!"结果我还是被驱逐出了考场。后来这门课只得补考。这是我中师三年唯一补考的一门课,也是我漫长学生生涯的唯一一次"作弊"。旧事重提,并没有指责这位老师的意思。许多年过去,我已经毫不在意,只是举例而已。后来我再也没有见过这位老师,听说他做了个不大不小的官,也许他已经改掉了莫须有的"有罪推定"。

因为太理性,即使回到曾经读书的学校,我也都是走马观花,匆匆而过——当年的老师不在了,同学也不在了,校园依旧,人事已非,除了徒增一番感伤,还能找寻出什么呢?

说到这,又回到阎先生的《一个没有母校的人》。他说自己没有母校,多少有点"矫情",要说我没有母校,却是名副其实。我的那些母校命运实在也是不济——

我读初小的桃花堰小学,仍记得一侧四个大字是"振兴中华"

　　发蒙的村子初小,在乡村学校合并的浪潮中早已改弦更辙,成了养牛场。

　　读了三年的完小,换了资助建校的商人的名字,校舍全部另建。

　　读了三年之后又教了三年书的初中,校园重建,学生时代的教室和教师时代的宿舍,荡然无存。校园面目全非。

　　当年上中师对自己的人生至为攸关——跳出了农门,改变了命运,因而也是自己打心底最愿意叫母校的。可惜在我毕业不久,其也被撤销兼并为职业学院一部分,原校址成了中学。

剩下几个读过书的学校,因为是工作多年后再进校园,那种母校认同的情愫已无法滋生。这跟我太理性以及人生的严重错位有关——该读书的时候在工作,该工作的时候却在读书。这并不影响我对教过我的老师们的尊敬和怀念,我对老师们的感情一点不亚于那些将"母校"挂在嘴边的人。我不大认同那种抽象的宏大的空泛的"母校",以及向"母校"索取、借"母校"为自己镀金、通过"母校"为自己编制关系网络的做派,而是更为看重"母校"中和自己生命成长联系在一起的具体的可敬的老师、熟悉可亲的景和物。

每到毕业季,每个校园都有"今天你以母校为荣,明天母校以你为荣"的横幅或与之相仿的标语。我从未以读过书的学校为荣,也不曾想过,读过书的学校以我为荣,只是在想:咱们彼此都别丢人,好吗?

写完关于阎先生的文章,我跟妻子说:"你校友阎老师说他是没有母校的人,我才是呢!"我家领导稍加思索之后,笑着说:"你是'扫帚星',在哪读书,那儿就塌豁!"还真让她一语中的——

我才是真的没有"母校"的人。

西安的雨

西安缺雨吗？

——不缺，一点不缺；不但不缺，而且多，多得让人腻烦，让人发愁！宋代词人张元干有词曰"雨肥红绽东风恶"，西安的雨，现在完全配得上这个"肥"字。缺雨，那已经是20世纪以前的事情；旧黄历，不能看了。

就拿今年来说，二三月份雨水少，这时候小麦起身、苹果坐果，亏了农民和果农。一到四五月份，春雨连绵，三五天就下一场，如同南方的梅雨季节。几杯西凤酒下肚，隔着玻璃远眺终南山，雨丝细密，山色空濛，云罩雾绕，如同置身江南烟雨胜景，不禁使我想起在宁波和桂林度过的那几个春天。经常是前一天的积水未干，第二天接着又是一场。虽说春雨贵如油，但下得多了人们还是发愁。这时小麦拔节抽穗，阴雨连绵，容易滋生小麦蚜虫、白粉病和条锈病等。果农也烦，苹果缺少光照，轮纹病、炭疽病、落叶病等伺机而出。城里人抱怨，一下雨，不管多少，堵车是肯定的了，出门极不方便。穿衣也折腾人。前一天春光明媚，艳阳高照，短袖短裙短裤上身；一夜风雨，第二天还是这身行头，少不了鼻涕直流、喷嚏震天。所以西安人调侃说，从清明到立夏，西安人就来来回回忙乎两件事——脱秋裤，穿秋裤。

今年的夏天也没有热起来。刚热起来，晚上就是一场清爽的及时雨，迅速把温度降下来。真如苏东坡说的"殷勤昨夜三更雨，又得浮生半日凉"。最高温度没有超过38℃，而且热也只有两三天。过去，西安的热是很有名的，一点不亚于上海、武汉、重庆、南京等著名火炉。西安在渭河盆地的低坑里，南边有高耸入云的秦岭，北边是地势高出几百米的渭北高原。一到夏天，四周无风，就跟放在炉子上的火盆一样。即使有一点风，也被鳞次栉比的高楼大厦挡住了。西安的热，是干热，是焦热，烤红薯一样的热。每到夏季，西安人就谋划着去哪里避暑。能离开西安的，去甘肃、去青海、去西藏；周末可以出去的，到附近的麟游、永寿、旬邑、淳化等地方，去享受几天清凉；走不开的，就从沣峪口进秦岭，偷得半日清凉，也不亦乐乎。然而今年的夏天，让原计划出去避暑的西安人乱了分寸，出去避暑吧，西安也不热啊；不出去吧，后面热起来咋办？在纠结与等待中，只有少部分人出去避暑了。一出去，就让朋友同事给取笑了：隔一天一场雨，凉得跟马一样，瞎跑出去干啥？我家领导几十年都在关中生活学习工作，在南方一个星期也没有待过。她也感叹："西安的雨咋这么多呢。以前可不是这样啊。这天气，咋越来越像南方了呢！"

南方人也觉得西安不缺雨。8月份，上海和桂林的几位朋友陆续来西安旅游，他们感慨："西安不像北方的城市啊，三两天一场雨，跟南方一样。而且比南方舒服多了，不像南方，温度一高，湿不叽叽黏不呼呼地发不出汗来，真是清爽宜人。"在复旦任教的朋友甚至有了来西安工作的"邪念"。他问我："你们哪个大学有政治学专业，我干脆来西安教书算了。"我连忙劝他打消这个念头："西安庙小，容不下您这尊大神。"别看高楼林立，充其量就是个高楼里的大堡子，跟大上海是没法比的。逛逛倒是可以。朋友莞尔一笑，不再言语。

西安的秋雨更令人烦，真是老杜所言的"雨脚如麻未断绝"。过去西安的降雨主要集中在秋季的9月到10月间，经常一下就是一个星期、十几天甚至一个多月，关中话叫"扯霖雨"，"霖雨"是个很古雅的词，"霖"本读"lín"，阴平，意思有连绵大雨、甘雨、时雨、济世泽民的意思。《晏子春秋·谏上五》中云"景公之时，霖雨十有七日"，曹植《赠白马王彪》诗曰"霖雨泥我涂，流潦浩纵横"，其中的"霖雨"都是连绵大雨的意思。李白《赠从弟冽》诗曰"傅说降霖雨，公输造云梯"，郑板桥《和高相公给赈山东道中喜雨并五日自寿之作》诗云"多谢西南云一片，顿教霖雨徧耕桑"，这里"霖雨"指甘雨、时雨。范仲淹《和太傅邓公归游武当见寄》诗曰"此日神仙丁令鹤，几年霖雨武侯龙"，柳亚子《一九四五年八月三十日渝州曾家岩呈毛主席》诗云："霖雨苍生新建国，云雷青史旧同舟"，其中"霖雨"概是济世泽民之意。

关中话将"霖"读"lìn"，去声，意思也单指连绵大雨或者连阴雨。听说毛泽东去世的1976年秋季，关中一连下了三十九天的雨，城里到处积水，人们生活极为不便。农村就更惨了，到处房倒窑塌，没个落脚的干处，更甭提牲口家畜了。当时正赶上唐山大地震，为了躲避余震，人们在露天里搭棚架屋，霖雨连绵，棚倒屋塌，睡觉无干处，饭也吃不上，受尽了老天的苦头。

吾生也晚，那时候还没有出生，但后来也饱尝了霖雨的折磨。20世纪80年代的农村都是土路，下起霖雨来，道路泥泞不堪，上学就很麻烦了。当时农村百分之七八十的孩子都买不起雨鞋，每逢下雨，家里都让穿着快要淘汰的破烂不堪的布鞋"跳雨"，走不了三五步，鞋里就进了水，咘叽咘叽地作响。教室里坐了半天，鞋子稍微干了些，放学回家跨出校门，三五步又是咘叽咘叽。那时候最羡慕的是有雨鞋可穿的同学，谁要是有双高腰的雨鞋，简直要羡煞人也——难以想象双脚干爽的样子。后来看伊朗电影《小鞋子》，不由得心里发酸，眼睛发潮，想起自己的童年时代。一双平常不过的鞋子，是多少可怜孩子眼中的奢侈品呀！

20世纪，西安因缺水而名声远扬。我的硕士导师，20世纪90年代初的夏季，从南方到过西安。几十年后，当年缺水的窘况仍让他记忆犹新：经常停水，无法洗脸、冲厕所，他觉得简直无法生活——尤其是不能洗澡。他住的酒店，情况可能还好些。当时的西安居民，简直是惜水如金了：一盆水，先是洗菜，再是洗脸，再是拖地，最后拿来冲厕所。我当时在关中农村上小学，记得那些年的春夏，很少下雨，每到四五六月份，地上的尘土有半尺厚，走在乡间的土路上，整个脚面都看不见。调皮捣蛋的同学，不抬脚往前冲，如同在雪地里滑行，厚厚的尘土被开出两条道，如同飞机在天空划出的云线。后面的同学可就倒了霉，罩在飘起的尘土中，衣服上、脸上、眉毛上、头发上全是尘土，地地道道一个土人，真正是"八百里秦川尘土飞扬"，腾尘驾土兮不见人影！

到了21世纪初，西安春夏的降雨充沛了起来，气候也湿润宜人了许多。尤其是某大型水利工程建好之后，西安的气候和降雨变化很大，春雨连绵，夏雨也是隔三岔五就来。正如前面所说的，西安春夏的降雨多得让人烦、让人腻，甚至让人恼了。

这不是我一个人的感觉，稍加留意的关中人，都发现了这个明显的变化，一些离开西安到外地工作和生活的朋友感觉更为强烈。我曾问过一个著名的气象与气候学专家，他讲了一大堆术语，我听得似懂非懂，没记下来，但有一点印象深刻——那就是西安的降雨增多、气候改变，跟某大型水利工程有很大关系。但他的另一句话也让我陷入了忧虑——你们关中降雨多了，可南方的一些城市，比如某地某市，可是史无前例的经常大旱！是不是这样，我不敢置喙，难以断定。但西安多雨，却是板板钉钉的事。

倘若您不信，春季、夏季、秋季您就来西安旅游吧，但别忘了：一定要带上伞哦！

2019.11.16

下编
品鉴钩沉

奇外有奇更无奇
——余华《文城》的叙事艺术及其问题

余华的新长篇《文城》出版以后,在文坛引起不小的波澜——在当下焦虑浮躁、疾如旋踵的写作环境中,作者言其沉积八年、镂脾琢肾,让人不无期待。《文城》与余华既往的作品一样,叙事明快流畅,细节繁复恣肆,同时也显露出求变的努力和追求——作者有意无意地"回流"早期的先锋写作,将悬念、传奇、异怪等先锋元素融入到烟雨江南的想象性抒写之中,力图创造出一部诡谲怪诞而又宏阔浩大的"南方传奇"。

一

《文城》不同于余华此前的《第七天》《兄弟》《许三观卖血记》《活着》,人物神秘,故事离奇,情节惊险,早期的先锋元素和传奇色彩如同遥远的回声，贯穿文本始终，形成了一个具有陌生化效果的余华式的"后先锋"文本。然而稍加寻绎就会发现，其主要的情节结构，并非作者的精心孕育和独自创造，而是有着明显的借鉴甚至模仿的痕迹。故事开始，行踪神秘的小美和阿强如同天外来客，走进林祥福的宅院；小美突然生病，阿强委托林祥福照顾妹妹，林祥福答应之后，他对妹妹耳语一番晦涩难懂的言语之后神秘离去；小美很快神奇痊愈，姿色秀丽的她让主家林祥福心旌摇荡，难以把持；冬夜突降雨雹，硕大的雨雹白如蚕茧，村子墙倒屋塌，村民和牲口横死而去，因为惧怕，小美在这令人恐惧的夜晚爬到了林祥福的炕上，两人有了夫妻之实；林祥福沉浸在美妙无比的幸福之中，小美却突然离去；林祥福一片痴情，苦苦守候，在将要绝望之时，小美却突然出现，因为怀有林祥福的孩子，她又神秘归来；生下女儿三天之后，她又借故离开，从此人间蒸发；痴情倔强的林祥福，背着女儿，渡过黄河，跨过

长江,一路向南,开始了堂·吉诃德式的寻找文城的神奇迷幻之旅。

这已到了小说的第十二节,熟悉福克纳的人,会觉得这个故事似曾相识,不由自主会联想到《八月之光》中的女主人公莉娜·格罗夫——这位"怀着身孕,决心赤手空拳地去寻找她的情夫"的姑娘。林祥福似乎就是中国版的莉娜·格罗夫。林祥福预感到小美还会离去时斩钉截铁地说"如果你再次不辞而别,我一定会去找你。我会抱着孩子去找你,就是走遍天涯海角,也要找到你"(福克纳:《八月之光》,蓝仁哲译,第44页),似乎也印证了这种感性的印象。小美生完孩子三日后不辞而别,林祥福如同莉娜一样,踏上了寻亲之路,不断"行进在路上",寻找阿强和小美告诉他的并不存在的"文城"。

我们不妨先来看看《八月之光》中的莉娜——她是一个天真单纯的乡下姑娘,十二岁时,父母双双在一个夏天亡去。她跟着哥哥一起长大,在小镇上为哥哥看养孩子。她简单淳朴,完全由于健康本能的驱使和对异性的好奇,被卢卡斯·伯奇诱骗而怀孕。眼看肚子里的孩子一天比一天大,而伯奇却人间蒸发。莉娜毅然上路,从亚拉巴马出发,腆着大肚子前往伯奇告诉她的杰弗生镇,寻找腹中胎儿的父亲——伯奇在杰弗生的刨木厂干活。一路上她备尝艰辛,路人也为她的处境担心。但"她的面孔像石头般沉静,但不那么冷硬,固执中带着柔和,一种内心澄明的安详与平静,一种不带理智的超脱"。(《八月之光》,蓝仁哲译,第12页)她"讲话心平气和,却又固执己见'我想小孩出世的时候一家人应当守在一起,尤其是生第一个。我相信上帝会想到这一点,会让我们团聚的'"。(《八月之光》,蓝仁哲译,第14页)但到杰弗生镇之后,她并没有找到伯奇。孩子出生后,伯奇突然出现在她跟前,但几分钟之后,伯奇又撒谎溜走了。她"心甘情愿地有意放他走",只是叹息了一句:"现在我又只好动身了。"(《八月之光》,蓝仁哲译,第309页)莉娜在生完孩子后,故意放走了突然出现的负心人。

林祥福跟莉娜一样,十九岁时,亲人全部亡去。小美也同伯奇一样,忽然出现在林祥福的生活之中,又跟伯奇一样,突然消失。林祥福跟莉娜一样,也几乎是故意放走了小美。我们不排除东西方作家的文学思维具有某种神秘的趋同性,但如此之多的"雷同",最大的可能是:福克纳的文学经验有意无意地影响了余华,参与了林祥福形象的塑造。从人物所承载的意义上,我们也能够看到清晰的"拿来主义",——"莉娜与其说是福克纳塑造的一个人物,不如说是他有意运用的一个非人格化的意味隽永的象征。她从容自在地行进在路上的形象贯穿小说始终,不仅为整个小说构建了一个框架,更暗示了一个以乡村为背景的淳朴人生,那幅'老在行进却没有移动'的'古瓮上的绘画'般的悠然景象,是她坦荡无忧的人生之路的绝妙写照,体现了亘古不变的自然人生。她俨然是大地母亲的化身，负荷身孕的体态象征着大地潜在的蓬勃生机；她以强大的生命力和超然的人格与小说中其他悲剧人物形成强烈的对照，并给他们以人生的启迪。她身上闪现的自然淳朴、宽厚仁爱、坚韧不拔、乐观自在的精神，令人想起福克纳在接受诺贝尔文学奖的演说中所赞美的人类'心灵深处的亘古至今的真情实感、爱情、荣誉、同情、自豪、怜悯之心和牺牲精神'"。（《八月之光》，蓝仁哲译，第309页）林祥福的性格及其所承载的精神内涵，似乎也笼罩在莉娜形象的阴影之中，并没有开拓出新颖而独特的东西。莉娜的"内心的澄明与安静""不带理智的超越"，是因为她笃信——"上帝准会让好事儿圆满实现的"，这种宗教信仰上的支撑，给了她寻找的精神动力。而林祥福的不断行进，固然有对小美的痴情和给孩子找到母亲的执着，以及某种古老理念的隐约驱动，但与莉娜的寻找相比，

精神和逻辑上的动力截然不同，也显得明显不足。

　　小说后半部分的结构和寓意，会让我们不由自主联想到福克纳的另一部长篇《我弥留之际》。福克纳将一个寓言般的主题嵌进《我弥留之际》：开头是将死的艾迪，看着木匠给自己制作棺材，她留下遗嘱——将她的尸体运回娘家的墓地安葬。于是，她的家人们运送着她的灵柩，历尽千辛万苦向杰弗生的墓地行进，一路上遭遇马匹累死、洪水断桥，尸体的臭味和盘旋其上的苍蝇让路人退避三舍，她的丈夫和孩子们表面上履行承诺，实际上却各怀鬼胎。这样的送葬与中世纪时送灵魂去赎罪不无相似之处。

　　《文城》后半部分则有一个大致与《我弥留之际》类似的情节结构。林祥福是木匠，开头给雨雹砸死的家仆田东贵打造棺材，后来他渡黄河、越长江，寻找妻子，生前未能见面，最终灵柩与长眠于西山的妻子相遇；他的家仆田氏四兄弟，将载有林祥福灵柩的棺木，从江南溪镇运往林祥福遥远的黄河北岸的故乡，他们艰难的遭遇与《我弥留之际》也很相似，道路崎岖，遭遇土匪，弟兄四人扛着棺材板车蹚过水沟……《我弥留之际》是美国南方精神死亡的历险记，也是一出堂·吉诃德式的各怀鬼胎的滑稽闹剧，在某种意义上，"它是关于人类忍受能力（human endurance）的一个原始的寓言，是整个人类经验的一幅悲喜剧式的图景"（李文俊：《"他们在苦熬"（代序）》，福克纳：《我弥留之际》，李文俊译，第3页。上海译文出版社，1995年）；《文城》是林祥福这个忠义痴情的北方汉子在江南的传奇历险，也是北方精神在烟雨南方的奇幻穿梭和道德布施。

《我弥留之际》的女主人艾迪与外人无法建立正常的人际关系，即使婚姻、子女以及婚外恋也没能将她从虚无主义中拯救出来，获得自我价值和人生意义。弥留之际她留下遗嘱，要求将她的遗体送回娘家的墓地安葬——这是她生前设计的对家人的"报复"，小说的情节由此而展开，人物的遭遇也由履行对她的承诺而引起。希腊神话中，阿伽门农在特洛伊战争之后，经历十一年的流落才回到家中，结果被不忠的妻子和其情夫所杀。《我弥留之际》潜在着这样一个与之对应的神话结构。履行承诺，恪守诚信，尽心尽孝——这是中西文化传统共通的道德价值。在《文城》中，余华可能运用了神话原型批评家弗莱所谓的"移位变形"（Displacement）的方法，"按人间的方向来移动神话的位置""按理想化的方向规定内容的固定程式"（弗莱：《批评的解剖》，陈慧等译，第193页。百花文艺出版社，2006年），将《我弥留之际》中与阿伽门农对应的神话原型变形为中国式的南方传奇，改变了《我弥留之际》的神话对应结构和人类命运寓言，使之更符合中国的道德观念和价值规范，并以神异惊人的灾害书写和血腥残暴的土匪杀戮的渲染，彰显出古老中国仁义忠诚道德精神的可贵。不同的是，《我弥留之际》表现的是艾迪家人在灾难环境下的自私、丑恶、可笑与疯狂,福克纳"惯于把小说中的现实指向历史的传说和古老的神话,建立一种非凡的联系,使读者得到一种超越时空的感受"。(蓝仁哲:《"谁"弥留之际》,蓝仁哲译《我弥留之际》,第3—4页)而《文城》则是向中国传统道德中的仁义礼信致敬,是对林祥福、田氏兄弟、顾益民等人身上的重情、忠诚和道义等进行褒扬。

林祥福死去后,神秘奇异的"南方传奇"本已结束,作者却来了一个续貂式的《文城 补》,使得整部作品显得头重脚轻。《文城 补》交代小美和阿强的婚姻生活,强力将已经结束的"南方传奇"拉回现实,如同拉回已经飘入云端的无法掌控的风筝,势必导致线断鸢飞,与文本意图产生强烈的冲突。效果也如同包饺子一样,之前没有严丝合缝,再捏一遍,下锅必然皮绽馅露。这里并非将《文城》当作《八月之光》与《我弥留之际》的"副本"。我们知道,"艺术作品是自由的想象构思而成的整体""没有一部作品可以完全归结为外国影响,或视为只对外国产生影响的一个辐射中心"。但是,从"别处获得的原材料",包括从小说的情节结构,必须"同化于一个新的结构之中"(雷内·韦勒克:《比较文学的危机》,张隆溪编:《比较文学译文集》第24页。北京大学出版社,1982年),必须创造性地完成"再生",获得一种圆融浑然的有机的生命力。而《文城》似乎是《八月之光》与《我弥留之际》的糅合变形,有着明显的经过移位变形的对应结构，但明显没有消化掉这两部名著，使之化为自己的"血肉"，完成属于自己的新的"创造"。

二

《文城》是一部神秘玄幻的南方传奇。除了开头林祥福与小美的相遇结合迷离奇幻之外，奇异性的情节和细节搭建起了一个并不稳固的传奇大厦。林祥福在江南的寻找，一直笼罩在迷离的奇异之中。他带着女儿在溪镇附近遭遇龙卷风，乱石飞舞，树木拔地而起，船只被刮到陆地，屋顶被卷到河里，船家跳船逃命，他也跟女儿一度失散。到达溪镇后，溪镇又遭遇了长达十八天的雪灾。溪镇的老百姓在城隍阁祭拜，乞求停降暴雪，"很多跪在空地上祭拜苍天的人冻僵死去了"（余华：《文城》第340页，北京出版集团、北京十月文艺出版社，2021年。凡本书引文，只标页码），小美和阿强也在此次暴雪中死去。祭拜苍天而不顾惜生命，死去这么多人似乎也不大合乎情理，中国的祭拜仪式固然不乏虔诚者，但这样的殒身祭拜还是未免夸张得失真。小说后半部分写到的土匪酷刑，如"摇电话""拉风箱""压杠子""划鲫鱼""坐快活椅""耕田"，以及对土匪杀人场景的肆意铺排，猎残炫奇，大多与小说内容并无密切的关系。

我们知道，神话或传奇虽是虚构，但其故事情节，也得合乎逻辑,甚至得用靠近现实主义的方法,使作品获得抽象的文学品味和强烈的艺术幻觉。换言之,这类小说必须处理好"真"与"幻"、"平"与"奇"的关系,传奇性非但不能脱离现实性,而且应该寓于现实,与现实统一起来,符合生活的情理和逻辑。这也即金圣叹在评点《水浒传》时,提出的传奇性小说必须遵循的律条——"天外飞来"与"当面拾得"、"怪峰飞来"与"眼前景色"的有机统一。传奇性其存在于"耳目之内,日用起居",存在于普通的、平常的生活之中。而"失真之病,起于好奇。知奇之为奇,而不知无奇之所以为奇"(叶朗:《中国小说美学》第101—103页。北京大学出版社,1982年)。《文城》即是这样,谲诡奇异,情节荒诞,不合日常生活的情理与逻辑。

　　阿强和小美的家乡在遥远的溪镇(即不存在的"文城"),"出门就遇河,抬脚得用船""渡过长江以后还要走六百多里路,那里是江南水乡。"(第11页)林祥福的家在距离溪镇千里之遥的黄河北边,"那里的土地上种植着大片的高粱、玉米和麦子"。(第6页)距离如此遥远,方言的差异应该很大,甚至可能是完全无法交流沟通。林祥福、阿强和小美一直固守在生养自己的故土上,作者没有交代他们是否会讲通行的官话。小说中写道,阿强、小美到达林祥福家的当晚,三人围坐在煤油灯前,交流沟通无碍,这是否可能呢?(后面又写到"这位哥哥走到炕前,再次用林祥福无法听懂的飞快话语与妹妹说了几句话")即使在普通话得以大力推广的今天，千里之隔的两地上的人们，如果不懂并借助现在的官话——普通话，也是很难交流。这种差异作者应该考虑到。

小美病倒的第二天，阿强说无法带她上路，询问林祥福是否可以收留他的妹妹，待他在京城找到姨夫后再来接她，林祥福点头答应，也过于简单，不太符合常理。林祥福并不清楚小美兄妹的来历，单凭他们兄妹的一番说辞，就能信任他们吗？他们是不是盗贼，染没有染官司，是不是清白等疑虑，这些应该都是林祥福的疑虑。我们看到的一些公案传奇和武侠小说，一般都会写到主家对陌生来人投靠落脚的顾虑，《文城》对此语焉不详，并以这样一段叙述给整个文本设置了一个武侠小说般的悬疑——"这位哥哥走到炕前，再次用林祥福无法听懂的飞快话语与妹妹说了几句话，然后背起包袱，撩起长衫跨出院子的门槛，从小路走上了大路，在日出的光芒里向北而去。"（第12—13页）这位哥哥刚走，小美随即康复，如她突如其来的病倒以及天外来客般的出现一样，给人扑朔迷离的印象。

细节上的不合情理之处也比比皆是。林祥福五岁时，父亲突然倒地挣扎，"父亲在地上挣扎的样子让他咯咯笑个不停，直到母亲奔跑过来跪在地上发出连串惊叫声，他才止住笑声……"（第6页）林祥福此时已近五岁，也非智障儿童，面对痛苦挣扎的父亲，他竟然大笑不止，不大符合一个正常儿童的反应和表现。小说中林祥福与小美一起生活至少半年之久，林祥福竟然没有问过小美的生辰日月和属相八字，因此引起了媒婆的惊诧。按照林祥福的家庭出身以及母亲给予他的教育，似乎也不大正常。小说前面写到，林祥福的父亲死后，留给儿子四百多亩田地和六间房的宅院，还有一百多册的线装书。母亲饱读诗书，一边织布一边指点他的学业，他"从《三字经》学到了《汉书》《史记》"。在病重期间，他仍"把小桌子和小凳子搬到母亲躺着的炕前，备好笔墨纸砚打开书籍，继续接受母亲的指点"。（第7页）按常理和当时的历史实际，他的母亲应该给他讲过传统婚姻中至为重要的三聘六礼，他也不可能不对三聘六礼有所耳闻。母亲去世前为林祥福的婚事张罗，到附近为儿子相亲，挑挑拣拣十来次，也没有相中满意的姑娘，除了对女方的相貌有所挑剔之外，应该也有对生辰八字的考虑。即使就此不论，但凡普通人，一起生活半年甚至更久，也应该问到生辰和属相的。同样还有，一起生活半年之久，小美对村子周围应该有所了解，尤其是庙宇，这是中国农耕社会公共活动的重要平台，也是农村女性寄托精神的一个重要场所。小说中小美已跟林祥福共同生活了半年以上，竟然问林祥福附近有没有庙宇，她想去烧香，求菩萨保佑哥哥。林祥福新婚当天去买酒，也不大正常，婚礼这么重要的人生大事，应该提前就已备好；退一步讲，即使新婚当天，新郎亲自去买酒，酩酊大醉而归，也不大合常理。小说写到顾益民的三个儿子在大儿子的培养下，贪色好嫖，都成了跳杆高手，可谓神奇。但其最小的儿子年仅七岁，就好色成瘾，并能哼着小曲助跑四五米，撑杆跳过小河去嫖妓，就是一味逞奇的荒诞不经了。奇外有奇更无奇。细节的崇尚奇险，搜罗怪异，使得整个小说失去合理性和真实性。

小说的后半部分一个重要的情节是小美的被休，也是破绽甚多，不合情理。小美的婆家溪镇距离娘家西里村并不遥远，坐船不过两个时辰，连船家都知道她是织补沈家的媳妇，娘家在西里村，可以说这是一个农耕时代典型的中国熟人社会。当小美的弟弟丢了卖猪的一串铜钱找到小美时，小说写道：

"她进入沈家八年，没有一文私房钱。小美呆呆听着弟弟翻来覆去的哭诉，觉得他是那么的陌生，她联想到了万亩荡西里村的父母兄弟，觉得他们和眼前这个弟弟一样陌生，他们八年没有音讯，她只是在婚礼那天，看见他们双手插在袖管里鱼贯而入，又双手插在袖管里鱼贯而出。"

（第257页）

小美嫁到沈家八年，"没有一文私房钱"，令人惊奇；但八年间没有回过娘家一次，想不起父母兄弟的面容，就匪夷所思了！在传统中国社会，不管亲家如何鄙视对方，一些表面的礼节往来一般还是有的，小美的婆家和娘家坐船也不过两个时辰，婆家如此失礼，难道不怕街坊邻居指脊背？《红楼梦》里即使嫁到皇宫的元妃，皇帝还让她过些年回家省亲一次呢！接下来的情节发展也不大合理，小美因为接济丢钱的娘家弟弟（数量也不大，不过是铺面两天收入的一部分）而被婆婆下了休书，原因是犯了婆婆恪守的"妇有七去"中的"盗窃"。这"七去"中还有一条更为重要的，"无子"也是要"去"的，这应该是小美的婆婆一类中国妇女最为看重的"妇道"。小美和阿强同床共枕两年没有生育，婆婆没有因此而驱逐小美，却因小美接济了娘家弟弟一笔数量没有多少的日常收入而驱逐儿媳，不但不近人情，也不合情理。小美的婆婆性格古怪，但也并非是冷酷无情的一毛不拔的铁公鸡，小美新婚翌日，她不就是将自己的银簪子插进儿媳的发髻吗！仅仅因为一点小钱驱逐儿媳，而不因为没有生育而责怪儿媳，岂不怪哉？

此外，还有一些人物的对话，除了不合情理之外，也写得相当蹩脚。如林祥福渡过黄河时，因为毛驴无法渡河，只得卖掉，他对毛驴说：

"你跟了我五年，五年来耕田、拉磨、乘人、挽车、驮货，你样样在行。从今以后，你要跟着别人了，这往后的日子你好自为之。"（第52页）

这个"好自为之"，让人哭笑不得。

第三十三节，陈耀武被绑票第十一天后，土匪送来了帖子，一夜未眠的李美莲拔下扎在门上的尖刀，回到屋子，小说写道：

陈永良看着李美莲手里拿着的纸张和尖刀，悄声问："帖子来啦？"

李美莲点点头说："来了。"（第100页）

这两句纯属冗余，完全没有必要。陈永良看着纸张和刀，自然明白是什么，即使拙劣的影视作品，遇此情景，也会通过人物神态和面部表情去表现这对夫妻的惊恐和不安吧。

第四十八节旅长的副官李元成看上了林百家，林祥福告知女儿林百家已跟顾益民的儿子顾同年订婚，李元成对林百家说：

"记住我，李元成，将来你在报纸上看到有个大英雄李元成，必定是我，你若是落难了，就拿着报纸来找我。"

这一番话莫名其妙，大英雄报纸是否一定登载不说，拿着登载大英雄的报纸，就能免于危难吗？下来的是林百家的反应——"副官说出来的是林百家从未听到过的那种话，她不由笑了笑。"李元成和其舅舅即旅长等一帮人来，耀武扬威，林百家的父亲"林祥福战战兢兢地看着旅长"（第116—117页），林百家却"笑了笑"，实在不太对劲。

《文城 补》第十四节写阿强到小美家，小美的父亲称呼阿强为"女婿大人"，哥哥弟弟称呼阿强为"姐夫大人""妹夫大人"，也不合乎情理。阿强不是读书人，也没有做官，他只不过从事织补生意，生意也大不到什么地方去，在传统中国社会"士农工商"的格局中，商人的地位并未高到以"大人"称之的地位。岳父一家人称自己的女婿为大人，很难说得过去。

三

  细节是小说最基本的生命单位，"生动的细节一抓住人们的想象力，就能产生一种特别鲜明的色调，即一篇小说给人们的'感受'，而这种'感受'，这种氛围，就是表明小说含义深邃隽永的一种要素"〔布鲁克斯、沃伦编：《小说鉴赏》（双语修订第3版），主万等译，第51页。世界图书出版公司，2015年〕。逼真、细腻、生动的与主体结构有机融合的细节，不但有利于人物的塑造，主题的凸显，同时也增强了小说的生动性和真实感，使得作品产生难以抗拒的艺术魅力。《文城》不乏生动饱满的细节，但也有不少与主题内容无关的细节堆砌，更严重的是，不少看来精致的细节缺乏常识，甚至出现知识性的错误，对文本造成致命的损伤。《文城》多处写到月亮，其中一些写得也不坏，但个别问题却很大。如小说第八节写到小美再次离开的前夜，晚饭后给林祥福交代平日用度，有这样一段：

  小美没再吱声，林祥福的鼾声一阵一阵响了起来。这是二月最后一个夜晚，月光从窗口照射进来，洒在炕前的地上，从窗口进来的还有丝丝微风，带来残雪湿润的气息。

  （第26页）

按常识，我们知道，农历月底最后一天整夜是看不见月亮的。倘按阳历，倒有可能，不过中国采用阳历纪年是在辛亥革命后的次年即1912年，而故事此时的背景是晚清——阿强的姨夫曾在恭亲王的府上做过事，"阿强相信他那有权有势的姨夫能够为他在京城谋得一份差事"。（第11页）"小美对阿强说，京城是很大，恭亲王府还是容易找到的，府里也会有人知道姨夫大人"（第290页），并以此为理由诓骗林祥福——等到京城谋得差事后，来接生病不能同行的小美。退一步讲，阿强不知道辛亥革命已经爆发，不知道辛亥革命次年已经采用公元纪年，而捆绑在土地上的林祥福和未离开江南乡下的小美却以公元纪年，也不是匪夷所思吗？实际上，这是故事的叙述者缺乏常识。同样的还有林祥福女儿林百家的年龄。林百家十二岁时跟顾益民十五岁的儿子顾同年订婚，不久，溪镇附近沈店的北洋军跟国民革命军交火。我们知道，国民革命军同北洋军交火应该在北伐战争时期，发生在1926年到1927年。此时林百家十二岁，那么她应该出生在1914年或是1915年。而小说前面交代，小美跟林祥福相遇，清朝还没有灭亡，她跟阿强还谋划着通过恭亲王府上的姨夫在京城找一份差事，半年后，弃林祥福而去的小美因为怀有林祥福的孩子，又重新归来，时间最多也不过清朝灭亡的1911年或者1912年，那么，林百家应该是十六岁或者十五岁，这时间才能合榫。这是作者的疏忽呢，还是缺乏历

117

史常识?

《文城 补》第十七节写阿强带着小美跑到上海，两人体验了一下现代都市的先进和文明。小美接触了电灯，在静安寺看了电车，在大世界游乐场看到了哈哈镜。初看起来，这似乎没有什么问题，但稍微了解上海历史的人就会发现，这明显是时空错乱：1908年，上海首次试行有轨电车，而大世界游乐场，1917年的法国国庆节，才在上海法租界盛大开幕。小说故事发生时间，与有轨电车出现的时间比较接近，但绝对不可能去大世界游乐场看哈哈镜，因为那时候大世界游乐场还没有诞生。如果有轨电车和大世界游乐场同时出现，与小说的时间与情节完全冲突，因为当时小美和阿强还幻想着去找在恭王府做事的姨夫谋差事，清朝灭亡六七年，阿强和小美不可能不知道。假设小美和阿强是大世界游乐场开幕时的第一批游客，那么小美后来和林祥福所生的女儿林百家在北伐战争时，也明显小于十二岁。

我们知道，小说是虚构的叙事文体，即使虚构的指向现实的传奇，人物的性情、面目、言语、行为也有其不得度越的生理的物理的以及历史的限制，一旦不服膺这一个法度，小说的现实关涉功能就会完全溃败。《文城》细节存在的问题和硬伤，如同一只白蚁，蛀毁了整个文本的真实性和可信度，使得整个故事如同沙上之屋，摇摇欲坠。略萨说："如果我们给已经写出的小说（它只有讲明的素材）一种引申为圆桶即小说整体的形式，那么选定这一物体的特有外表就构成了一个小说家的独特性即他自己的世界"。这种"小说整体的形式"即"圆桶"应该趋于"完美"——"整个故事不省略任何一个细节、一个人物的表情和动作，有助于理解人物的物体和空间、处境、思想、推测、文化、道德、政治、地理和社会的坐标，如果没有这些东西，就会出现某种失衡，就会难以理解书中的故事。"（略萨：《谎言中的真实》，赵德明译，第287页，云南人民出版社，1997年）当然，没有任何一部小说完美无缺，但如果"某种失衡"程度严重的话，那么无疑会导致文本世界出现裂缝甚至坍塌。在《文城》中，我们可以明显地看到余华这种趋于"完美"的愿望和努力，但他的知识学养和早已固化的知识结构造成的限制，不但没有突破，而且带来适得其反的效果。

结语

从人物形象来说，《文城》中林祥福、小美、陈永良、顾益民、田大等形象迥异于余华之前的小说人物，具有神秘性和传奇性；就精神蕴含而言，林祥福的痴情执着与坚韧不拔，小美的哀婉凄惨与忍辱负重，陈永良、顾益民、田大等的仁义诚信与立己达人，林祥福与田大及其兄弟之间感人的主仆关系，林祥福与陈永良因做木工而缔结的动人友谊，都可谓是我们传统道德价值中最温馨、最美好的部分，不乏感人之处。也可以看出，作者是带着真诚的感动和凭吊的温情来塑造人物，来追挽传统道德与伦理中的这些精粹的。

然而，从叙事的角度来看，整部作品却是失败的。《文城》的故事虽不乏感动，但陈旧老套，人物性格缺乏深度；叙事简洁流畅，但关键转捩之处疑窦丛生，逻辑上经不起推敲；景物描写细腻生动，但多处与情节无关，显得冗赘多余；小说前半部分情节进展缓慢，到第一百页才出现清晰的历史背景，后半部分情节炫奇逞暴，基本上是土匪绑票与筹钱赎人，融汇了先锋时代余华的"迷宫"与"残酷"；结构松散甚至脱节，头重脚轻，似乎杂糅了福克纳的《八月之光》和《在我弥留之际》情节结构，是一个福克纳"南方传奇"的中国版。我们毫不怀疑作者感情的真挚，但这一南方传奇演绎得实在缥缈玄幻。如果我们将《文城》当作严肃文学来读，不能不说太俗；当作通俗文学来读，又不能不说有点雅。可以说，这是一部游走在严肃文学与通俗文学之间的纰漏甚多的"南方传奇"。

《藏家》：一只闯进当代小说庄园的秦岭猛虎

许海涛是"跑家"里最著名的小说家，也是小说家里最著名的"跑家"。他开辟出了一片属于自己的小说新领地，甚至可以说开辟出了当代小说的新领域。他的这类小说，之前或有人偶尔为之，但如此成规模、如此有韵味、如此有魅力、如此有特色和如此有嚼头，绝对是"前不见古人"。他如同他《皇后之玺》中那个捡到皇后玉玺的孔忠良一样，孑然无侣。

他是"文学陕军"里突然冒出来的一员编外悍将，是一只闯进当代小说庄园的秦岭猛虎！

在我们熟悉而板结的小说原野上，许海涛挟风带电，心有猛虎，细嗅蔷薇，出其不意地带来了新鲜的陌生化的以文物古董为主线为背景的世态人情小说——姑且称之为"文物小说"。其以自己的孔武和细腻，独辟出一片小说的崭新领地，实在令

人对这个五陵塬上憨厚朴实、壮硕黝红的胖汉刮目相看。他是三秦大地上走乡串户出入百家的跑家、藏家，是以这种独特方式体验小说内核的罗宾汉，他将历史文物带入小说的世界，在小说的世界里展现文物包浆上寓含的风云变幻、人情世态及其冷暖寒热。他不是生硬地将历史和小说进行嵌合，而是用无比的精细和热情，抉发每一道历史纹路的肌理和先人痕迹的温度，表现出盐溶于水般的质朴、熨帖和浑然。

许海涛的成功，正应了那句格言——"写你手触的东西"。他的《跑家》和《残缺的成全》的热销风靡和多次加印，也缘于此。在纸质书籍销售萎靡不振的当下，他的每本书都有四五万册的销量，不能不说是个奇迹。许海涛的家在五陵塬下，也在周秦汉唐数以千计的陵墓坟冢之下，脚下的每一寸土地都承载着岁月的印记和历史的密码。五十年的浸染、痴迷、追求与打磨，他揣摩它们、了解它们、熟悉它们，因而能带我们——"来到这样一个文物昌明的枢纽。时间把错综的纹理呈现在风平浪静的水面，美与丑在这里漂浮，道德与罪恶在这里滋生。这单纯的世界，他的表现光怪陆离，存在于每一刹那，正是我们供养的现实。"（李健吾：《咀华集·咀华二集》，第136页。复旦大学出版社，2005年）"文物小说"的题材特点固然难以排除传奇故事的猎取，但他的小说并不以此为重心。譬如，《皇后之玺》通过亲历者孔忠良的视角，讲述半个多世纪寻宝、藏宝引发的离奇故事，以此所牵带起的半个多世纪普通百姓的生活变迁和世道人心的更迭流转，以及人生的悲喜离合和命运的跌宕起伏，更令人屏息深思。《游熙古剑》中的"游熙"剑，为武安君——被称为"杀神"的白起佩剑，这把杀气阴重的古董，出土以来，神秘地给每个收藏者都带来了不虞之灾，即使白起的后人白总，也没能跳出这可怕的魔咒，白起"人屠"六亲不认，难道他的佩剑，也附着了这种令人惊悚的兽性与杀气？小说在神秘玄幻的氛围中，滴水不露地涵载着历史和人性的反思。

《斯特拉地瓦利小提琴》讲述了世界名琴——斯特拉地瓦利小提琴在文革时代的神奇遭遇，这把意大利琴师1723年制造的世所罕见的精品，在1967年的6月25日，被一个十几岁的痴迷小提琴的男孩，以四十元的价格，在西安饭庄附近的"东方寄卖所"购得珍藏。而后，这把琴陪伴着这个男孩，参加市里组织的国庆文艺汇演，因为表演突出，这个男孩又带着这把小提琴参加了北京的元旦汇演，并赢得了满堂喝彩。诡异的是，这把小提琴也在这次进京演出中被人掉包，成为这个小男孩大半生的心灵至痛。二十来年后，这把小提琴拍出25万美元的价格，流入美国，主人全家也被买主帮忙移民出国，而最新行情竟然是1590万美元！这把小提琴，既是世所罕见的珍宝，也是检验人性的校音器，见证了浩劫时代人性和良知的黯淡与泯灭。

福楼拜说，"杰作的秘密在于作者的性情与主旨一致。"许海涛是跑家，是藏家，藏品和文物已同他的生命融为一体，他讲起每件藏品和文物的前世今生，就如同讲述自己。他说："散落在民间的一件件古董，都镌刻着一个个故事。这些故事就是历史，就是乡愁。跑家走村入户收古董，藏家坚守根脉和乡愁。藏家的故事，总能让我们穿过历史的沧桑，透过一件件遗存的实物，领悟生命的真正意义和生活的本真。"他完美地实现了自己的期待甚至超越了自己的预设，《藏家》中13个中短篇，在冷静之中悠然成熟，无不以生动的细节、饱满的人物、鲜活的语言，在宏阔的历史背景中，呈现出人性的明澈与幽暗，获得了味之不绝、品咂不尽的艺术蕴藉。其不仅仅是对散落在民间的文物古董的怜惜、呵护和珍爱，更在见证、传播古老周秦汉唐文明的历史蕴藏和文化欣喜，藉此擦拭历史蒙蔽在人性上的灰尘，唤醒我们心灵深处淡化的民族记忆，审视和衡量我们先祖们创造的文明的伟大处和不足处。

　　许海涛的小说令人称道和折服的，还有他那筋道饱满、韵味醇厚、生动鲜活的关中方言，以及由之所形成的极富张力的叙事方式。许海涛小说叙事中的陕西方言呈现，继柳青、陈忠实、贾平凹等人之后，达到了一个全新的境地。正如诗人董信义所言——"海涛的小说语言中刻意采取民间语言与古典汉语相结合的表现形式，把民间口语极致化，把古典汉语时尚化，使笔下的老物件有了古色和活色，把一个死的不能说话的物件变得通灵而有神性。用一句话概括，海涛小说语言简约、截脆、肃穆、悠远。再朴素地说，他的小说没有一句废话、半句虚言、妄词。这是非常难能可贵的，这也奠定了小说具有经典元素的前提。"

　　确如此言，方言写作既给许海涛的小说带来巨大的艺术魅力，同时也因沉浸带来某种叙述和思考上的局限。我们知道，语言是存在的家，是思维的直接实现，也是思想的枷锁，尽管许海涛不乏现代精神和理性思考，但还是不由自主流露出对前现代文明的沉醉和对方言土语的赏玩，这势必会影响到小说的容量和深度。此外，过度地追求《唐宋传奇》和《聊斋志异》的传奇性效果，也使得个别篇目多多少少具有炫异猎奇的迹象。不过，上述这些缺憾，如同月亮上的阴翳，无碍于《藏家》以及其他"文物小说"自带的难以遮蔽的光芒。

许海涛是热情的跑家,是孤独的小说家。唯其热情,所以倍加孤独;唯其孤独,所以倍加热情。他热情地寻找着珍视着秦汉大地上散落在民间的古董文物,孤独地执着地以卓尔不群的小说笔墨守护着、传达着先祖的荣耀与光华,已经彰显出一位优秀小说家的宝贵素质与灿烂气象,是一只无意闯进当代小说庄园的、令人不得不瞩目的秦岭虎!如果这只体型和容量巨大的蹲踞在周秦汉唐陵阙下巨兽能继续昂首阔步,我相信,假以时日,这只秦岭虎会更加威猛——如辛弃疾所言——"气吞万里如虎!"

论中国现代文学对话性批评精神的形成

20 世纪被学界普遍认为是文学批评的世纪，而在中国，自觉而成熟的批评，似乎只有上半叶的现代文学批评庶几近之，可谓"昔在中叶，有震且业"（《诗经·颂·商颂》）。雷纳·韦勒克认为，20 世纪之所以当得起"批评的时代"，是因为"不但数量甚为可观的批评遗产已为我们接受，而且文学批评也具有了某种新的自觉意识，并获得了远比从前重要的地位"。（雷纳·韦勒克：《文学批评——〈20 世纪世界文学百科全书〉条目》，傅修延译，《外国现代文艺批评方法论》，第 570 页，江西人民出版社，1985 年）中国现代文学批评并无"数量甚为可观的批评遗产"可以继承，也没有继承数量有限的古典文学批评遗产，但在中西文化碰撞、古今文学变革的历史语境下，在启蒙与救亡的时代需要和历史精神下，的确"具有了某种新的自觉意识，并获得了远比从前重要的地位"，形成了现代批评意识。

具体而言，经由清末民初西学东渐和"五四"启蒙运动的浸润，现代文学批评秉持实用主义立场，大量"盗来"西方文学批评的火种，自觉运用科学化、逻辑化与概念化的话语形式，传播理性精神，呼应、关怀、规范、导引现代文学实践，从而与传统的点评批评、印象批评和鉴赏批评等分道扬镳，形成了现代性的批评观念和批评功能，以独立自由的批评精神，构建起参差多样的批评类型、和而不同的批评格局与开阔健康的批评空间。

一

中国文学批评从古典范式到现代话语的转型，众所周知，根植于"五四"时代的个性解放、独立自由与人道精神。不过，这种转型并非劈空而起、一蹴而就，而是经历了晚清民初长时段的不同层面的准备：其中既有梁启超提倡的运动式的"文界革命""诗界革命""小说界革命"；也有王国维那样的追求学术自主与文学独立——以现代西方理性分化为基本范型，重塑审美现代性思想的努力；亦有主张废除汉语文字，采用以印欧语系为基础的"万国新语"派与以章太炎为代表的"国故派"之间的社会论争。总之，这些准备孕育了"五四"文学话语，也催生了现代文学批评意识的生成，即作为理性的自由运用的精神，反对一切形式的迷信、神话和独断论，实际上这就是康德所概括的"批判（critique）精神"——"这个时代不能够再被虚假的知识拖后腿了"，而需要设立一个理性的"法庭"，"对于一切无根据的是非要求，不是通过强制命令，而是能按照理性的永恒不变的法则来处理。"（康德：《纯粹理性批评》，邓晓芒译，第3页，人民出版社，2004年）运用自己的理性，维护自己的自由和尊严，独立地作出判断，在"五四"时代知识分子群体中，已经深入人心。运用自己的理性，一方面，宣告已与传统的权威社会结构相适应的价值观念的决裂，另一方面，标志着个人意识的觉醒和现代公共空间的打开。

个人意识的觉醒和理性主导的"批判（critique）精神"，必然导致批评的功能发生转变。就文学批评而言——批评不再是简单地鉴赏，亦不是手段，不是工具，而是基于人类美学经验和价值情感的基础之上，对审美价值进行甄别、评判和秩序化，成为与判断主体的情感体验、价值认同相融合的理性判断和知性活动。这与中国古典批评中的"文学乃经国之大业""文以载道"传统以及晚清的"中体西用"原则，有着本质的不同。实际上，早在20世纪初期，王国维即撷取融合康德的审美非功利性和叔本华的审美游戏说，呼吁学术是目的，而非手段——"故欲学术之发达,必视学术为目的,而不视为手段而后可。汗德伦理学之格言曰:'当视人人为一目的,不可视为手段。'岂特人之对人当如是而已乎?对学术亦何独不然!"(王国维:《论近年之学术界》,《王国维全集》(第一卷),第123页,浙江教育出版社、广东教育出版社,2010年)"文学美术亦不过成人之精神的游戏,故其渊源之存于剩余之势力,无可疑也。"(王国维:《人间嗜好之研究》,《王国维遗书》(第三册),第585页,上海书店出版社,1983年)王氏的上述文学思想和美学观念,虽具有现代性和现实性,但在"五四"时代,显然难以落实。

一方面,"五四"呼吁理性、主张理性、运用理性,文学批评也立足理性,遵循自身的逻辑,"成为了一种以分析、探讨、阐发和争论、反思为基本范式的文学论域空间,从而获得了自身全新的具有现代特征的功能形态。"(畅广元、李西建编:《文学理论研读》,第428页,陕西师范大学出版社,2013年)关于文学批评的意识、本体及功能,从20世纪20年代起,即有不断地反思和讨论,形成一大批"对批评的批评"的文章。著名的文章如胡先骕的《论批评家之责任》,沈雁冰的《"义学批评"管见一》《"文艺批评"杂说》,鲁迅的《对于批评家的希望》《反对含泪的批评家》,成仿吾的《批评与同情》《作者与批评家》《批评的建设》《建设的批评论》《批评与批评家》,周作人的《文艺批评杂话》,王统照的《批评的精神》,郭沫若的《自然与艺术》《印象与表现》《批评与梦》《未来派的诗歌及其批评》等，这些文章基本都在努力达成这样的共识：文学批评不能是工具，也不能是简单地重申某种判断，而是要形成一个自由开阔的思考空间、共同参与的对话机制和平等辨析的话语场域。

另一方面，"五四"又是峻急的、急功近利的、非理性的，有不少主张和讨论求之过急，态度武断。如陈独秀，虽不断疾呼德先生与赛先生，但在文学争论中却专横霸道，不让人说话，如他提出的文学革命三大主张不容提出反对意见。在《泰戈尔与东方文明》中，他说重视东方文明的泰戈尔是"人妖"，我们的"人妖"已经不少，又何必稀罕他。"学衡派"也有这样的问题，如吴宓骂对方吸收西方文化，是"齐人墦祭以骄其妾妇，而妾妇耻之""刘邕嗜疮痂""贺兰进明嗜狗粪"，等等，都是反理性的。这些都是意气用事，都是攻击谩骂，是应该反对的。这种情绪化的批评和攻击，缺乏冷静的理性的思索，并不能代表人类的理性精神。而这一时期胡适与李大钊关于"问题与主义"的争论，就体现了一种理性精神，弥足珍贵，可惜在后来逐渐丧失殆尽。（王元化：《思辨录》，第27页，华东师范大学出版社，2017年）

就整个"五四"时代而言，虽非人人类似陈独秀、吴宓，但这种非我族类其心必异的偏激情绪，潜藏着一股可怕的暗流，当我们去重审历史时，其逻辑的河床就甚为清楚。因而可以说，"五四"时期文学批评的功能，由历史和现实的原因，并未

充分地发育和实现，但无法否认的是，"五四"时期个人的觉醒，批评意识的觉醒，理性的运用，立足于现实，连接着历史，发出了启蒙的魅光，并导引着复杂而迷离的未来。

现代文学批评的空间，也大致经历了一个由打开到闭合的复杂的过程。现代文学批评在指向古典文学弊病的同时，兼收并蓄，不择细流，吸纳杂糅欧洲文艺复兴至20世纪初的文学资源和批评理论，将批评的觉醒与文学的觉醒和人的觉醒联系在一起，叔本华、尼采、柏格森、弗洛伊德等的张扬个体生命意志和直觉感性的思想学说，成为理论界和批评家笔下的时髦语汇。如胡适、刘半农的文学改良主义，陈独秀的"文学革命论"，《新青年》批评家对"桐城谬种、选学妖孽"的批判，"旧剧废存"的论争，主张写实的"人生派"文学与主张唯美的浪漫派文学，"语丝文体"的提倡，"学衡派"文学观念上的守成主义，"现代评论派"与自由主义文学思潮等，无不受到西方文化和文学批评的启发或影响，甚至以西方为典范，与其他观念的文学主张构成了激烈的对话、碰撞和交锋，通过公开的辩难和检视，形成了互动性的话语模式和文学公共空间，成为中国社会现代性过渡的一个有机组成部分。20世纪20年代后期，以蒋光慈、钱杏邨、冯乃超、李初梨等为代表的革命文学批评兴起，"阶级论""工具论"等苏联社会主义文学批评话语在思想政治层面到文学批评实践方面，均给革命文学以巨大影响，鲁迅、茅盾、郁达夫、叶圣陶、张资平等五四时代作家无不受到批判和攻击。与之同步，现代文学批评多元的公共空间开始紧张和对立，西方文学批评的典范效应有所弱化，以梁实秋、朱光潜、李长之、李健吾为代表的自由主义批评话语不断遭到左翼革命文学批评话语的挤压和讨伐（实际上一直绵延到新中国成立之后）。30年代后期民族抗战爆发以后，"与抗战无关论""反对作家从政论""文学贫困论""鲁迅风"以及"民族形式"等各种论争连续不断，其提出的原因各异，论争的立足点不一，大致趋同的是：绝大多数将文学政治化和工具化，溢出了文学批评的畛域，"实际成了文学化的政治斗争，它们作为一种特别的经验，深刻改造了'五四'以来的现代文学批评，开创了以政治为中心重塑的时期"。（许道明：《中国现代文学批评史新编》，第246页，复旦大学出版社，2002年）这种"重塑"，最终随着50年代文学环境的一体化而顺利完成，现代文学批评的空间，也几乎完全被闭合上。历史进入了一个新的时期，文学批评也进入了一个新的时期。

二

在"五四"开放多元的思想场域和审美趣味中,稍加留意我们就会发现,中国现代文学批评与古典文学批评相比,有一个非常显明的一个特征——就是对话精神与交往功能更为突出。这基于现代文学批评有可以自由运用理性的公共空间,可以通过对话、交锋、批评、反批评等,探讨文学作品的审美价值和文学事件的社会意义,推动批评的对话精神,开拓文学的公共空间,因之,一系列文学观念与文学思潮才能落地生根,一大批文学作品的美学价值和社会意义也得以阐释和确立。

批评的对话精神,反对统一和划一,主张不同思想的交流和碰撞,打破了中国旧思想必有一个固定中心的弊病,形成了多元的兼容的公共文学空间,为新文学的出现和新批评的繁荣提供了条件,注入了"活水"。这在周作人、茅盾、郭沫若、闻一多等人的文学批评上表现得尤为充分。作为"五四"时期最具代表性的批评家,周作人立足"人的文学",秉持"宽容原则",为提倡新道德、新伦理与新思想的文学作品鼓呼和站台。郁达夫的小说集《沉沦》出版后,受到革命阵营与保守势力的责难和非议,被视为"不道德的文学"。仲密(周作人)出来为其辩正:"这集内所描写是青年的现代的苦闷,似乎更为确实。生的意志与现实之冲突,是这一切苦闷的基本;人不满足于现实，而复不肯遁于空虚，仍就这坚冷的现实之中，寻求其不可得的快乐与幸福。现代人的悲哀与传奇时代的不同者即在于此。……著者在这个描写上实在是很成功了。所谓灵肉的冲突原只是说情欲与迫压的对抗，并不含有批判的意思，以为灵优而肉劣。"进而，他"郑重的声明"："《沉沦》是一件艺术作品，但他是'受戒者的文学'（Literaturefor the initiated），而非一般人的读物。有人批评波特来尔的诗说：'他的幻景是黑而可怖的。他的著作大部分颇不适合于少年与蒙昧者的诵读，但是明智的读者却能从这诗里得到真正稀有的力。'这几句话正可以移用在这里。在已经受过人生的密戒，有他的光与影的性的生活的人，自能从这些书里得到希有的力，但是对于正需要性的教育的'儿童们'却是极不合适的。还有那些不知道人生严肃的人们也没有诵读的资格，他们会把阿片去当饭吃的，关于这一层区别，我愿意读者特别注意。"

周作人认为，《沉沦》以"露骨的真率"来描绘性，将性压抑、性苦闷和性窥视作为一种社会问题提出来，与其表现"青年的现代苦闷"的主题是融合在一起的，并不是为纯粹的肉欲挑逗与官能刺激，宣扬和欣赏一种下流的趣味。他"艺术地写出升华的色情，这也就是真挚与普遍的所在"（仲密（周作人）：《沉沦》，原刊《晨报副镌》1922年3月26日。《自己的园地》第77—78页，岳麓书社，2019年），是写给那些"已经受过人生的密戒",走进人生,知道人生意义的明智的读者的。对于涉世不深、天真无邪的儿童们,是"极不合适的"。周作人的辩诬,是对新道德、新伦理的确认,同时也是对新文学、新艺术的呵护。汪静之的爱情诗《蕙的风》发表后,被一些道学家认为是"淫诗"。周作人及时站出来为之回护,提出了"情诗"和"淫诗"的区别:"情诗可以艳冶,但不可涉于轻薄,可以亲密,但不可流于狎亵;质言之,可以一切,只要不及于乱。这所谓乱,与从来的意思有点不同,因为这是指过分,——过了情的分限,即是性的游戏的态度,不以对手当做对等的人,自己之半的态度。简单的举一个例,私情不能算乱,而蓄妾是乱;私情的俗歌是情诗,而咏'金莲'的词曲是淫诗。在艺术上,同是情诗也可以分出优劣,在别一方面淫诗中也未尝没有以技工胜者,这是应该承认的,虽然我不想把他邀到艺术之宫里去。"(周作人:《情诗》,原刊《晨报副镌》1922 年 10 月 12 日,《自己的园地》第 67 页)周作人既不摒弃"发乎情、止乎礼义"的中国诗教传统,同时又借助霭理斯等人的近代生理学心理学资源,认为《蕙的风》是青年们清新自然、缠绵宛转的"放声歌唱",是"诗坛解放的一种呼声"。周作人"秉持公心,指摘时弊"的批评,一方面立足其主张的"人的文学",另一方面与其主张的批评的"宽容"原则密不可分——理解"别人的心灵生命苦痛习惯意向愿望","我想各人在文艺上不妨各有他的一种主张，但是同时不可不有宽阔的心胸与理解的精神去赏鉴一切的作品，庶几能够贯通，了解文艺的真意。"（仲密（周作人）：《文艺上的异物》，原刊《晨报副镌》1922年4月16日，《自己的园地》第38页。）周作人认为，宽容是不滥用权威阻碍别人的自由发展，是文艺发达的必要条件，如果任凭权威阻碍自己的发展而不去反抗，则为忍受。宽容的运用原则是：当自己的自由发展受到限制压迫时，不应采取忍受的态度；当自己成为势力后，对于他人的自由发展，不可不采取宽容的态度。宽容者"对于过去的文艺固然予以相当的承认与尊重，但是无所用其宽容，因为这种文艺已经过去了""宽容乃是说已成势力对于新兴流派的态度，正如壮年人的听任青年的活动"。（周作人：《文艺上的宽容》《自己的原地》第10页）20世纪20年代后期，周作人逐渐偏离了"文艺上的宽容"，整个中国现代文学批评，也因偏离这一可贵原则而愈来愈逼仄。

鲁迅、茅盾、郭沫若、闻一多等人也以开阔的胸襟和开放的视野，为有个性精神与现代意识的作品呐喊，为受到争议的作品辩护，共同极力维护充满活力的公共性的文学空间。《蕙的风》遭到封建卫道者的攻击时，鲁迅并不否认其诗行的幼稚，极力肯定其是"血的蒸汽，醒过来的人的真声音"。他斥责"道德家的神经""过敏而又过敏"（鲁迅：《对于批评家的希望》，《晨报副刊》1922年11月9日）的道德批判。鲁迅浇灌花草、扶掖新人的文学批评，将柔石、叶永蓁、叶紫、萧军、萧红、殷夫等一大批新人推上了文坛。

《沉沦》遭到攻击时，茅盾肯定主人公心理刻画成功，但对其描写与结构却不取苟同。郭沫若的《女神之再生》刊出后，茅盾并不因文学主张的不同而抹杀诗剧的价值，反而给予高度评价。茅盾更钟情的是以作家论的批评方式，估定新作家和新作品的价值。郭沫若的文学批评激情奔放，多"为时而著"。20世纪40年代中后期，解放区文艺蓬勃兴起，郭沫若秉持"以人民为本"的主张，在国统区扮演人民革命和人民文艺的"喇叭"，亲自为《白毛女》《王贵与李香香》作序，称赞《李家庄的变迁》是"一枝在原野里长成起来的大树，它扎根得很深，抽长得那么条畅，吐纳着大气和养料，那么不动声色地自然自在"。之所以如此，原因在于作者"处在自由的环境里"。（郭沫若：《读了〈李家庄变迁〉》，《文萃》1946年9月26日第49期）郭氏这种政治功利主义的主导的文学批评，之后愈来愈加偏激，在40年代末对朱光潜、沈从文、萧乾等人的批判中被演绎到极致。闻一多在40年代初期完成思想转变之后，对解放区的诗歌创作也是不吝赞词，如对李季、田间等人的诗作，都给出了言过其实的评价。

与左翼或左倾的文学批评大异其趣的京派批评在30年代中后期影响甚大，其代表人物朱光潜、梁宗岱、李健吾、李长之、萧乾、叶公超等在艺术趣味和价值观念上不尽相同，但基本上都持古典主义的批评观，主张文学与时代保持距离，创作主体的情绪要控制在适当的范围之内，在与作家的对话与作品的分析中，京派批评为现代文学批评开辟了新的类型。朱光潜自称为印象的批评和欣赏的批评，不过从《评〈谷〉与〈落日光〉》等文章来看，却有法郎士式的探险与圣伯甫的灵感。李健吾的批评诉诸以印象和比喻为核心的直接体味和整体观照，对《爱情三部曲》《边城》《苦果》《九十九度中》《雷雨》《画梦录》等的批评，表现出过人的艺术直觉和审美悟性。李长之极力标举"感情的批评主义"，《鲁迅批判》表现出抒情与思辨的完美融合。整体而言，京派批评家"强调直觉感悟，强调批评主体介入和强调感动力，这三者突出地成为他们"批评创造性思维和批评方法的基本特征。（许道明：《中国现代文学批评史新编》第171页）以此，他们超越左右两翼，也在与海派的商业气息与消费主义的论争中，构建起了自己的批评版图。

　　抗战的爆发，改变了现代文学的发展走向，也改变了文学批评的方向，压缩了文学批评的空间。在"文章下乡、文章入伍"的时代要求和文艺救国的形势需求面前，文学以通俗化、大众化和八股化的形式助力抗战，鼓舞人心，具有无法估量的积极意义。另一方面，这也必然造成对文学的斫伤。梁实秋即有感于"只知依附某一种风气而撷拾一些名词敷衍成篇的'抗战八股'"文学性太差,不无赌气地公开征求"与抗战无关的文章"〔《再论"与抗战无关"》,1938年12月9日《大公报》(重庆)"战线"〕。他并不是反对抗战文学,而是希望其有一定的文学性,不因抗战而坠于公式和口号之中。但在抗战高于一切的民族大义面前,梁实秋的主张并未受到理性的审视,而是遭到一大批左翼作家和批评家的讨伐。

之后,1940年沈从文提出的"反对作家从政论",1942年施蛰存提出的"文学贫困论",以及"民族形式"问题的讨论等,由于抗战的现实需求与对文学功利性追求,以及左翼话语的压迫,文学的本体特性被严重忽略,论争的问题也未得到冷静的思考和学理上梳理,本该属于文学范畴内的批评,成为政治话语批判和争夺的对象,文学批评的对话精神与交往功能,遭遇到重创。1942年,毛泽东的《在延安文艺工作座谈会上的讲话》(下称《讲话》)在左翼文学中确立了指导地位,在与国统区反动文艺、自由主义文艺以及客观主义与主观主义的斗争中,其努力实现着中国革命与中国文艺的领导权,也在努力实现着文学批评的领导权,最终在1949年后,成为文艺批评的最高纲领。

从现代文学批评的发展轨迹和存在空间来看,"五四"时期的文学批评尽管不无分歧,但整体立足启蒙,崇尚理性,尊重"人"的价值,突出平等对话精神与交往功能;20世纪20年代后期，社会和民族问题成为时代关注的焦点，左翼革命文学批评从阶级话语和集体话语出发，注重集体主义和群体精神，以大批判和贴标签的批评方式（最具有代表性的是太阳社与创作社对鲁迅和茅盾创作的批评），打破了"五四"以来建构的相对理性的对话精神，成为现代文学批评的重要一隅。抗战爆发后，"救亡压倒启蒙"，注重启蒙与个性的"五四"批评话语不合时宜，集体主义和群体主义成为主导性的批评话语，延安《讲话》延续、扩展和深化了这种势头，批评的对话精神和交往功能被严重挤压，最后成为主宰性的必须遵从的批评律条。

三

中国现代文学批评显著的对话精神和交往功能，内在地决定了现代文学的批评和反批评现象尤为活跃。绝大数批评与反批评，双方能够积极对话与良性互动——能在审美追求与价值趣味不尽一致的前提下，联系多方面的社会、历史、道德、伦理、宗教等领域内的观念形态，对具体的、动态的存在于具体作品中的普遍性审美进行分析，和而不同，各美其美。当然，也有一些批评与反批评跨越了批评的界限，或自说自话，或进行政治审判、道德评判和伦理批判，甚至进行人身攻击，如"五四"时期林纾对主张新文学的胡适和蔡元培的影射攻击，鲁迅对"新月派"的人身攻击，苏雪林对鲁迅的刻薄批评，都偏离了批评与反批评的正轨。

真理越辩越明。在现代文学发展史上，一系列文学主张、文学观念和文学思潮，无不是在批评与反批评的话语交锋中，显露出自己的合理性和正当性，并得以存在发展的。"五四"时期文学革命派在与复古保守派的往复论战与反批评中，使得新的文学主张和文学观念逐渐深入人心，新文学也因此逐渐在理论上站稳了脚跟。20世纪20年代中期以鲁迅、周作人为代表的《语丝》与以胡适、陈源等为代表的《现代评论》发生的激烈论战，表现出不同的个性精神和文化理念，"确保了五四新文学在发生之后，循着多种可能性发展，从而为风格迥异的各类文学样式提供了无限广阔的空间"〔李宗刚：《鲁迅与胡适"和而不同"的现代文化阐释》，《北京师范大学学报》（社会科学版）2020年第5期〕。30年代的左翼文学（马克思主义文艺）与自由主义文学（"新月派""论语派""京派"），以及"京派"与"海派"之争，无不是在不断地论争和反批评中，不断展示自己，发展自己，完善自己，克服自己的盲点和不足，既注重自己主张的合理部分，同时也对对方主张的偏颇起到一定的纠正和补充作用，共同确保了现代文学批评的话语生态与生存空间，促进了现代文学的发展。

作家与批评家之间的批评与反批评，这一时期也数量不少，且留下弥足珍贵的经验和启示。鲁迅说："文艺必须有批评；批评如果不对了，就得用批评来抗争，这才能够使文艺和批评一同前进，如果一律掩住嘴，算是文坛已经干净，那所得的结果到是要相反的。"〔鲁迅：《看书琐记（三）》，《鲁迅全集》（第5卷）第551页，人民文学出版社，1981年〕反批评不但有利于问题的澄清，同时也可能带来双方艺术观念上的变化。如茅盾的《蚀》三部曲发表后，被钱杏邨等革命文学倡导者批评为"只有悲观，只有幻灭，只有死亡而已"，只有病态的人物，病态的思想，病态的行动，其"所表现的倾向当然是消极的投降大地主大资产阶级人物的倾向"。（钱杏邨：《从东京回到武汉》，《文艺评论集》，上海神州国光社，1930年出版。转引自温儒敏《中国现代文学批评史》第86页，北京大学出版社，1993年）对于这种错误的理解和粗暴的批判，茅盾以迂回的形式，系统研究了一大批被革命文学视为"旧作家"或"小资产阶级作家"，写下了《鲁迅论》（时间稍早）、《叶圣陶论》、《王鲁彦论》、《徐志摩论》、《丁玲论》、《冰心论》等，深刻地揭示革命文学与五四文学的联系，批评与纠正了革命文学倡导者企图隔断其与五四新文学联系的谬论，并使得"作家论"这一文学批评文体有了成熟的范例。

20世纪30年代李健吾与巴金的批评与反批评，既维护了文学批评的独立与尊严，同时彰显出批评者及被批评者雍容大度、和而不同的个性与气量，非常典型，并有启示意义。巴金《爱情的三部曲》发表后，其好友李健吾认为，热情是巴金的风格,也是巴金的致命缺陷,"热情容不得巴金先生冷静""革命与恋爱的可笑的言论""把一个理想的要求和一个本能的要求混在一起"。而读者的眼睛,是不容欺骗的,"《雾》的失败由于窳陋,《电》的失败由于紊乱。然而紊乱究竟强似窳陋。"(李健吾:《〈爱情的三部曲〉——巴金先生作》,《咀华集·咀华二集》,第8、12页,复旦大学出版社,2005年)巴金"不承认失败",撰写了《〈爱情的三部曲〉作者的自白》进行反驳。他认为李健吾待在书斋里,用福楼拜、左拉、乔治桑的经验生搬硬套,没有看懂《爱情的三部曲》。李氏是"坐着流线型汽车",看花了眼,"指手画脚",没有看到应看到的东西,没有看到作品的实质,"三部曲写的只是性格,而不是爱情""《电》并不紊乱",说《雾》窳陋,"是你的眼睛滑到别处去了"。〔巴金:《〈爱情的三部曲〉作者的自白——给刘西渭先生》,《大公报》(天津)1935年12月1日〕李健吾不以为然,又写了《答巴金先生的自白》说:"我不懊悔多写那篇关于《爱情的三部曲》的文字""作者的自白(以及类似自白的文件)重叙创作的过程,是一种经验;批评者的探讨,根据作者经验的结果(书),另成一种经验。最理想的时节,便是这两种不同的经验虽二犹一。但是,通常不是作者不及(不及自己的经验,不及批评者的意见),便是批评者不及(不及作者的经验,不及任何读者的经验),结局是作者的经验和书(表现)已然形成一种龃龉,而批评者的经验和体会又自成一种龃龉，二者相间，进而成一种不可挽救的参差，只得各人自是其是，自非其非，谁也不能勉强谁屈就。"（李健吾：《答巴金先生的自白》，《咀华集·咀华二集》，第16—17页）结果也的确是各是其是，各非其非，谁也没有说服谁。巴金此时正处在创作的喷发期，笔酣文健，意气风发，听不进去批评并不难理解（李健吾指出的毛病，巴金在他20世纪40年代的《寒夜》和《憩园》中，才终于得以克服）。但李健吾并不因为是好友而回护其短，廉价颂扬，而是据理力争，真言以告，极力维护批评的独立和尊严，这也是他所云的"批评的难处，也正是它美丽的地方"。（李健吾：《答巴金先生的自白》，《咀华集·咀华二集》，第17页）

如果作家不能接受批评，对自己的短处和弊病视而不见，听而不闻，固执己见，极可能对自己的创作产生不良的影响。张爱玲即是最典型的例子。1944年，傅雷看到《万象》杂志连载的《连环套》后，觉得作品中女主人公霓喜畅意于为人做妾、与人姘居的故事及叙

李健吾（刘西渭）的《咀华集》

述粗鄙肤浅,趣味低下,不禁为曾写出《金锁记》的张爱玲的才华怜惜,化名"迅雨"撰写长文《论张爱玲的小说》,是批评也是在提醒——"该列为我们文坛最美的收获之一"的《金锁记》的作者张爱玲,"我们固不能要求一个作家只产生杰作,但也不能坐视她的优点把她引入歧途的危险,更不能听让新的缺陷去填补旧的缺陷。"傅雷认为,《连环套》"主要的弊病是内容的贫乏""错失了最有意义的主题""人物的缺少真实性,全都弥漫着恶俗的漫画气息"。并在文末"忠告"张爱玲"能跟着创造的人物同时演化",同时"体验",而且题材不能只限于男女问题,"除了男女之外,世界究竟还辽阔得很"。书中"警告"她不要迷恋于技巧、沉醉于旧文体和"聪明机智"〔迅雨(傅雷):《论张爱玲的小说》,《万象》杂志1944年5月1日第11期〕地逞才。应该说,傅雷是切中了《连环套》及张爱玲创作存在的问题的。很快,张爱玲便发表《自己的文章》予以回应——"霓喜的故事,使我感动的是霓喜对于物质生活的单纯的爱,而这物质生活却需要随时下死劲去抓住。她要男性的爱,同时也要安全,可是不能兼顾,每致人财两空""霓喜并非没有感情的,对于这个世界她要爱而爱不进去。但她并非完全没有得到爱,不过只是撮食人家的残羹冷炙,如杜甫诗里说:'残羹与冷炙,到处潜酸辛。'但她究竟是个健康的女人,不至于沦为乞儿相""人是生活于一个时代里的,可是这时代却在影子似的沉没下去，人觉得自己是被抛弃了。为要证实自己的存在，抓住一点真实的"。(张爱玲：《自己的文章》，《新东方》1944年5月15日第9卷第4—5期合刊)张爱玲认为，乱世不可抗拒，她的文学追求和表现的，不过是乱世男女的自然情欲和真实安稳的荒凉人生，又有什么过分之处呢？她误以为，傅雷希望她写"强调人生飞扬"的、宏大的关切民族的英雄格调的文学，因而在文章的开头才细陈自己的文章风格与艺术选择。如果说傅雷对《连环套》的批判，多少有些以自己的古典趣味去苛责张爱玲的世俗主义书写的话，那么，张爱玲联系时代的自我辩解和自说自话，则显得她对傅雷的批评过度敏感。历史证明，傅雷对张爱玲提醒和忠告无疑是对的，她滥用自己的才华，再也没有写出像《金锁记》那样被傅雷誉为堪称"完美"的作品。

实际上，不惟中国现代文学，整个文学史上，批评者与创作者的交流沟通都是一件极其艰难的事情。今天我们以后见之明一厢情愿地认为：巴金和张爱玲如果听取了李健吾和傅雷的忠告，创作上可能会及早是另一番面目，可能会取得更大的成就。历史无法假设，但可以肯定的是，正是因为他们所处的时代批评者与创作者地位的平等，有了批评与反批评的自由，才有了他们各自的创造与贡献，文学才有了一个宽广的公共空间。

余论

整体来看，中国现代文学对话性批评精神的形成，实际上涉及文学批评两个最基本的问题：文学的自主性和自律性的问题。批评的自主性主要决定于制度层面的建构。"五四"启蒙运动"以世界精神为养料，追求人的个性的全面发展与彻底解放，中国人所谓的现代人格得以出现"（刘锋杰：《中国现代六大批评家》，第39页，北京大学出版社，2005年），文学也从王权意识形态中挣扎出来，摆脱了"载道"和"立言"的奴婢地位，获得了独立性和合法性，并因制度层面的保证而建立起开放的文学场域。而"一个自主的文学场就是一个多元、宽容的文学场，一个允许各种主张自由表达、自由竞争的制度环境，在其中既可以捍卫'纯艺术'，可以听到'为艺术而艺术'的声音，也可以听到'文学应该为政治服务'的声音，而且这种'政治'本身就是多元的，可以是各种党派政治，也可以是性别政治、种族政治等。甚至可以说，文学场的自主性、独立性恰恰表现为它允许包括'工具论'在内的各种文艺学主张的多元并存。从制度建构的角度看，任何通过政治或者其他非文学的力量干预文学场的自由—多元格局的制度建构，都是对于文学自主性的践踏"。（陶东风、徐艳蕊：《当代中国的文化批评》，第39—40页，北京大学出版社，2006年）遗憾的是，现代文学批评所构建的那种理想的文学批评场域，在 1949 年后相当长的时间内已无法存在。

批评的自律性既可能出现在一个自主的文学场，不一定与制度层面的自主性必然对应，如朱光潜、李健吾、李长之、梁实秋等人的文学批评，基本上来自文学内部对批评之对话性、平等性的呼唤；也可能出现在一个非自主性的文学场域中，如茅盾、郭沫若、周扬、胡风、冯雪峰等的文学批评，这种他律性的批评，以自律性的面貌出现，反而压制他们看来并不自律的不合规范的话语和声音。这种他律性在当代文学批评中过度膨胀，畸形发展，对文学批评已造成严重的伤害。20 世纪 80 年代后，批评界积弊重返，追求批评本身的自律性，追求对话与碰撞，出现了短暂的"复兴"，但很快又被两种他律性所击溃：一种是 90 年代兴起的市场经济以及形形色色的实利主义批评，一种是被"现代"和"后现代"等话语绑架的各种屠龙式、肢解式批评。这种风气和影响延至今日，很大程度上导致了当下中国文学批评绝大部分缺乏自律性，无法对抗外在的他律影响，成了表扬表彰、抬轿敕封和歌功颂德，缺乏对话、缺乏批评、缺乏洞见、缺乏高度，更缺乏创造和建设，表面活力四射，繁华似锦，实际空洞萧条，了无生气。这种批评的危机，恰如车尔尼雪夫斯基批评当时的俄罗斯文坛所说的那样——"当代批评所以无力（顺便说说）的原因，是在于这种批评变得过分退让,含糊,要求低,满足于那些十分渺小的作品,赞美那些勉强还算过得去的作品。它是跟它所赞美的作品站在同一个水平上的;你们怎么能要求这种批评对读者有生动的意义呢?它比读者还低;只有他们的拙劣之作得到这种批评所赞美的作家,才会对它感到满意:读者既满意于这种批评,同样也就满意于在这种批评的温和的评论中所要介绍给读者注意的那些诗歌、戏剧和长篇小说了"。我们是用这些话来结束这篇文章的:"不,批评如果要名副其实成为批评,它就应该更严格些、更认真些。"(车尔尼雪夫斯基:《论批评中的坦率精神》,《车尔尼雪夫斯基论文学》中卷,辛未艾译,第140页,人民文学出版社,1965年)

我们的文学批评,"如果要名副其实成为批评",除了车氏要求的"更严格些、更认真些"之外,追求批评的自律性——恪守批评的独立精神,创设积极的平等的交流对话语境,构建理性健康的批评生态至为关键,同时,也决不能忽略自由多元、宽容开放的批评场域的建构。而中国现代文学批评所留存下来的和而不同、各美其美的优良传统和丰富资源,也是不可或缺的宝贵经验与重要支援。

为文学批评招魂
——读李建军的《文学还能更好些吗》

十多年前,我还在乡村中学执鞭舌耕的时候,偶尔读到李建军的批评文字,顿有凉水浇背、当头棒喝之震撼。李建军的文学批评,诚挚恳切、洞察敏锐、见解精辟,既有勇猛精进的批判锐气,亦有充满智慧的理性思辨;既有宏阔深厚的学养,亦有深沉博大的关怀;既有文本上的咬文嚼字和细致剖析,亦有理论上的摧陷廓清、疏通致远。其视野之开阔,学养之深厚,思虑之精纯,用力之扎实,当代批评家中罕有人匹。在我看来,他的文学批评,一丝不苟、持论谨严、卓有识见,是真正将文学作品本身当成一件极有价值的东西来对待的文学批评。他将西方 18 世纪以来马修·安诺德、利维斯、别林斯基、布斯等批评家的伟大传统和中国以司马迁、刘勰为代表的古代文学批评精神熔铸贯通,以人性、道德、伦理、诗意、平等为核心,对当代文学进行整体性的观照和体味，形成了自己立场鲜明、热情峻切、精湛淹博、深邃醇美的批评风格。复旦大学出版社新近出版的《文学还能更好些吗》收集了他近年来的批评文章，充分体现了他文学批评的收获与功绩、"理念与愿景"。

一

　　文学批评是对文学作品及其叙述态度的审美判断、道德考量和精神审视，是一项独立但又贯彻着自由平等理念的精神活动。作家有创作的自由，批评家有批评的权利。文学必须有批评，"批评如果不对了，就得用批评来抗争，这才能够使文艺和批评一同来前进，如果一律掩住嘴，算是文坛已经干净，那所得的结果是要相反的。"〔鲁迅：《看书琐记（三）》，《花边文学》，第107页，人民文学出版社，1973年〕反之，一味地吹捧或夸赞，文学批评也就名存实亡。文学批评的使命，一方面是马修·阿诺德所说的，在无论何时何地所写的一切作品中发现最重要和最优秀之作，并将读者的注意力引向这些最重要的书和最优秀之作；另一方面，是做剜烂苹果的工作，或如蒂博代所说的，充当文学的"猪舌头检查者"，揭示出作家的病象和病理，给普通读者以指示，并引导文学创作朝着积极、健康的方向发展。这也就是鲁迅所说的"灌溉佳花"和"剪除恶草"。

但就文学批评的本质而言，更偏向于"剪除恶草"，正如李建军所说的，批评"首先意味着尖锐的否定精神"，在"追求内在的'深度'"的同时，"致力于激活人的质疑能力和反思能力"。（李建军：《文学批评与媒体批评》，《文学还能更好些吗》，第15页，复旦大学出版社，2012年）在他看来，严肃的文学批评，"应该具有严格的尺度和严谨的态度，要对作家的不成熟的创作和不可靠的思想，进行冷静的反思和对话性的质疑，从而向社会提供负责任的判断和有价值的'批判性话语'。"然而，中国社会长期形成的"差序格局"和熟人文化，养成了中国人讲关系、看面子、讲客套的陋习，形成了中国特有的与人为"善"的"人情型文化"，而不是与人较"真"的"批评型文化。"（李建军：《文学批评：求真，还是"为善"》，《文学还能更好些吗》第7页）因而，中国古代文学批评极不发达，只有历来附骥于集部之尾的"诗文评"，而无独立成体的文学批评。（朱东润：《中国文学批评史大纲》，第1页。上海古籍出版社，2001年）"先天"不足加上当今中国社会大行其道的"拜权教""拜名教""拜物教"的麻醉和劫持，使得我们的批评界"雅声浸微，溺音沸腾"——"推销员太多，质检员太少；说空话的太多，说实话的太少；说鬼话的太多，说人话的太少；垂青眼的太多，示白眼的太少。"（李建军：《批评家的精神气质和责任伦理》，《文学还能更好些吗》第36页）究其原因，那就是缺乏或者没

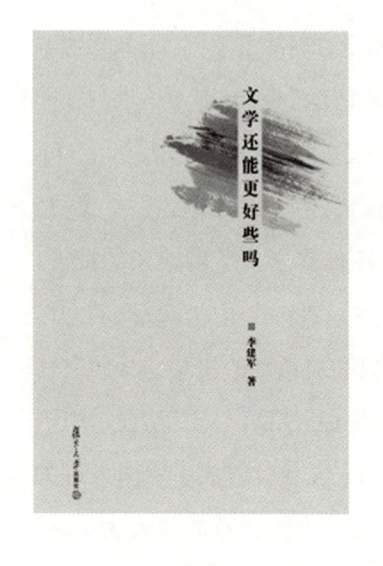

有文学批评的"独立之精神",缺少讲真话的传统和勇气,缺少李建军所深刻阐述的批评家应有的精神气质。他以"虽千万人吾往矣"的勇气,披沙拣金,改变了文学批评真言噤声、假话盈宇的局面,将活的精神吹进萎靡的现实,唤回了文学批评的尊严和魂灵,在荒芜败落的批评园地里播撒下充满生机的种子。

在李建军看来,"一个人能否成为批评家",取决于"是否具有批评家的精神气质""一种由浪漫主义情调和理想主义精神构成的堂·吉诃德气质"。这种气质,"意味着对文学的一往情深的爱,意味着为了捍卫文学的尊严和价值而表现出来的勇敢而执着的精神。为了说出自己的感受和判断,为了表达自己的愿望和理想,那些真正的批评家的内心里充满了难以遏制的激情和冲动,很少考虑直言不讳的坦率会给自己带来的不利后果。"(李建军:《批评家的精神气质和责任伦理》,《文学还能更好些吗》第38页)他本人正是当代为数极少的具备了这种精神气质的批评家。对于文学,他将之视为"一个高贵的生命体,对它充满爱的情感",近乎一种"宗教情感的爱"(李建军：《〈文学还能更好些吗〉自序》)。没有这种热烈和纯粹，那么就不可能成为一个好的或者真正意义上的批评家。正如普希金在《纯批评》中指出的："一个批评家，如果没有对艺术的纯洁的爱，那么不管他在批评中奉行什么样的原则，他就必然会沦入被卑鄙、自私的动机所任意摆布的人群中去。"(李建军：《〈文学还能更好些吗〉自序》)正因为他对文学有着宗教般的虔诚，因而"他敢于直言，含着血性和理性的直言，不左顾右盼，不扭捏作态，批评谁就批评到当面。"(邢小利：《做文学的守护神——读李建军的文学批评》，李建军：《必要的反对》第332页，山东文艺出版社，2005年)《文学还能更好些吗》的第二辑里，就是这种"含着血性和理性的直言"。莫言的《檀香刑》出版后，封底的广告词中赫然印着："在这部神品妙构的小说中""莫言……用摇曳多姿的笔触，大喜大悲的激情，高瞻深邃的思想，活灵活现地讲述了发生在'东北高密乡'的一场可歌可泣的运动，一桩骇人听闻的酷刑，一段惊心动魄的爱情""……这是一部真正民族化的小说，是一部真正来自民间、献给大众的小说。"李建军细致地分析了《檀香刑》的文体效果和语法修辞，指出了其语言上的病象和问题。更严重的是，作家在叙述描写上的随意放纵，以及道德感和人性关怀上的缺席，使得小说缺乏"分寸感与真实性"——"它的叙述是夸张的，描写是失度的，人物是虚假的。作者漫不经心地对待自己的人物，为了安排场面和构织情节，他近乎随意地驱使人物行动，让他讲不土不洋、不今不古的话，因此，人物的关系和行为动机经不住分析，人物语言的个性化和合理性也经不起细究。总之，从这部小说中，你找不到一个有深度、有个性、有活力的可信、可爱的人物。作家不负责任的随意和失去分寸的夸张毁了一切。莫言用自己的文字碎片拼凑起来的是一些似人而非人的怪物。"（李建军：《是大象，还是甲虫——评〈檀香刑〉》，《文学还能更好些吗》第61页）对于被媒体和某些评论家誉为当代"金瓶梅"的《废都》，他锐利而令人信服地指出了其在艺术形式、精神视镜存在的严重问题，分析了这种"私有形态"的写作的极端主观随意、缺乏真实性的拟古作派以及反现代的对现代都市文明的敌意和误解，击中了贾平凹写作的致命问题——"他不仅认同旧小说的趣味格调和道德情操，而且还极其幼稚、拙劣地模仿旧小说的语言文体和修辞策略。这使他的写作成为被古人的幽灵纠缠的写作，成为被前文本奴役的写作，并最终成为缺乏内在的价值和持久生命力的反现代性写作。"（李建军：《那些优雅的东西都烟消云散了——评〈废都〉》，《文学还能更好些吗》第102页）阿来的《尘埃落定》出版后好评如潮，并荣膺茅盾文学奖。然而，李建军通过精湛细致的分析，指出这是一部在叙述者、语言、女性态度、主题等方面存在严重问题的小说。就叙述者而言，白痴或者傻子是不可能提供任何价值判读的,福克纳《喧哗与骚动》中的班吉和君特·格拉斯《铁皮鼓》中的奥斯卡都是经典的例子。但阿来既想"赋予'我'这个叙述者以'不可靠'的心智状况,又想让他成为'可靠'的富有洞察力和预见能力的智者。"(李建军:《像蝴蝶一样飞舞的绣花碎片——评〈尘埃落定〉》,《文学还能更好些吗》第113页)这种含混矛盾的处理,导致"我"的形象苍白无力,虚假分裂,说到底,是作者缺乏对人物的充分了解和尊重。"我"在对待女性的态度上,也缺乏起码的人性关怀,"小说中的女性几乎从未被当做正常人尊敬过、爱过、对待过。与'我'有过关系的几个女人,在'我'看来,都只不过是工具意义上的雌性动物而已。而作者阿来似乎也只满足于从纯粹生物学的意义上来叙述男人与女人的关系,不,应该说,男'主人'和女'下人'的关系。"(李建军:《像蝴蝶一样飞舞的绣花碎片——评〈尘埃落定〉》,《文学还能更好些吗》第126页)这部小说的主题是什么呢?我们看不到,能看到的是"'我'与几个女人的缺乏情感内容和精神内涵的关系,叙述了几个土司围绕麦子、罂粟、土地和权力的勾心斗角,叙述了土司政治在'汉人'政权的更迭中不可避免的瓦解命运""作者的叙述,从根本上讲,是封闭的、混乱的、破碎的。他仅仅满足于叙写'我'的飘忽的想像和怪异的行为。他没有将人物放置到一个具有广泛的关联性的生活场景里和寓言结构里";我们从能"感受到一种茫昧的怅惘，但却无法把握到有价值、有'普遍性'的主题。"（李建军：《像蝴蝶一样飞舞的绣花碎片——评〈尘埃落定〉》，《文学还能更好些吗》，第130页）

辣手的批评家，少不了怨敌。李建军这种"秉持公心""言人之不善"的批评，在与人为善、难得糊涂、恭维逢迎主宰的中国文化里，难免被人误解。比如作家莫言对李建军说，"陈忠实跟你李建军关系好，给你帮过一次忙，你就写文章说他好，人家贾平凹跟你关系不好，你就到处骂人家，搞人身攻击。"（李建军：《武夷山交锋记》，《文学还能更好些吗》，第157页）按照这样的逻辑，文学批评就成了一种"关系批评"，那么李建军与批评过的张爱玲、魏巍、刘震云、阿来、残雪、池莉、孙皓晖等都有过节了。实则不然。对于一个作家而言，没有比遭遇批评缺席更糟糕的事情了。批评家不是作家的敌人，而是作家的师友。作家不必担心学理性的批评，"严格的批评无法毁灭真正的、强大的才能，正像捧场的批评不能抬高微小的才能一样。"（别林斯基：《论〈莫斯科观察家〉的批评及其文学意见》，《别林斯基选集》（第一卷），满涛译，第362页，上海译文出版社，1979年）作家如果不能及时地倾听批评家有价值的批评，那么可能会给自己的作品带来致命的创伤。作家倒要提防那种尽说好话的"捧杀"，这类简单随意的夸赞不但不能延长作品的寿命，而且易使作家处于盲人瞎马的飘飘然状态。但是，我们的作家听惯了好话,无力承担也不愿倾听有价值的批评。我们试想,曹雪芹如果不接受脂砚斋的建议,将"秦可卿淫丧天香楼"有所删节,那么恐怕也难以摆脱曹雪芹本人极其厌恶的"皮肤滥淫"。批评家以事实判断为基础,进而进行价值、意义估量,并不需要考虑作家的职务级别、名声威望。这种"批评家所必须具备的高度发达的事实感""绝不是一个微不足道的或常见的才能。它也不是一种容易获得大众称赞的才能。事实感是一件需要很长时间才能培养起来的东西。它的完美发展或许意味着文明的最高点。"(艾略特:《批评的功能》,《艾略特文学论文集》,李赋宁译,第83页,百花洲文艺出版社,2010年)正是因为对文学纯粹而虔敬的感情,李建军才抗颜分席而无愧,表现出勇敢而执着的捍卫精神。而且,他的批评是好处说好、坏处说坏的批评,并不是随意任性地品评某个作家,而是一种认真考察分析的学理性批评。比如,他诚挚地肯定阎真《沧浪之水》的优点和贡献,同时对于其"不成熟的讽刺""过度化的议论""人物被遮蔽在作者的因应该里"提出了尖锐的批评。对陈忠实早期创作存在的问题,他也是非常客观地予以批评,其尖锐程度并不亚于他批评过的莫言、贾平凹等人。在他看来,陈忠实的前期创作,是一种"随顺的平面化写作",是"对生活的浮泛的表象化记录",有"情节解结的简单模式";在精神和思想上存在"双重匮乏",对人性之恶"缺乏了解乃至盲视";

人物"大多是扁平的、缺乏生气的,没有深刻的人性内涵,没有鲜明的个性特征。"这些人物"基本上都是善良的好人,虽然也写有缺陷的人物,但这些人物到最后大多都曲终奏雅地转化成了好人,完成了从恶向善的转化。……这种经过提纯的、僵滞的心理——性格结构,并不是人性的真实状况,即一种由两极因素二元补衬构成的复杂的结构系统。"(李建军:《宁静的丰收——陈忠实论》,第33页,华夏出版社,2000年)正是出于对文学炽烈的爱恋,他才能够遗世独立,毫不在乎误解、污蔑乃至攻击,率真自由地品藻作家创作的得失。当作家创作出现严重问题的时候,他毫不留情地予以批评;当作家写出好作品的时候,他毫不吝惜地给予鲜花和掌声。

二

具有批评家的精神气质,是成为批评家的先决条件。然而,单有对文学的挚爱和质疑反思的精神,还不能成为一位批评家。如果没有扎实深厚的学养,那么,批评不是流于不着边际的悬空,就是落入逞快的谩骂,或者肉麻的夤缘吹诈。因而,良好的学养是成为优秀批评家的充要条件。批评家,不但要做文学的卫生检疫员,同时也要做一个科学的分析者,剔爬到作者和作品灵魂的深处。李建军无疑是当代少数几位具备扎实而深厚学养的批评家。这种能力的形成,源于他对古今中外经典文艺理论、经典作品的敏锐感知、精细研读和融会贯通。在好多人看来,文学批评是一件极其艰难的事情,因为其很难有一个客观的标准。法郎士甚至说过,"天下无客观的批评。"其实不然,文学批评完全能够设法屏除主观的偏见,建立客观中正的标准。我国南北朝时期伟大的文学理论家刘勰指出,通过他的"六观法",可以建立客观的评判标准:"将阅文情,先标六观:一观位体,二观置辞,三观通变,四观奇正,五观事义,六观宫商。斯术既行,则优劣见矣。""六观"的造成,刘勰以为在博览:"凡操千曲而后晓声,观千剑而后识器。故圆照之象,务先博观。阅乔岳以形培塿,酌沧波以喻畎浍。无私于轻重,不偏于憎爱,然后能平理若衡,照辞如镜矣。"在刘勰看来,批评家如有"博观"的学力,又能用"六观"的方法,循"按文以入情"的途径,"沿波讨源,虽幽必显。世远莫见其面,觇文辄见其心。岂成篇之足深,患识照之自浅耳。"(黄霖编著:《文心雕龙汇评》,第158页,上海古籍出版社,2005年。此处关于"六观"和"博观"关系的阐述,借用了罗根泽先生的分析。见罗根泽《中国文学批评史》第245页,上海书店出版社,2003年)博览尤其是经典的阅读,对于批评家鉴赏力和判断力的形成是至关重要的,"鉴赏力在某种程度上的培养必须先行于我们的文学,换句话说,在我们这里,起初必须先有读者,dilettanti,然后再有文学。"〔别林斯基：《论〈莫斯科观察家〉的批评及其文学意见》，《别林斯基选集》（第一卷）第325页〕鉴赏力的形成，自然也先于文学批评。任何人都是在阅读的过程中建立起自己的鉴赏力和判断力的。批评家和一般读者不同，必须博览群书，尤其是熟悉经典，从而建立自己敏锐的鉴赏力、可靠的判断力及公允的批评尺度。

　　经典阅读的意义，勿需反复论证。用马修·阿诺德的话说，文学经典能让公民知道"世界上已知和已被想过的最好之物"，"最好之物"，就储存在《荷马史诗》《圣经》到歌德、华兹华斯的经典作品中（马修·阿诺德：《文化与无政府状态》，韩敏中译，第17—21页，生活·读书·新知三联书店，2008年）。经典作品对人类生活有着深刻周彻的肯认，对个体内心经验有感同身受的体谅，能使人类透过喧嚣纷杂、破碎浮泛的社会表象，判断真假、剔析伪善，弘扬人性和正义，从而直抵生活的本质，洞彻历史的原貌和真实的人性。同时，其能够使个人静心返观、思考醒悟，更为深刻地了解自己，并从中生发出博大的人性关怀和崇高的社会担当。一个民族如果只是"偷懒"阅读快餐文化，放弃经典的烛照和指引，必然会导致感性对理性的超越、心智的慵懒与偷惰，并带来对追求深邃思想的缺席、对美好事物眷恋珍爱的缺失、对人类精神处境及出路关切的遗忘，整个社会的文化也必将表现出颓败的趋势。我们今天所面临的，正是这样一个可怕的境况。

对于批评家而言，经典可以帮助其了解人类文学攀登到达的高度，明确其所在时代文学到达的位置。否则，就无法有效对其所处时代的文学作出评价。艾略特有着这样的论述："现存的不朽作品联合起来形成一个完美的体系。由于新的（真正新的）艺术品加入到它们的行列中，这个完美体系就会发生一些修改。在新作品来临之前，现有的体系是完整的。但当新鲜事物介入之后，体系若还要存在下去，那么整个的现有体系必须有所修改，尽管修改是微乎其微的。于是每件艺术品和整个体系之间的关系、比例、价值便得到了重新的调整；这就意味着旧事物和新事物之间取得了一致。"（艾略特：《传统与个人才能》，《艾略特文学论文集》第7页）文学批评，实际上就是以"现存的不朽作品"作为参照，对文学创作进行分析和纠正，判断其是否提供了新的东西。然而，我们的文学教育在功利化和世俗化的道路上走得太远了。我们大学的文学教育，热衷于从理论到理论的"空对空"研究，缺少阅读经典形成的丰富的审美经验、深刻的审美体验、博大的人文关怀和积极健康的道德伦理，"只有'告朔之饩羊'的意义，很少有学术上、文化上的意义"。（徐复观：《我看大学的中文系》，《中国人的生命精神》第152页，华东师范大学出版社，2004年）对于经典，我们广泛"存在着一种价值逆转，它意味着导言、批评资料和书目像烟幕那样,被用来遮蔽文本在没有中间人的情况下必须说和只能说的东西——而中间人总是宣称他们知道的比文本自身还多。"(卡尔维诺:《为什么读经典》,黄灿然等译,第5页,凤凰出版传媒集团、译林出版社,2006年)我们的教授学者当中,具有深厚经典阅读经验的寥若晨星,即使极少数有经典阅读背景的教授学者,也纷纷转向理论研究、文化研究、媒体研究等,其教学、写作和思维的方式常接近社会科学,而不是传统意义上的人文科学。如此以来,文学的感受力、鉴赏力、判断力严重迟钝乃至萎缩。而大多的教授学者,缺乏坚实的经典背景,单凭某种理论或者提要简介来搞所谓的"研究"。这样难免居人胯下,误己误人。更重要的是,批评应该十分注重精神的健康,正如任何医生注重身体的健康一样。但是,我们的批评,如李建军所言,学院化"把'学术规范'变成了僵硬、刻板的教条,把批评异化为冷冰冰的'尸体解剖'——这种教条主义的'解读'与批评家的精微的感受是脱离的,与具体作品是不相干的。有的批评家更是削足适履地把外国的最新'理论'与当下的文学作品强行对接,常常为了迎合他者的'理论'而曲解甚至肢解作品。"(李建军:《批评与创作:失去对称的两翼》,《文学还能更好些吗》第21页)这种批评的风气和倾向导致当下批评失去了活力和生机,有形而无神。如果再不改观,文学批评将遭遇到巨大的危险,甚至走上死路。那怎么办呢?回到经典。鲁迅说过，一切伟大的作品都会告诉作家怎么写。我们也可以说，一切伟大的作品都会告诉批评家应该持有怎样的标准。

　　李建军读书之广博、思考之深刻，不敢说当代批评家之最，最起码也在前列。从中学时代开始，他就广泛地开始阅读司汤达、莫泊桑、梅里美、都德、歌德、契诃夫、陀思妥耶夫斯基、屠格涅夫等经典作家的作品。其中，俄罗斯文学对他文学观念的形成，产生了深远而重要的影响。正如他自己所言，"俄罗斯文学为我理解文学，提供了可靠的判断尺度和标准体系，它告诉我，理想的文学应该具备这样的条件：视爱和悲悯为具有核心意义的心情态度；具有现实主义的批判精神和反讽性；不仅充满孩子般纯洁的道德诗意，而且到达了高度成熟的伦理境界；具有'教育'读者的自觉意识和崇高理想，充满了精神上提高人和拯救人的宗教热情，致力于人们的文化气质，为人们克服懒惰、怯懦、势利、贪婪、残暴、冷漠、僵化等人格病变提供道德启示和精神支持。"（李建军：《仅有醋栗是不够的——关于契诃夫的答问》，《文学的态度》第365页，作家出版社，2011年）伟大的俄罗斯文学为建军理解文学"提供了可靠的判断尺度和标准体系"。同时，他也形成了敏锐的鉴赏力、精准的判断力，以及自己思虑周详的理论体系。但在一些人看来，李建军"文学批评标准似乎还一直停留在更为久远的年代""小说世界本质上是伦理世界，只有那些包含伟大的伦理精神的作品，才能有持久和巨大的影响力"（金赫楠：《直谏李建军》，《文学自由谈》2005年第4期）之类的说法都是已经过时的理论。殊不知，李建军是在18、19世纪以来伟大小说经验的吐纳之上，以深厚的人性为依据，以成熟的伦理标准，以伟大的精神为灯塔，真诚地帮助人们认识心灵的最高旨趣，并形成自己的批评观念的。这些经典，经历了时间的淘洗和读者的辨别，是人类走向光明和美好的最为宝贵的营养，岂能简单地用时间的尺度去衡量！这种思维的内在依据，还是那种庸俗的生物进化观念。我们知道，艺术并不一定随着时代的发展而前进，甚至会出现严重的倒退。否则的话，我们就可以说，我们早超过古希腊时代了。那么，马克思所云的希腊神话和史诗是"一种规范和高不可及的范本"岂不成了欺世之言！

对于批评家而言，其对作品优劣的评判源于判断力和鉴赏力，终而落到对其理论的支援和确认。R·韦勒克指出，批评家的文学观点，"需要得到其理论的支持和确认，并依靠其理论才能得到发扬；而理论则来自艺术作品，它需要得到作品的支持，

靠作品得到证实和具体化,这样才能令人信服。"(R·韦勒克:《文学理论、文学批评和文学史》,《批评的诸种概念》,丁泓等译,第6页,四川文艺出版社,1987年)李建军在中外小说叙事理论的认真研读基础之上,以18、19世纪的伟大小说尤其是俄罗斯小说为参照,以布斯的小说修辞理论为中心,以谱系学的方法梳理了中外修辞理论,阐述见解,批驳错谬,如钱塘之潮,举重若轻,波澜叠起;显幽阐微,爬罗剔抉,如扁鹊行诊,明辨要眇,屡有发明。他肯定了布斯的理论贡献,修正了其小说修辞学的偏颇,批评了其"没有把人物和情节这两个对小说来讲极为重要的因素摆到中心的位置"、对小说"介入的、否定的、批判的精神"的忽视、"缺乏历史感和时代感、缺乏对制约小说的修辞的语境因素的考察",以及没有彻底摆脱当时影响极大的"新批评"带来的负面影响。(李建军:《小说修辞研究》,第23—25页,中国人民大学出版社,2003年)进而,他阐述了自己理想的小说修辞学——"小说修辞是小说家为了控制读者的反应,'说服'作者接受小说中的人物和重要价值观念,并最终形成作者与读者间心照神交的契合性交流关系,而选择和运用相应的方法、技巧和策略的活动。它既指作为手段和方式的技巧,也指运用这些技巧的活动。作为实践,它往往显示着作者的某种意图和效果动机,是作者希望自己所传递的信息能为读者理解并接受的自觉活动;作为技巧,它服务于实现作者让读者接受作品、并与读者构成同一性交流关系这一目的。"(李建军:《小说修辞研究》第11—12页)同时,他批评了"新小说"和现代主义小说"将人物符号化、抽象化、物态化、理念化"的弊病,指出"只有当小说家把人物当作有自由、有个性、有尊严、有思想的高贵的独立个体的时候,真正意义上的小说才能产生"。(李建军:《小说修辞研究》第64页)对于小说修辞的研究而言,李建军无疑作了一件钩玄提要、疏浚致远的工作,正如李汉在《昌黎先生集序》中所言:"先生于文,摧陷廓清之功,比于武事,可谓雄伟不常者矣!"(马其昶校注、马茂元整理:《韩昌黎文集校注》第2页,上海古籍出版社,1985年)正是因为他对经典小说和经典理论有着精细的感知和研读,才建构起了自己的小说修辞理论,才能对当下文学创作作出精骛八极、鞭辟入里的剖析,才能轻易地在感性与理性之间取得平衡,展现出一股沛然莫之能御的说服力和感染力。因而,丁帆将《小说修辞研究》称为"李氏修正定律"(丁帆:《扎实的学养与可靠的修正——李建军〈小说修辞研究〉读札》,《文艺争鸣》2004年第4期);王兆胜则称之为"一本努力解决重大问题的'正本清源'之作"(王兆胜:《正本清源与圆融通明——评李建军的《小说修辞研究》,《南方文坛》2004年第3期);被李建军批评过的小说家阎真先生则发自肺腑感叹《小说修辞研究》了却了他多年为研究生的"小说理论"课程寻找一部"既有体系上和理论上完整性,又能结合中国的文学语境,在一定程度上涉及中国的创作实践"的合适教材的心愿,作出了"一本好书,可做教材"(阎真:《一部好书,可做教材——评李建军〈小说修辞研究〉》,《文艺争鸣》2004年第4期)的评价。

三

殷海光先生说:"知识分子是时代的眼睛,这双眼睛快要失明了。我们要使这双眼睛亮起来,照着大家走路。"(殷海光:《中国文化的展望》第543页,上海三联书店,2002年)是的,真正的知识分子恪守着人类的良知,体现着人类的良心,守护着精神的灯塔。他们敢于愤怒、向权势说不,他们的使命在于将人类摆渡到"光明与美好"的彼岸。如萨义德所言,"在受到内心和真理的感召时,知识分子应该挺身而出,且不顾忌自身的利益与安危,他坚持的是一种形而上的气质以及根据自己的学识而认为的真理。也只有这样,才会使得社会恶势力产生畏惧与不安,从而抑制恶的横行。"(萨义德:《知识分子论》,单德兴译,第17页,生活·读书·新知三联书店,2002年)然而,我们这个时代的知识分子沉潜了、消隐了、堕落了。他们要么有学问而无操守,有虚名而无实归;要么有空言而无行动,有身形而无魂灵，绝大多数是"'出卖了别人的灵魂与血肉来为自己的养生主'的"（鲁迅：《文人比教学》，《且介亭杂文末编》第81页，人民文学出版社，1973年），或者是出卖了自己尊严和灵魂的"通融人"。因而，我们时代才会出现前所未有的精神堕落、文化虚脱和价值紊乱。

李建军属于极少数"要使这双眼睛亮起来，照着大家走路"的批评家，他之所以能在当代批评家中卓然独立，也正是由于他强烈的责任伦理和鲜明的人文关怀。在他看来，"文学批评承担的责任伦理，是为自己的时代文学提供真实、可靠的判断，从而将这些判断转化为积极的具有生产性的话语力量。具体地说，就是有助于帮助读者了解真相，同时有助于读者了解真相，同时又要作为一种制衡力量，对作家的写作进行价值评估和质量监督。"（李建军：《批评家的精神气质和责任伦理》，《文学还能更好些吗》第48页）令人失望的是，当下中国的创作和批评，被权力把持，被市场绑架，消解了真实、意义和价值，缺乏对个体生命、人性以及人类命运的关怀，缺乏精神的擎举和建构，鲜有对国家、民族、历史使命的关注，几欲完全沦为消费的愉悦和平面化的狂化，内在价值与工具价值严重而普遍地混淆颠倒。对此，我们的文学批评不是付诸阙如地盲视与无视，就是廉价地进行吹捧或者颂扬，文学批评沦为精致的"屠龙术"、夸大的"广告语"、印证洋理论的"试验场"和博取名利的"菜篮子",完全成了工匠手中的技术活。这种虚假浮躁、极不负责的风气不但误导了读者,而且毁坏了艺术,给我们的文学和文化带来巨大的灾难。我们知道,"生活中撒谎固然下流,但还不至于毁掉生活;它玷污生活,但在其污秽之下终究不能掩盖生活真实,因为总会有人或苦痛地或欢乐地渴望着什么。但在艺术领域内的谎言却毁掉现象之间的一切联系,把一切弄得灰飞烟灭。"(列夫·托尔斯泰:《1877年致斯特拉霍夫的信》,《列夫·托尔斯泰论创作》,戴启篁译,第79页,漓江出版社,1982年)我们的文学批评中遍布这种极不负责的"谎言"。有的作品只不过是"甲虫",却被批评家说成了"大象";有的作品只是"萌芽",却被批评家捧成了"大树";有的作品患有精神上的痨病,却被批评家颂为"不可多得的杰作"。这时候,必须要有知识分子担当的真正批评家出来荡涤污秽,拨云见日,做出价值判断或者重大甄别,形成一种得当的"差别意识"。可惜,这样的批评家若凤毛麟角。李建军不辱使命,踽踽独行,决绝地为文学批评招魂。他批评姜戎的《狼图腾》"通过赋予狼以伟大的精神和高尚的品质,来完成自己的虚幻的文化乌托邦建构。这是一部具有侵略性质和法西斯主义倾向的文化情绪和价值主张:以狼为师,率狼食人,只求成功,不讲道义。它把强权和蛮勇当作文明进步的动力,但却忘记真正意义上的人类文明进步,必须符合人道原则,是有着可靠的价值指向和健全的道义尺度的"（李建军：《是珍珠，还是豌豆——评〈狼图腾〉》，《海南师范学院学报》2006年第6期）；批评李安执导的《色·戒》，迎合市场消费，完全沉于娱乐，是一部"用欲望瓦解精神""用美感撕碎伦理""用'深刻'摧毁常识"的电影，还是"一部伤害中国人民自尊心的电影"，是一部胡乱涂抹历史的"汉奸电影"（李建军：《庸碌鄙俗的下山路——〈色·戒〉及张爱玲批判》，《文学的态度》，第316页）；批评孙皓晖的长篇历史小说《大秦帝国》缺乏历史质感和批判意识，"不遗余力地为封建皇帝树碑立传，为专制暴君大唱赞歌，缺乏最基本的批判勇气和思想深度，缺乏现代意义上的文化理想和启蒙精神，典型地表征着当代作家人文素质的低下，也严重地显示出了当下历史叙事的困境和危机。"（李建军：《怎可如此颂秦皇——从〈大秦帝国〉看当下历史叙事的危机》，《文学还能更好些吗》第148—149页）……当下文学批评在责任伦理上的缺席，导致了上述在精神内核和价值倾向上存在严重问题的文艺作品的流行。在这些作品消费化、娱乐化、戏谑化的背后，是实用主义、相对主义和虚无主义的肆虐。因而，李建军呼唤健康的、积极的文学，认同扎米亚京的"大文学"，呼吁对权力说不、敢批逆鳞的司马迁一样的具有正义感的作家，称颂托尔斯泰那样相信爱的力量的作家，推重索尔仁尼琴那样"向恶而写，向善而趋"的作家。在他看来，这种"大文学"有着伟大的"目的"，"有着规划和变革生活的抱负，要对整个人类生活产生巨大影响"。对文学批评而言，"'大文学'有着背景和坐标的意义——没有大文学的参照，任何文学批评都将是缺乏方向感的，甚至是无效和无意义的。"（李建军：《〈文学还能更好些吗〉自序》）是的，如果文学没有这样的精神意义和价值关怀，文学批评没有这样的责任担当，那么我们的文学只能永远沉溺在消费、欲望和权力的泥淖之中，永远陶醉在"红肿之处，艳若桃花；溃烂之时，美如乳酪"浮华之中。

在李建军"扬眉剑出鞘"的背后，我们能够看到知识分子"为学不做媚时语"的独立精神、"读寻真知启后人"的责任伦理、心焦身焚的文化关怀，能够看到五四之后知识分子身上光焰息微的启蒙立场和批判意识，能够看到对自由、民主、平等理念的宣扬，能够看到对于美好和光明的追求和捍卫。他正如自己所言，"积极地培养自己成熟的批评气质和健全的伦理意识，自觉地担当起伟大而崇高的文化使命"，使文学批评"成为照亮寒夜的灯火，成为荡污化秽的净水"（李建军：《批评家的精神气质和责任伦理》，《文学还能更好些吗》第 51 页），使文学成为照亮心灵的温暖火光和激活精神生长的强大酵母。因此，他成为当代批评界沉闷晦暗天宇中一颗温暖美好而光芒四射的明星。我们这样的批评家太少了，这样的批评文字太少了。顾炎武在《日知录·文须有益于天下》中说道："文之不可绝于天地者，曰明道也，纪政事也，察民隐也，乐道人之善也。若此者，有益于天下，有益于将来。多一篇，多一篇之益矣。若夫怪力乱神之事，无稽之言，剿袭之说，谀佞之文，若此者，有损于己，无益于人，多一篇，多一篇之损矣。"（黄汝成：《日知录集释》，第841页，花山文艺出版社，1990年）什么时候，像李建军这样"有益于天下，有益于将来"的批评家多起来，"多一篇，多一篇之益矣"的文字多起来，我们的文学生态也就渐趋于健康，李建军的"文学还能更好些吗"的期盼也就庶几可望了。

砥柱八桂是此峰
——论黄伟林的文学批评

在广西文学批评界,黄伟林具有不可替代的重要位置和难以估量的深远影响。20世纪80年代以来,他全程跟踪、关注广西文坛的潮流与走向,全面、及时介入八桂作家的创作与转向,不遗余力地将"文学桂军""广西文坛三剑客""广西文坛后三剑客""独秀作家群"等重要文学现象以及一大批作家推向全国,奠定了其在广西文坛无可替代的首席批评家的地位。他也是一位优秀的文学史家,在前辈学人的基础之上,他将桂林抗战文化城研究深化提升到"桂学"分支——这一开阔而全新的境地,相继推出了《桂林文化城作家研究》《文学桂军论》《历史的静脉——桂林文化城的另一种温故》等专著,搜罗别择,甄辨重出,"在历史过程的层峦叠嶂中",探究"抗战桂林文化城"的千山万水、洞奇石美,复活纹理密匝的时代切片,重温令人感喟敬重的文化记忆，表现出一位优秀文化学者的敏锐眼光和深刻洞识。其策划主持的"新西南剧展"继踵1944年2月至5月欧阳予倩、田汉等人组织举办的"西南剧展"，推陈出新，重续抗战文化火光和民族精神血脉，备受赞誉，影响深远。当然，黄伟林的学术领域和影响不只于广西，他曾获"骏马奖""庄重文文艺奖"等全国性的重要奖项，在现当代文学学科领域，是一位具有重要影响的著名学者。他在散文研究（如梁遇春、张中行等）、小说研究（如池莉、何顿、"知青"作家研究等）、通俗文学研究（如金庸、电视剧、图书市场等领域）、现当代文学学科研究，以及当代小说流派和小说群落研究等方面，均建树非凡，自成一家，形成了清新俊逸的批评风格和风神舒朗的研究风格，表现出一个成熟文学史家高远深邃的学术眼光和精心积虑的学理建构。

一、极力使广西文学获得"中国性"乃至"世界性"

早在1993年，梁潮在为黄伟林的首部批评文集《桂海论列》所撰的序言中就指出了黄伟林之于广西文学的重要性——"就广西文学批评现状而言，黄伟林君不愧是一位出色的批评家。说他出色，绝不仅是因为他搞中国当代文学教学、研究，专心关注广西文坛，活跃在批评界，发表了近100篇关于广西作家作品的评论和短评,而主要是由于他有着良好的审美能力,丰富的情感体验,大量的阅读积累,繁博的文史知识;众多的文坛友人,参与的干预意识,他的评论有着个性鲜明而文辞精彩的特点。"(梁潮:《对批评家的批评——黄伟林君文学批评品题》,黄伟林:《桂海论列》第1页,漓江出版社,1993年)其实,更为重要的是,在广西新时期文学冲出八桂,走向中国文坛并成为中国文学重要一隅的过程中,以黄伟林为铎羊的批评家厥功甚伟。揆之新时期广西文坛涌现的重要作家和文学现象,几乎无一不得到黄伟林的评论和推介。在长达三十四年的跟踪和研究中,一大批作家如潘琦、韦一凡、何津、张宗栻、彭匈、蒋继峰、庞俭克、蓝怀昌、聂震宁、沈东子、鬼子(廖润柏)、东西、凡一平、冯艺、林白薇、李海鸣、赵清学、王志新、苏韶芬、黄继树、李时新、王咏、吴海峰、黄佩华、杨克、周昱麟、李逊、黄钲、张国林、曾有云、黄咏梅、黄神彪、潘耀良等人的创作,都得到过他独到的阐释和精心的批评。其中的"广西文坛三剑客"鬼子、东西、李冯,"广西文坛后三剑客"田耳、朱山坡、光盘,以及沈东子、聂震宁、黄咏梅等,众所周知,已成为中国文坛的著名存在。这些作家的成功虽然主要依赖于自己的努力与省察,但黄伟林对他们及作品与思潮现象的分析和评价,无疑也产生了潜在的不可忽略的重要影响。黄伟林生于广西,了解广西,热爱广西,熟悉广西作家的文学观念、语言结构、意向序化,了解他们的长处和短处,"一直剔爬到作者和作品灵魂的深处"(李健吾:《咀华集·咀华集二集》第 24 页)。正如陈晓明所评价的——"他对广西作家的把握相当到位。他熟知他们的生活经验,他们的文体风格,他们的喜怒哀乐。"(陈晓明:《文人格调,文人何为?——关于黄伟林的评论风格》,《南方文坛》2001 年第 6 期)更难得是,他不讳言掩饰,能好处说好,坏处说坏,实事求是,秉持批评家最为难得和最为可贵的公心。在 1990 年,黄伟林就毫不留情地指出了广西文学的问题——"广西的沉默、寂寞、写作似乎从根本上就与外省文坛不是一回事儿,不是一个境界。别人一个螺旋式上升已经完成了,广西还在同一地平线上原地踏步、操练如初""遗憾广西为什么不出现一批掷地有声的评论家,把他们的作品介绍出去,推荐给大众""让广西了解全国,让全国了解广西""它(广西寻根热)既体现了广西文坛自我封闭意识的坚固,也体现了那些具有革新意识的作家诗人本身素质上的欠缺。心有余而力不足,他们缺乏把自己推到一种全新境界的实力"(张宗栻、黄伟林:《被遗忘的土地》,《文学自由谈》1990 年第 2 期)等等。在分析韦一凡的小说集《被出卖的活观音》时,他深刻地指出了少数民族作家的"分裂":他们"有一种民族作家的先天优越感并且兼具认同中原的大文化附庸意识。这种双重意识既形成对自身艺术平庸的无限宽宥,又形成对自身艺术特

2005年冬，作者与作家鬼子和黄伟林先生在桂林

色的盲目自信"。（黄伟林：《桂海论列》第7页）黄伟林三十多年前的这番深刻思考，对当下的少数民族作家写作，仍具有非常重要的警醒意义。也正是这种强烈的责任感和使命意识，使得他调动了自己的全部知识，倾注了自己的全部热情，及时作出了准确精当、深入独到的评价，将广西作家及其文学推到中国文学的前沿。他自己也成为广西首屈一指的批评家。

同时，黄伟林自觉地在中国和世界文学的坐标中考量阐释广西文学，使得广西文学超越了地域性的限制，获得了普泛的文学品质上的"中国性"乃至"世界性"。作为最早评介鬼子小说的批评家,黄伟林不仅将鬼子小说《家癌》《家墓》中的"家"放置于中国文学传统"家"的母题之中,考察其纠缠不清的阶级与道德关系,更将其放置于世界文学的视野里,比较其与《呼啸山庄》由"善的起点走向恶的终点"的不同路径、不同的文化背景,以及"人类心理本质的某种共性"(黄伟林:《转型的解读》第72页,接力出版社,1996年),精辟而深刻。分析东西小说时,黄伟林在后现代的生存语境中分析其小说的意蕴和内涵。他发现,东西的小说《抒情时代》《商品》《我们的感情》等,淋漓尽致地表现了后现代时代的文化表征:语言泛滥,"人们沉溺爱寓言的泡沫中,找不到'脚踏实地'(这里的实地也就是共同性)的感觉,"(黄伟林:《中国当代小说家群论》,第33页,中央编译出版社,2004年)表现出"语言的寓言"的审美特征。从小说形态上讲,无疑属于后现代小说的范畴,从文学品质上讲,已经褪尽了广西的地域特色,体现出全球化时代的人类性和世界性。同时,他注意到桂林本土作家在完全欣赏乃至认同西方文学和文化中的立场坚守。这在沈东子的写作中表现得尤为典型。沈东子居住于桂林,在以出版外国文学作品著名的漓江出版社任职,精通英语并编辑出版过大量西方文学作品,因而创作受到西方文学的深刻影响。黄伟林注意到,沈东子的小说《美国》《郎》《离岛》《想念阿根廷》等在构建一个全球化的文学语境时,"不知不觉地意识到了自己的中国人身份""或者说是在深受西方文化的影响中逐渐形成了他的区别于西方的中国意识，找到了他中国人的感觉，发现了他的中国文化精神"。但他又不是余光中、洛夫式的回归，他"只是明确了他的中国人立场""他固守在这个立场上看待各种文化、体验各种文化，这恰好是一种全球化时代的文化多元化的立场"。（黄伟林：《中国当代小说家群论》第41页）这种开阔的视野和深刻的洞察，一方面源于黄伟林对广西本土文学的熟悉和敏锐深刻的判断力，另一方面源于他淹博的知识学养和开阔的文学视野。而后者，一定程度上奠基于其20世纪八九十年代对漓江版外国文学经典的研读和评介。在他的第一部专著《桂海论列》中，我们可以看到他几乎对漓江社那一时期出版的重要外国文学经典都做过灼见纷呈的精彩评介，这种训练和积累使得他有一般当代批评家所缺乏的经典背景和世界文学眼光，从而使得他的广西文学批评和研究高屋建瓴，卓见迭出。

二、通过印象式批评和情景化阐析来探究"隐藏的世界"

黄伟林的文学批评，以印象式的鉴赏批评为主，多倚重直观感性的把握和情景化的阐析来探究作家及作品"隐藏的世界"，注重审美体验，清新俊逸，轻灵曼妙。学者陈晓明曾言："黄伟林确实不是那种理论性很强的评论家，他的写作只是随着作品而流动，在对那些作品的反复读解中，透示出他的灵性，他的诗性把握，他的体验感悟之透彻，他在诗意的语言中包蕴的哲理力量。"（陈晓明：《文人格调，文人何为？——关于黄伟林的评论风格》）这种诗意灵性的文学批评，根植于黄伟林的"文人格调"和"名士气"，任意而为，任性而动，自由洒脱，不拘窠臼，综合驳杂的学问、广博的阅读，形成了敏锐精到的艺术感受力和判断力。与之相辅的，还有黄伟林作为一名优秀散文作家所独具的把握文体和文字的能力。因此，他的批评不援引高深艰涩的理论，没有学院批评家的生涩、冗长、平庸、枯燥、乏味和空洞；也不凭空架高，而是紧贴文本，在要言不烦的清新舒朗中直抵作家的内心和作品的"文心"。他的批评文章，多可作为优美精致的散文来品鉴。就此而言，他在当代文学批评家的阵营中，是一个非常独特而又耀眼的存在。

他评论聂震宁的小说集《暗河》，一下子就攫住了人："题材常常能显示一个作家思维的宽广度，这也许是奥斯汀不能与托尔斯泰相提并论的标志；思想常常能显示一个作家思维的深刻性，这也许是卡夫卡之所以成为大师的奥秘。聂震宁小说创作题材的广泛性不仅表现在他既写都市又写山林，既写历史又写现实，而且体现在他写不同的题材时都能进入角色，体现在他对山林的亲近及对城市的熟谙，对历史的悟性和对现实的敏感。"（黄伟林：《桂海论列》第39页）这种批评文字，与当代文学批评广征博引式的类似于布莱希特的"间离效果"做派大相径庭,表现出一种恰适熨帖的类似于斯坦尼斯拉夫斯基的"角色意识"。这种"角色意识",不仅仅表现出能够熟谙作者的内心和作品的"文心",还表现为能够选择一种与批评对象合榫对接的文字和语调。著名小说家黄咏梅曾经是少年诗人。黄伟林在评论其10岁时所写的处女诗作《月亮妈妈》时,就表现出当代批评家所匮乏的这种能力。这首诗很短,我们征引如下:月亮是星星的妈妈/晚上她给星星唱催眠曲/星星们在温柔的歌声中睡着了/月亮妈妈守候着自己的孩子。说实话,这首短诗真不好评论。而黄伟林几乎用诗一样的语言,抽茧剥丝,一步步走进一个10岁少女的"诗心"——"读着这首诗,人们或许会逼真地感到,原来人类果真有一种有别于因果逻辑的思维,想象力成为这种思维中把万物融为一体的媒介。这种思维先天地躲藏在每个孩童的脑袋里。遗憾的是大多数儿童不会表达。他们的这种原始的思维就白白地躺在那儿,被另一种由社会法则、由成年经验多种因素构成的思维模式侵蚀、磨钝、削弱,直到消逝。有极少的幸运儿,由于各种各样纯属偶然的因素,他们那与生俱来的独异思维得到了表现的机会。正如黄咏梅所叙述的那番情景。黄咏梅的哥哥纯属偶然的建议仿佛一根火柴,蓦然照亮了黄咏梅脑子里那鲜活生动的一隅。于是,闪烁不定、稍纵即逝的思维因为这一次表现获得了稳定的形式。这一次稳定形式的获得，无疑使黄咏梅的想象力得到了一种实在的凭据。于是，我们这个充满理性经验的因果逻辑的世界，终于出现了一种意外的素质，一种被称作诗的思维模式，一种被称为诗人的人。"（黄伟林：《转型的解读》第117—118页）少女诗人诗性思维的幸运实现过程，在黄伟林诗性批评的理性与情感的撞击中，被纤毫无遗地得到捕捉和呈现。用诗一样的文字，读解和阐析诗歌，情感深处所隐藏的淳真和感悟，得到了全然无阻的体验和沟通。这种批评的能力和功力，实在是不多见的。评论张中行的散文，这种能力和功力也魅力足显。启功认为，张中行是哲人，也是痴人。黄伟林说："我理解启功的意思是张中行既有执着的深情，又有通达的哲思。实际上，深情和哲思在张中行记人散文中常常是彼此衔接甚至融为一体的。有时候，深情感念往前一步就成为通达哲思；有时候，通达哲思与深情感念难分彼此。也就是说，这里哲思并不仅指深刻的思想，而是指一种融人生思考与其中的情感体认，一种从情感出发由情感构成的人生经验。"（黄伟林：《文学三维》第75页）在这里，情感和哲思并不是简单地合而为一，而是在深刻的同情与理解中得到了沟通和相融。也正因为这种难得的洞见和卓识，他对张中行记人散文的研究成为经典式的研究参照。

正因为经验化的、个人化的印象式批评，黄伟林的恩师、著名诗人任洪渊说他是"作家批评家",他的批评文体,是一种不合学院批评家榫卯的"逃离文体"——"叙述的直接抵达,让那些没有体温、呼吸和心跳的文字,那些概念单性繁殖概念的论、史、评,远远留在它们的灰色地带"(任洪渊:《作家批评家——黄伟林的批评叙事学》,《南方文坛》2001年第6期)。验证于黄伟林的文学批评,的确如此。任先生的高见,实可谓识人之语、知人之论。

三、温润的历史情怀:
重新抚摸"桂林抗战文化城"的历史"静脉"

黄伟林还是一位优秀的文学史家。他孜孜矻矻,数十年如一日,将"桂林文化城"研究刷新到一个崭新的境地,并使其成为"桂学"的重要枝桠。

1938—1944年,桂林这座山水甲天下的岭南名城因为优越的地理位置和特殊的抗战形势,成为大后方的民生要地、军事重镇、民主据点、文化堡垒和爱国主义者的集结地,荟萃了近万名文化人,其中如陈寅恪、梁漱溟、何香凝、柳亚子、茅盾、巴金、胡风、艾青、艾芜、田汉、夏衍、焦菊隐、端木蕻良、聂绀弩、司马文森、孙陵、黄药眠、欧阳凡海、王鲁彦、高士其、欧阳予倩、千家驹等著名者达数百人。他们开展文学、音乐、诗歌、美术、木刻等方面的创作，以文化为抗战武器，进行抗战宣传和动员，为争取全国抗战胜利提供精神供给，成为西南文化抗战的中心，同时也成为了全国抗战文化的中心。因其影响巨大，成就辉煌，在当时便被称为"桂林抗战文化城"。七十年来，林焕平、林志仪、刘泰隆、苏关鑫、黄绍清等广西师范大学几代学者殚精竭虑于"桂林抗战文化城"研究，成果丰硕。黄伟林率领的研究团队继踵其后，先后推出了《桂林文化城作家研究》《桂林文化城小说研究》《桂林文化城散文研究》《桂林文化城戏剧研究》等，将桂林文化城研究推到一个崭新的境地。

其中最突出的贡献的是其《历史的静脉——桂林文化城的另一种温故》突破了先前桂林抗战文化城研究的文人行旅考察、文学创作梳理，以及文学活动和文学资料的汇编，而是在历史的褶皱幽深处，带着"了解之同情"的史家情怀，将文人的文学活动与抗战活动以及桂林山水融汇起来，用"闲趣的片段，连结起历史长河中偶尔闪现出的星芒""活跃在中国文化舞台上的一个个名字，因为一次历程、一段回忆，甚至一件公案的缘故，把桂林与中国的大时代勾连，突破一座城市的局限，让抗战桂林文化城变成'中国在某个特定岁月中的一个侧影'"。（谭彦：《在历史中慰藉"文化乡愁"——评黄伟林文化随笔集〈历史的静脉〉》，《当代广西》2018年第17期）比如1941年

4月份，海明威曾到过桂林，绝大多数读者仅仅知道海明威到过桂林而已。黄伟林通过文献的勾稽爬梳发现了一个矛盾：桂林当时的报刊兴师动众地预告了海明威的桂林之行，吊足了人们的胃口，而当海明威到了桂林之后，却以非常低调简略的文字一笔带过。为什么会这样呢？黄伟林发现，海明威的桂林之行，自然景观令他满意，但居住环境和卫生条件很差，墙壁、地板上布满臭虫，到处乱爬，甚至咬人，臭味也很重，马桶溢水，简直无法工作和休息。这令他和新婚的妻子争论不休。海明威因此大发脾气，胡乱骂人。海明威居住的酒店，在桂林当属最好，但海明威对抗战特殊背景下的桂林和中国显然缺乏体谅。基于此，黄伟林对这一个矛盾给出了合情合理的解释——"海明威不是一个隐忍的人，缺乏东方民族那种谦虚温和的'美德'。我想，他肯定是以他粗暴的方式回敬了桂林的接待者。也就是说，海明威的桂林之行，主客之间一定有比较大的冲突，于是，我们才在极其高调的消息预告之后，遇到极其低调的报道。"（黄伟林：《历史的静脉——桂林文化城的另一种温故》第96页，广西师范大学出版社，2018年）类似的阐幽发微比比皆是。如《胡适给桂林留下的》，揭橥胡适对桂林石刻保护研究的建议、胡适对桂林山歌的浓厚兴趣（胡适在游览漓江的途中用铅笔记下三十多首）等，无论于胡适研究还是桂林文化城研究，都是发前人之所未发的学术贡献。如《张洁的童年记

忆》，分析了抗战时期张洁的桂林生活对其创作产生的深远影响，在张洁研究中具有不可忽略的重要价值。桂林时期，张洁正值童年，父亲的"虐待"，给她的童年蒙上了沉重的阴影，因此形成了她的独特性格，导致了她坎坷的人生，"扼杀了她在男欢女爱、两情相悦上的能力"，她的《无字》等小说因此表现出"对男人的总体失望"（黄伟林：《历史的静脉——桂林文化城的另一种温故》第 149 页）。

  这样的仔细考察和悉心体谅，使得历史有了饱满的细节、丰富的表情和可感的温度，历史由此而鲜活起来、生动起来。我想，这也是其 30 年沉潜其中的必然回馈。如同品玩玉石一样，历史获得了温度，获得了重生。这背后，固然有对脚下土地的不舍和回敬，更具有本质性的，则是其对中国文人风骨及精神的追忆和缅怀。正如他在《序》中所言："一个大时代，曾经给予了桂林以抗战文化城的生机；一座桂林城，曾经给予了那个大时代卓然独立的牺牲。也许人们以为我是在以那喀索斯的姿势打量一座城市的山水倒影，其实我念兹在兹的是生生不息的中国人文。"他以自己的执着、纯粹和耐心达到了自己的目的，更令人尊敬的是，他走进了一批文化人的心灵世界，复活了一座城市的文化记忆，树立起了抗战时期可歌可泣的文化丰碑。善莫大焉！功莫大焉！

结语

黄伟林是文学批评和文学研究名家，也是一位渊博广泛的杂家。他写闲散透彻的文学批评，写清朗俊逸的散文，写严谨深刻的学术论文，也写《孔子的魅力》这样颇见功力和识见的先哲行传。他是大学教授，编写大学教材，编排话剧，也从事旅游研究和规划。陈晓明曾赞叹他的写作"率性而行，诗评、小说分析、画论，无所不及。"（陈晓明：《文人格调，文人何为？——关于黄伟林的评论风格》）的确，这样的多面身手，在当代文学批评家中虽不能说绝无仅有，但实属凤毛麟角。可以毫不夸张地说，他是广西文学批评界的"独秀峰"，是中国文学批评界的"南天一柱"。正如袁枚《独秀峰》一诗中所云："来龙去脉绝无有，突然一峰插南斗。桂林山水奇八九，独秀峰尤冠其首。"他对广西文学和当代中国文学的无可替代的贡献，已经产生了重要的学术影响，并将会显现出更为重要的价值和意义。

为谁风露立中宵？
——钱锺书清华读书时期的情诗

读民国旧刊《国风》，看到钱锺书在清华读书时写给杨绛的情诗，深情绵邈，其中竟有"答报情痴无别物，辛酸一把泪千行"的哀婉凄艳。如此煎心衔泪之句打破了大多数人的理想化认识——才子佳人似乎都是一见钟情。

有人问杨绛："您和钱锺书先生从认识到相爱，时间那么短，可算是一见倾心或一见钟情吧。"杨绛答："人世间也许有一见倾心的事，但我无此经历。"其中的曲折便蕴含在这些肝肠寸断的诗句中。钱锺书"十九岁始学为韵语，好义山、仲则风华绮丽之体，为才子诗"。其恩师陈衍在1932年为《中书君诗》所作的序中告诫他说："未臻其境，遽发为牢愁，遁为旷达，流为绮靡，入于僻涩，皆非深造逢源之道也。默存勉之。"（转引自刘永祥：《读〈槐聚诗存〉》，上海社会科学院《传统中国研究集刊》编辑委员会编：《传统中国研究集刊（第六辑）》第389页，上海人民出版社，2009年）大概由于恩师警勉，钱锺书遂有"壮悔"之意，没有将这些绮丽悱恻的情诗收入《槐聚诗存》，钱锺书写给杨绛的这些"彩笺兼尺素"便尘封在故纸堆里。

1932年春，因为"一·二八"事变，苏州东吴大学停课。一部分学生到北平各大学借读，杨绛借读于清华大学，有缘与被誉为"人中之龙"的无锡才子钱锺书相识。后来杨绛的母亲取笑女儿说："阿季脚上拴着月下洪先生的红丝呢，所以心心念念只想考清华。"其实杨绛1933年考入清华外文研究所时，已经同钱锺书相识。同年秋杨绛进入清华读书，此时钱锺书已毕业赴上海光华大学任教。

杨绛和钱锺书都应感念一个人，那就是时任清华校长的罗家伦。也可以说罗家伦是他们冥冥中的"红娘"。正如张爱玲在《爱》中所说的一样："于千万人之中遇见你所遇见的人，于千万年之中，时间的无涯的荒野里，没有早一步，也没有晚一步，刚巧赶上了，那也没有别的话可说。"罗家伦任清华校长的1932年，清华开始招收女生，包括插班生在内，每年不过30余人。后来尽管历年数目有所增加，但依然是男多女少。据1933年毕业于清华的孙碧奇回忆：自从招收女生之后，清华园一时大乱，"男生改变生活方式，闲来无事，'胡堂走走'，即往女生宿舍古月堂访友之谓，每于夕阳西下，俪影双双，徘徊于西园道上。而粥少僧多，互相角逐竞争剧烈，事态多端，谣诼纷纭"。清华的学生多是世家子弟,家境优裕,是女生择偶的首选,所以当时流行着"北大老,师大穷,只有清华好通融"的顺口溜。这是也众多女生择偶的金条玉律。罗家伦这位功德无量的"红娘"自己并不知晓,他招收女生的政策,短短一年之内促成了数十对情侣结为秦晋之好。据《清华校友通讯》(新83期,1983年4月29日,第17页)记载,1933年即钱锺书毕业的这一年(清华招收女生的第二年),在清华鸳鸯谱上有名可稽的竟有16对之多。钱锺书和杨绛即是其中的一对。还有一对后来也赫赫有名,他们即吴晗(1934级)与袁震(1933级)夫妇。

  1932年的钱锺书,经过萤窗雪案、刮垢磨光,已学成满腹文章,享誉清华校园。不过,他追求才貌绝代的杨绛,并不是像司马相如那样,弹奏一曲《凤求凰》便赢得芳心。据吴学昭《听杨绛谈往事》:1932年初,东吴大学因学潮停课,杨绛北上清华借读。来到北京的当晚,她就见到了钱锺书。两人在古月堂前打了个招呼,便各自走开。这次偶然相逢只是匆匆一见,甚至没讲一句话,却令彼此相互难忘。杨绛告诉吴学昭,她和钱锺书都非常珍重第一次见面。她和钱相见之前,从没有和任何人谈过恋爱。吴学昭还谈到:钱锺书的表弟孙令衔告诉表兄,杨绛已有男友。又跟杨绛说,他的表兄已经订婚。但钱锺书就是存心要和杨绛好。钱锺书写信给杨绛,约杨绛在工字厅客厅相会。见面后,他开口第一句话就是:"我没有订婚。"杨绛则说:"我也没有男朋友。"从此,两人鸿雁往返不断。慢慢地,两人或在林间漫步,或在荷塘小憩,开始了60余年的相爱相守。

杨绛《记钱锺书与〈围城〉》一文以及其他记述却与上文存有抵牾。杨绛说,她初见钱锺书——"他穿着一件青布大褂、一双毛布底鞋,戴一副老式大眼镜,一点也不'翩翩'。"说她与钱锺书一面之遇后彼此相互难忘,未免有些夸张。杨绛说,她不走荷塘小路,太窄,只宜亲密的情侣。她和钱锺书经常到清华的气象台去。气象台宽宽的石阶,可以坐着闲聊。此外,钱锺书和杨绛第二次见面,钱说:"我没有订婚,"杨说:"我也没有男朋友。"稍加忖度,便觉过于突兀,不合常情。据《听杨绛谈往事》所载,杨绛初见钱锺书,陪同她的是钱锺书的表弟孙令衔。他告诉杨绛:钱锺书已订婚。他也告诉钱锺书:杨绛在清华园有了男友。由此可见,正是孙令衔引发了钱锺书和杨绛类似于宝玉与黛玉的明心之语。这就出现了两种情况:要么孙令衔说的是实情,要么孙令衔是"造谣"。无论哪一种情况,都难免让人疑惑难解。

不过有一点可以肯定,钱锺书与杨绛并非一见钟情,而且颇不顺利。从杨绛写于1934年的颇具自传色彩的短篇小说《璐璐,不用愁!》中,我们可以寻绎出蛛丝马迹,管窥蠡测到杨绛恋爱时期的内心纠结。这篇交给朱自清"散文习作课"的作业,写的是一个叫璐璐的女生,处在恋人选择的十字路口,取舍难定。面对两个追求者汤宓和小王,她犹豫不决,甚至通过抓阄的方式，决定是"答应汤宓"还是"不答应汤宓"。小王更令人气恼，他的表妹"暑假造谣说她和小王订婚了，说她图小王的钱，大概就是她——一定是她！"而后来"小王和他表妹订婚了。真是个不要脸的东西！抢人家的！怪道要造她的谣言。"璐璐和汤宓吵架，原因是"汤宓又向璐璐求婚，璐璐还是回答'不知道'——璐璐真是不知道自己愿意不愿意。汤宓说璐璐耍他，问了两年总说'不知道'；不爱他，就别理他，大家撒开手。璐璐哭了。她说：'又没有请你来！'"当然，我们不能机械地把这篇小说当成"自叙传"来猜笨谜，但不难看出，作者是借小说纾解恋爱时期的某种情绪甚至愤怒的，尤其是汤宓向璐璐求婚的细节颇有意思。因为，当时钱锺书向杨绛求婚——被拒绝了。

钱锺书同杨绛相处以后，因为自己即将毕业，一心想和杨绛同学一年，要她投考清华研究院。但杨绛暑假报考清华研究院还不够资格，得加紧准备，留待下年。钱锺书要求订婚，杨绛不能接受他的要求。杨绛不像钱锺书那样热烈，也没有他那么急切——她还不想结婚呢。钱锺书以为杨绛从此不理他了，大为伤心，这才引出了《壬申年秋杪杂诗并序》(录十首)(《国风》半月刊1933年12月1日第3卷第11期)中颇具李义山风格的伤心断肠之句(诗前有序云："远道棲迟，深秋寥落；嗒然据梧，悲哉为气；抚序增喟，即事漫与；略不诠次，随得随书，聊致言叹不足之意；欧阳子曰：'此秋声也'！")：

著甚来由又黯然？灯昏茶冷绪相牵；
春阳歌曲秋声赋，光景无多复一年。

海客谈瀛路渺漫，罡风弱水到应难；
巫山已似神山远，青鸟辛勤枉探看。

颜色依稀寤寐通，久伤沟水各西东；
屋梁落月犹惊起，见纵分明梦总空。

缠绵悱恻好文章，粉恋香悽足断肠；
答报情痴无别物，辛酸一把泪千行。

不觉前贤畏后生，人伦诗品擅讥评；
拌将壮悔题全集，尽许文章老更成。

相如卖赋未全贫，富贵侵身语岂真！
错认退之谀墓物，攫金谁是姓刘人？

依娘小妹剧关心，髻瓣多情一往深；
别后经时无只字，居然惜墨抵兼金。

良宵苦被睡相谩，猎猎风声测测寒，
如此星辰如此月，与谁指点与谁看！

困人节气奈何天，泥煞衾函梦不圆；
苦雨泼寒宵似水，百虫声里怯孤眠。

峥嵘万象付雕搜，呕出心肝方教休；
春有春愁秋有病，等闲白了少年头。

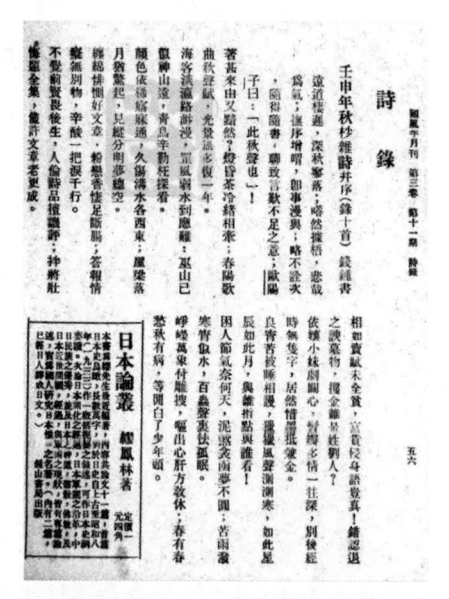

刊于《国风》半月刊1933年第3卷第11期上的《壬申年秋杪杂诗并序》（录十首）

钱锺书"柔情似水",但"佳期如梦",他还是"忍顾鹊桥归路"。"罡风弱水到应难""青鸟辛勤枉探看""见纵分明梦总空"之绝望,"粉恋香悽足断肠"" 辛酸一把泪千行"之酸楚,"泥煞衾函梦不圆""百虫声里怯孤眠"之苦思,"峥嵘万象付雕搜,呕出心肝方教休"之痴情,真可谓"情似雨馀黏地絮"。这些诗句包蕴密致、精丽深隽,深得李义山、黄仲则华美绮丽之风。"瘦影自怜清水照,卿须怜我我怜卿"(冯小青《怨》),钱锺书的一片痴情,终于感动了杨绛,两人恢复通信,约定终身,成为文坛佳话。正如钱锺书1935年8月13日赴英求学时,友人冯振志贺诗(题目为《钱默存新婚,即偕往英国留学,赋此志贺》)所云:

从此连枝与共柯,不须更赋忆秦娥。词源笔阵驱双管,鬓影眉峰艳两螺。

坐驾波涛渡瀛海,羞谈牛女隔天河。张华妍冶休轻拟,要识风云气自多。

钱锺书曾说同行最不宜结婚,因为彼此是行家,谁也哄不倒谁。丈夫不会莫测高深地崇拜太太,太太也不会盲目地崇拜丈夫。于是,婚姻的基础便不牢固。他们是同行,却举案齐眉、相敬如宾,成为"20世纪中国文学界唯一一对才华高而作品精、晚年同负盛名的幸福夫妻"(夏志清语)。钱锺书、杨绛夫妇学问无有涯际,令人仰止;感情如松柏老而弥笃,令人叹慕。他们的学问如我等凡夫俗子很难置喙，但我相信：他们的感情生活与凡人并无大的不同。尤其是少了钱锺书清华时期写给杨绛的情诗，缺少了他为杨绛"风露立中宵"的细节，他们的"爱情神话"即使不陷于苍白，也要流入庸俗了。

钱锺书《且住楼诗十首》考释

　　笔者翻阅民国旧刊,在孙宕越主编的《京沪周刊》1949年第3卷第1期上发现署名"槐聚"的《且住楼诗十首》。钱锺书先生的《槐聚诗存》并无《且住楼诗十首》,对检《槐聚诗存》,发现作者编入《槐聚诗存》时,化整为零,且就题目、字句、用典作了较大修改。《〈槐聚诗存〉序》中说,杨绛"俾免俗本传讹","因助余选定推敲,并力疾手写。"(钱锺书:《〈槐聚诗存〉序》,《槐聚诗存》第1页,生活·读书·新知三联书店,2002年)杨绛先生不仅手录了《槐聚诗存》,也参与了"选定推敲"的工作。以《且住楼诗十首》窥之,"选定推敲"包括系年的确定、篇目的取舍、标题的修改,字句的润饰替换。在《且住楼诗十首》之前,有"编者识",现照录如下:

且主楼主人者，文坛大将，学贯中西，本社邀其著论，而先选诗十首见贻，盘马弯弓之将军必以笔名，"槐聚"出之，迨取义于元遗山"枯槐聚蚁无多地，秋水鸣蛙自一天"。作者虽欲隐其名字，而末首自注谓"时方订正谈艺录付梓"。凡文艺界皆知此渊博精深之论诗新作，及作者之为谁，神龙纵不见首而见尾矣。"陌上花开，可缓缓归矣"，非君家豪杰能作风流语，而为坡公所低首者耶。

编者识

钱先生在《〈宋诗纪事〉补正》第一册扉页题辞曰："采摭虽广，讹脱亦多。归安陆氏《补遗》，买菜求益，更不精审。披寻所及，随笔是正。整缀董理，以俟异日。槐聚识于蒲园之且住楼。"关于"且住楼"，杨绛先生在《〈宋诗纪事〉补正前言》一文中有所交代："我家曾于一九四九年早春寄居蒲园某宅之三楼，锺书称为且住楼。"〔杨绛：《〈宋诗纪事〉补正前言》，《杨绛文集·第三卷·散文卷》（下），第40页，人民文学出版社，2004年〕蒲园位于上海蒲石路，即今长乐路。钱先生将他所租住的"蒲园某宅之三楼"取名"且住楼"，从取名中可以窥见他当时的心态。此时大批知识分子处于"去国"和"留守"的困惑矛盾之中，钱先生也面临着"纳履犹能出塞行"〔夏承焘：《贺新郎，一九四九年五月三日杭州解放予年五十作此示妇二首》,《夏承焘集》(第四册)第53页,浙江古籍、浙江教育出版社,1997年]还是"花事今年看斩新"①的艰难选择。宋人多用"且住"一词惜春,如方岳《次韵赵尉》:"杏寒春且住,芹老燕初来"〔《宋诗钞》(三)第2788页,中华书局,1986年〕;辛弃疾《摸鱼儿》:"惜春长怕花开早,何况落红无数。春且住"(《宋词选》,第267页,上海古籍出版社,1962年);程珌《锦堂春·留春》:"醉里仙人惜春曾赋,却不解留春且住"(《洺水集》卷三十);晁补之《金凤钩送春》:"一簪华发,少欢饶恨,无计殢春且住。"(〔清〕沈辰垣等编:《御选历代诗馀》第153页,浙江古籍出版社,1998年)"且住"入诗词,殆自唐人始,白香山为之者首,但未用来惜春。如白香山《醉中戏赠郑使君,时使君先归,留妓乐重饮》:"双娥留且住,五马任先迥"〔《白居易诗集校注》(三)第1320页,中华书局,2006年〕;《老病相仍以诗自解》:"还似远行装束了,迟迴且住亦何妨"(《白居

---

① 《夏承焘集》(第六册),第39页。至于钱先生为什么要留下来,并无满意解释。但从"且住"的斋号中,不难窥见其犹豫徘徊的心境。另,1949年2月,郑振铎和吴晗分别在香港、北平写信给钱先生,让他留在上海迎接解放,并告诉他中共会重视知识分子。1949年8月24日钱先生重返清华园任教,也是由于吴晗的敦促。参见陈福康:《郑振铎年谱》1949年2月、8月。北京:书目文献出版社,1988年。

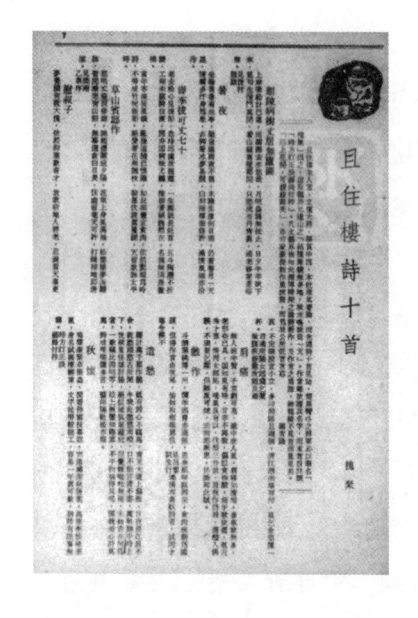

易诗集校注》（六）第2653页〕；《达哉乐天行》："未归且住亦不恶，饥餐乐饮安稳眠。"（《白氏长庆集》卷三十六）钱先生孟春迁入"且主楼"，用宋人惜春之词为斋号，而此时正在进行宋诗文献的搜集与整理工作，很难说没有受到宋人诗词的影响。

钱先生曾有《蒲园且住楼作》，见王水照先生《钱锺书先生与宋诗研究》（《文汇报》2002年4月6日第8版）。王先生认为："此诗或许近乎少作风韵，因而《槐聚诗存》不收。"实际上此诗已收入《槐聚诗存》，编入一九四三年，题目改为"古意"，内容改动了一个字（改动圈于括号之内）（《槐聚诗存》，第92页，生活·读书·新知三联书店，2002年）：

"夹（袷）衣寥落卧腾腾，差似深林不语僧。捣麝拗莲情未尽，擘钗分镜事难凭。槎通碧汉无多路，梦入红楼第几层。已怯支风慵借月，小园高阁自销凝。"

"夹（袷）衣寥落卧腾腾"，宋陈起《幽斋》有："幽斋宜清复宜温,高卧腾腾百不闻"(《江湖后集》卷八)之句。"差似深林不语僧"系化用司空图《偈》中"后生乞汝残风月,自作深林不语僧"(〔明〕赵宧光、黄习远编:《万首唐人绝句》第819页,书目文献出版社,1983年)后半句。钱先生《待旦》(编入一九三九年)一诗尾联有"驼坐披衣不语僧"(《槐聚诗存》第41页),"捣麝拗莲"系化用温飞卿《达摩支曲·杂言》中"捣麝成尘香不灭,拗莲作寸丝难绝。"①"擘钗分镜事难凭",晏殊《前调》中有"海上蟠桃易熟,人间好月长圆,惟有擘钗分钿侣,离别常多会面难,此情须问天"(〔清〕沈辰垣等编:《御选历代诗馀》,第213页)之句。

王水照先生认为:《蒲园且住楼作》"精丽密致、包蕴深隽,颇具玉溪生风调,而怀抱又似能从《两当轩集》中找到:'结束铅华归少作,屏除丝竹入中年'(黄仲则《绮怀》)。钱先生自述其学诗经历云:'十九岁始学为韵语,好义山、仲则风华绮丽之体,为才子诗。'此诗或许近乎少作风韵,因而《槐聚诗存》不收,但也说明在他四十岁左右时,一方面进行大规模的宋诗文献搜集与整理工作,一方面仍写作与宋诗异趣的'风华绮丽之体'。这倒证明他的另一自述:'实则予于古今诗家,初

---

① 《温庭筠全集校注》(上),第126页,中华书局,2007年。钱锺书在给吴宓的酬答诗中有"捣麝成尘莲作寸,饶能解脱也凄凉"的句子。见《国风》半月刊1935年第六卷第三、第四期合刊。

不偏嗜',并不囿于规唐或矩宋之域,而持有博采众长、融贯百家的宽容态度。"(《钱锺书先生与宋诗研究》,《文汇报》2002年4月6日第8版)按王先生所述,钱先生《蒲园且住楼作》一诗当作于"四十岁左右"。案,上文所引杨绛《〈宋诗纪事〉补正前言》中语,"我家曾于一九四九年早春寄居蒲园某宅之三楼,锺书称为且住楼",理当如是。但钱先生在编《槐聚诗存》时,却编入一九四三年,并且将题目"蒲园且住楼作"易为"古意",作此诗时应是刚过而立,不是"四十左右"。此中堂奥,难以窥之。另外,王先生认为,钱先生在"四十岁左右时,一方面进行大规模的宋诗文献搜集与整理工作,一方面仍写作与宋诗异趣的'风华绮丽之体'"。就"且主楼"斋号之命名和《蒲园且住楼作》来看,钱先生虽然认为严羽对宋诗"以文字为诗,以才学为诗,以议论为诗,且其作多务使事,不问性质,用字必有来历,押韵必有出处"(钱锺书:《〈宋诗选注〉序言》,《宋诗选注》第16页,生活·读书·新知三联书店,2002年)的批评为公允之论,也讥笑"清代的'浙派'诗'无一字一句不自读书创获'或者'同光体'诗把'学人诗人之诗二而一之",同明宋的复古派一样,"放佛鼻涕化而为痰,总之感冒并没有好。"(钱锺书:《〈宋诗选注〉序言》,《宋诗选注》第17—18页)认为"凡诗必须使人读得、读懂,方能传得",批评陈散原诗"避熟避俗"。(钱锺书:《石语》,《写在人生的边上·人生边上的边上·石语》第479—480页，生活·读书·新知三联书店，2002年）但由于钱先生"饱经忧患，闭门避世，积学深思，心性沉潜，"加上补证《宋诗纪事》之，诗之格调自然"骎骎入宋。"（刘梦芙：《〈槐聚诗存〉初探》，《钱锺书研究集刊》第一辑，第151页，生活·读书·新知三联书店，1999年）

钱先生自述其作诗"并不囿于规唐或矩宋之域，而持有博采众长、融贯百家的宽容态度"，不过是诗人常用的"障眼法"。套用钱先生在《谈艺录》中引的一句话，"作者未必然，读者何必不然"。无论是从"且主楼"之斋名、诗中用典，还是整体风格，都能看出钱先生受宋诗影响之深。如果仅凭《蒲园且住楼作》略显牵强，《且住楼诗十首》则能充分说明。

《且住楼诗十首》按年分散编入《槐聚诗存》（修改圈于括号之内）。其中改动，为论述方便，大致为为三类：

其中之二《暑夜》、之三、四《寿李拔可丈七十》、之七《肩痛》改动最少，只是调整单个字词。

暑夜　编入一九四六年

坐输希鲁有池亭，陋室临街夜不扃。未识生凉何日雨，仍看替月一天星。慢肤多汗身为患，赤脚层冰梦易醒。白羽指挥差（聊）自许，满怀风细亦泠（清）泠。

寿李拔可丈七十　编入一九四五年，题目改为"拔丈七十"

老去松心见后彫（雕），危时出处故超超。一生谢朓长低首。五斗陶潜不折腰。工却未穷诗自瘦，闲非因病味尤饶。推排耆硕巍然在，名德无须畏画描。当年客座接风仪，乱后追随已恨迟。如此相丰宜食肉，依然髭短为吟诗。不劳成竹咒新笋，绝爱着花无丑枝。翰墨伏波真矍铄，天留歌咏太平时。

肩痛　编入一九四零年

无人送半臂，子京剧可慕。遂中庶人风，两肩如渍醋。春事叹无多，老形奈（惊）已具。因知风有味，甘辛不与数。偏似食梅酸，齿牙软欲蠹。气近（逼）秀才寒，情同女郎妒。喝风良有以（已），代醋三升故。岂我作（吟）诗肩，瓮醯入偶误。不须更乞邻，但愿风可捕。云何忘厥患，俳谐聊（了）此赋。

《暑夜》首联"坐输希鲁有池亭"言宋代庐秉拜见侍郎蒋希鲁事。宋德清人庐秉，"尝谒蒋堂，坐池亭，堂曰：'池沼粗适，恨林木未就耳'。秉曰：'亭沼如爵位，时来或有之。林木非培植根株弗成，大似士大夫立名节也。'堂赏味其言，曰：吾子必为佳器。"（《宋史》第10670页，中华书局，1977年）"未识生凉何日雨，仍看替月一天星"一句，辛弃疾《前调》有"夜深残月过山房。睡觉北窗凉。起绕中庭独步，一天星斗文章"（〔清〕沈辰垣等编：《御选历代诗馀》，第91页）之句；宋张元幹《前调·送康伯桧》中有："清光溢，影转画簷凉入，风露，一天星斗。"（〔宋〕张元幹：《芦川归来集》，第110页，上海古籍出版社，1978年）"慢肤多汗身为患"，韩愈《郑群赠簟》中有"慢肤多汗真相宜"（《御选唐宋诗醇》卷二十九）。尾联"白羽指挥"指诸葛孔明。晋裴启《语林》载："武侯与宣王在渭滨将战，…武侯乘舆，葛巾，持白羽扇指挥三军。"（《太平御览》卷七七四）杜甫《咏怀古迹五首》中有"三分割据纡筹策，万古云霄一羽毛"（《杜甫全集》第224页，上海古籍出版社，1996年）；杜甫哀悼李光弼诗《故司徒李公光弼曰》有："平生白羽扇，零落蛟龙匣。"（《杜甫全集》第86页）用"聊"换"差"，突出孔明只是眼前之安舒。"差"有稍微满足之意，如《后汉书·光武帝传》："今军士屯田，粮储差积。"（《后汉书》（一）第50页，中华书局，1965年）"聊"作姑且、暂且之解，屈原《九章·哀郢》："登大坟以远望兮，聊以舒吾忧心。"（《楚辞章句》卷四）"泠泠"，作者取清凉之意。东方朔《七谏·初放》："下泠泠而来风。"（《楚辞章句》卷十三）"泠泠"也常言声音清脆。如陆机《文赋》云："音泠泠而盈耳。"（《文选注》卷十七）作者以"清泠"替"泠泠"，概避免叠字歧义，突出清凉之意。

《寿李拔可丈七十》首联彫（雕）之易，异体而已。元好问《论诗绝句三十首》中有："谢客风容映古今，发源谁似柳州深。"（《元遗山诗集笺注》第530页，人民文学出版社，1958年）"一生谢朓长低首"，盖就"谢客风容映古今"而言，不过先生可能记错，元好问中的"谢客"指的是谢灵运，不是谢朓。"绝爱着花无丑枝"一句，化用宋梅尧臣《东溪》诗中"老树着花无丑枝。"（钱锺书：《宋诗选注》第32页）但《槐聚诗存》中没有注出。

《肩痛》诗中"无人送半臂，子京剧可慕"指宋庠、宋祁兄弟之事。宋祁"与兄同时举进士，礼部奏祁第一，庠第三，章献太后不欲以弟先兄，乃擢庠第一，而置祁第十，人呼曰：'二宋'，以大小别之。"（《宋史·列传四十三》第9593页）"庶人风"，宋玉《风赋》中有"此大王之风耳，庶人安得而共之。"（曹文心注：《宋玉辞赋》第142页，安徽大学出版社，2006年）"代醋三升故"，用"三斗醋"典。语出《北史·崔弘度传》："时有屈突盖为武侯车骑，亦严刻。长安为之语曰：'宁可饮三斗醋，不见崔弘度。'"（《北史·崔弘度传》，第1169页，中华书局，1974年）"瓮醯人偶误"和下句"不须更乞邻"用微生高事，《论语·公冶长》中云："孰谓微生高直？或乞醯焉，乞诸其邻而与之。"之句。"惊""奈"之易，神韵顿出。

《且住楼诗十首》之一《题陈病树丈居无庐图》、之五《草山宾邸作》、之六《慰叔子》为酬答之作,之十《秋怀》为感时之作,编入《槐聚诗存》时,不仅换了题目,字词上作了调整,用典也有变化。

"题陈病树丈居无庐图"编入一九四五年,题目改为"陈病树丈祖壬居无庐图属题"

上岸牵船计(事)已违,田园归去(计)亦悠哉。月明乌鹊无依止,日夕牛羊欲下来。觅句生憎门莫闭,看山窃喜壁都开。只愁(他年)流布丹青里,通老移家惹俗猜。 见后村题跋

草山宾邸作 编入一九四八年,题目改为"草山宾馆作"

空明丈室面修廊,睡起凭栏送夕阳。花气上身风满袖(侵身风入帐),松声撼(通)梦海掀床。暂闲(放慵)渐乐青山静,无事还(方)贪白日长。佳处留庵天可(倘)许,打钟扫地即(亦)清凉。 见樊南乙集序

慰叔子 编入一九四八年,题目改为"叔子索书扇即赠"

梦觉须臾悦(抚)大槐,依然抑塞叹奇才。放歌斫地人(身)将老,忍泪看天事(意)更哀。不(待)定微波宜小立(姑伫立),多(伤)歧前路且迟徊(小迟回)。清

江酒渴堪（凭）吞却，莫乞金茎露一杯①。君过所识女郎处乞浆致腹疾新愈故戏及尔

　　秋怀　编入一九四七年

　　鸣（啼）声渐紧草根虫，闲看（似絮）停云抹暮空。寥落感深（疏落看怜）秋后叶，高寒坐怯晚来风。身名试与权轻重，文字徒劳较（计）拙工。容易一年真可叹，犹将有限事无穷。　时方订正谈艺录付梓

《题陈病树丈居无庐图》首联上句作者将"计"改为"事"，有事与愿违之说，并无计与愿违之云，故不通妥，一字之改，全句皆顺。下句将"田园归去"改为"田园归计"。"田园归去"源于陶渊明之《归去来兮辞并序》和《归田园居五首》，陶诗自唐宋以后，渐被重视，宋人诗中大量采用"田园归去"之典。如宋王禹偁《贺将作孔监致仕》："朝请罢来频期笏，田园归去只携琴。"〔《宋诗钞》（一），第36页，中华书局，1986年〕陆经（子履）《句》："薄有田园归去好，苦无官况莫来休"之句〔〔清〕厉鹗：《宋诗纪事》（上）第342页，上海古籍出版社，1983年〕；宋王十朋《渊明画像》中有"弦歌只用八十日，便

---

① 李商隐《汉宫词》中云："青雀西飞竟未回，君王长在集灵台。侍臣最有相如渴，不赐金茎露一杯。"

作田园归去人。"① "月明乌鹊"系化用曹孟德《短歌行》中句。史浩《上绍兴守俞阁学生日》中有:"桃李从今满天下,月明乌鹊得依枝"(《鄞峰真隐漫录》卷三)之句。案,此句《槐聚诗存》未注出。"日夕牛羊欲下来",《诗经·王风·君子于役》有"日之夕矣,羊牛下来。"尾联上句改"只愁"为"他年",与将来可能发生之"惹俗猜"更符。

《草山宾邸作》"风满袖"之典,宋诗词中很多。如刘翰《江南曲》:"清风满袖读离骚,半亩幽畦种香草"(《御选宋诗》卷八);冯延巳《蝶恋花》:"独立小桥风满袖,平林新月人归后"(《词综》卷三);严粲《纪梦》:"烟岛空濛一鹤飞,天风

---

① 《御定历代题画诗类卷五十三》。宋诗当中,用"田园归去"之典例子甚多。如何梦桂《感兴》:"胜得田园归去来,江南两度见黄梅"(《御选宋诗》卷五十五);强至《病起偶书》:"田园归去古称达,轩冕傥来人自劳"(《祠部集》卷六);忠正德《冯翊次韵邵子文寄赠之什》:"回头一笑君应会,薄有田园归去休"(《忠正德文集卷五》);柴元彪《别江湖友人》:"田园归去日,风雨正来时"(《柴氏四隐集卷三》);王十朋:《两翁异日为邻舍笑说江山大小孤宋》:"君往东湖我左湖,田园归去亦良图"(《两宋名贤小集卷一百六十七》);王十朋:《送蔡倅》:"送君撩我思乡意,薄有田园归去休"(《两宋名贤小集卷一百六十五》);史弥宁《怀归》:"蛙蝇名利苦多事,薄有田园归去休"(《友林乙稿》);许景衡《奉酬胡丈赠别》:"田园归去计,事业老来心"(《横塘集卷三》);虞俦:《即事》:"毕竟田园归去好,暮云同首自江东"(《尊白堂集卷三》);虞俦:《王贯之有诗留别因次其韵》:"颇觉田园归去好,固应马首未渠东"(《尊白堂集卷二》);李纲:《徐干》:"田园归去荒三径,金传 闻震一方"(《梁谿集卷十四》);强至《次韵通判张静之郎中席上对客》:"田园几日能归去,轩冕浮云亦傥来。"(《祠部集卷七》)

满袖自吟诗。"(《御选宋诗》卷七十二)"风满袖"虽和"海掀床"虽然对仗甚工,但气度太小,满袖之风恐难以"掀床",改为"入帐"气象顿然开阔。"撼"字之易也显出"松声"之力度。"放慵"有"懒散"之意,如白香山《归田三首》:"安得放慵惰,拱手而曳裾。"(《白居易诗集校注》(二)第538页)"暂闲"则更有情趣,也不负"青山静"。苏东坡《六月二十七日望湖楼醉书五首》:"未成小隐聊中隐,可得长闲似暂闲。"(《东坡全集》卷三)"暂闲"改为"放慵"境界顿失。"方"字之易,不如"还"字气顺。"倘"、"亦"之易,使上下句更为通畅。"莫乞金茎露一杯"取宋刘筠(一说杨亿)《馆中新蝉》"露下金茎鹤未知"句中意。钱先生在《宋诗纪事补证》一文中曾提到此诗。(见《钱锺书先生未刊稿〈宋诗纪事补证〉摘抄》,《新宋学》第一辑,第23页,上海辞书出版社,2001年)

《且住楼诗十首》之八《戏作》、之九《遣愁》为"发愤"之作,抒四十年代钱先生离开西南联大的"难言之隐"。

  戏作 编入一九四一年,题目改为"戏问"
  斗酒蒲桃博一州,烂羊头胃亦通侯。思鱼只解(欲鱼何事)临渊羡,食肉应能(毋庸)为国谋。但得作官(且办作官)由(拚)笑骂,倘知(会看)取相报恩仇。灞桥风雪驮诗物,戏问才堪令仆否。

212

遣愁 编入一九四零年

归计万千都作罢,只有归心不羁马。青天大道上(出)偏难,日夜长江思不舍。乾愁顽愁古所闻,今我此愁愁而哑。口不能言书不尽,万斛胸中时上下。恍疑鬼怪据肝肠,绝似城狐鼠藏社。但觉鲠喉吐无用(鲠喉欲吐终未能),未知舌在(扪舌徒存)何为者。一叹窃比渊明琴,弦上无声知趣寡。不平物犹得其鸣,独我忧心诗莫写。诗成喋喋尽多言,譬痒隔靴搔亦假。

"蒲桃"古代亦称"蒲陶""蒲萄""葡桃"等,即今日之"葡萄"。《戏作》"斗酒蒲桃博一州"一句典出《三国志》。《三国志·魏志·明帝纪》中,裴松之注引汉赵岐《三辅决录》:"(孟)佗又以蒲桃酒一斛遗让,即拜凉州刺史。"(《三国志·魏志》第70页,中华书局,2005年)孟佗乃三国时新城太守孟达之父,张让为汉灵帝时权重一时大宦官。孟佗仕途不通,巴结张让左右,又送给张让一斛葡萄酒,以酒贿官,得凉州刺史之职。"烂羊头胃亦通侯",《后汉书·刘玄传》:"灶下养,中郎将,烂羊胃:骑都尉,烂羊头,关内侯"。(《后汉书》(二)第471页,中华书局,1965年)后常喻不问才能,滥授官爵。"思鱼只解(欲鱼何事)临渊羡",钱先生《谢章行严先生书赠横批》一诗中有"临渊倘羡鱼"(《槐聚诗存》第26页)之句。"思鱼"典出《战国策·齐策四》:"齐人冯谖家贫,托食于孟尝君门下，因自言无能，孟尝君便笑予收留。"左右以君贱之也，食以草具。居有顷，倚柱弹其剑，歇曰：'长铗（剑把）归来乎、食无鱼！'"另，《淮南子·说林》中"临河而羡鱼，不如归家织网"的典故。苏轼《次韵周开祖长官见寄》中有"犀首正缘无事饮，冯谖应为有鱼留。"（《东坡全集》卷十一）陆游《月下醉题》中有"闭门种菜英雄老，弹铗思鱼富贵迟。"（《放翁诗选·后集》卷六）"食肉应能（毋庸）为国谋"典出《世说新语·任诞》："文王曰：'嗣宗毁顿如此，君不能共忧之，何谓？且有疾而饮酒食肉，固丧礼也。'籍饮啖不辍，神色自若。""倘知（会看）取相报恩仇"（《槐聚诗存》，第107页），钱先生《寻诗》中有"灞桥驴背雪因风"（《槐聚诗存》第69页）之句。"灞桥风雪"典出唐昭宗的宰相郑綮。据说郑綮善作诗，"或曰：相国近有新诗否？对曰：诗思在灞桥风雪中、驴背上，此处何以得之？盖言平生苦心也"。（〔唐〕孙光宪：《北梦琐言》卷七）陆游《耕罢偶书》诗中有"灞桥风雪吟虽苦，杜曲桑麻兴本浓。"（钱仲联：《剑南诗稿校注》（五），第245页，上海古籍出版社，1985年）钱先生《读杜诗》中有"犹有桑麻杜曲田"[1]

---

[1] 《槐聚诗存》第21页。又案：笔者曾就《蒲园且住楼作》收入《槐聚诗存》求教于王水照先生，王先生云：他的《钱钟书先生与宋诗研究》发表次日，即发现《蒲园且住楼作》实已收入《槐聚诗存》，后订正。此文收入王先生的《鳞爪文辑》（陕西人民出版社，2008年）。

之句。"绝似城狐鼠藏社",陆象山有"城狐社鼠,托夜以神其奸,使遇正人自无所施"(《象山集》卷十三)。"未知舌在(扪舌徒存)何为者",唐孟迟《寄浙右旧幕僚》有"由来恶舌驷难追"(《全唐诗》卷五百五十七)。"扪舌"之词,宋诗中最多,如张伯玉《蓬莱阁闲望写怀》有"羁孤舌但扪"(《会稽掇英总集》卷一);方岳《泊钓台》中有"舐舌不可扪"(《秋崖集》卷十二);陈师道《送杜侍御纯陕西转运》中有"陇上壮士莫扪舌"(《后山集》卷三);陈造《次韵袁宪阅兵浦》中有"讵容惜扪舌"(《江湖长翁集》卷二);洪咨夔《谨和洪先生瘳字韵》中有"扪舌空成噍草牛"(《全宋诗》卷四)。"一叹窃比渊明琴,弦上无声知趣寡",虞俦《赠潘接伴》中有"句中有眼人谁识,弦上无声我独知。"(《尊白堂集》卷二)胡仲弓《感古十首》中有"卞氏璧难售,渊明琴本瘖"。(《苇航漫游稿》卷一)

《遣愁》一诗,是钱先生纾发西南联大误解之苦闷的。据杨绛先生回忆:1939年暑假,钱基博先生因年老多病,思念儿子,要钱先生在其任职的蓝田国立师范学院当英文系主任,以便陪侍自己。钱先生给当时的西南联大外语系主任叶公超写信,说他因老父多病,需要陪侍,此年不能到校任课。叶公超没有给钱先生任何答复。钱先生无奈到湖南蓝田,杨绛就收到梅贻琦秘书沈茀斋的来电,责怪钱先生不回复梅贻琦的电报,而钱先生没有收到梅贻琦的来电(杨绛:《钱锺书离开西南联大的实

情》,《杨绛文集·第三卷·散文卷》(下),第28-31页)。钱先生在致梅贻琦的信中云:

月涵校长我师道鉴:

七月中匆匆返沪,不及告辞。疏简之罪,知无可逭。亦以当时自意假满重来,待教有日,故衣物书籍均在昆明。岂料人事推排,竟成为德不卒之小人哉。九月杪屡欲上书,而念负母校庇荫之德,吾师及之芝生师栽植之恩,背汗面热,羞于启齿。不图大度包容,仍以电致。此电寒家未收到,今日得妇书,附莆斋先生电,方知斯事。六张五角,弥增罪戾,转益悚惶。生此来有难言之隐,老父多病,远游不能归,思子之心形于楮墨。遂毅然入湘,以便明年侍奉返沪。否则熊鱼取舍,有识共知,断无去滇之理。尚望原心谅迹是幸。书不尽意。专肃即叩

钧安

门人 钱锺书顿首上 十二月五日

《戏作》指涉时任西南联大外语系主任的陈福田。据杨绛先生云:1941年夏,钱锺书获悉清华决议复聘其回校,消息概由吴宓传出,但后未果。后来陈福田来上海,亲自聘请钱锺书回校,钱辞谢。关于此事,《吴宓日记》记载颇详,"梅(贻琦)邀至其宅中座,进茶与咖啡。宓倦甚思寝。闻超(叶公超)与F.T.(陈福田)进言于梅,对钱锺书等不满,殊无公平爱才之意。不觉慨

然。"（1940年3月8日）三天后又在日记中记道："F.T.拟聘张骏祥，而殊不喜钱锺书。皆妾妇之道也，为之感伤。"（1940年3月11日）1940年11月6日清华外文系曾议聘请钱锺书回校一事："忌之者明示反对，但卒通过。"吴宓并未道明"忌之者"是谁。又案，杨绛云："陈福田是华侨，对祖国文化欠根底，锺书在校时，他不过是外文系的一位教师，远不是什么主任。锺书从不称陈福田先生或陈福田，只称F.T.。他和F.T.从无交往。"（杨绛：《我们仨》，《杨绛文集》第三卷，散文卷（下），第212—214页）叶公超乃著名学者，一肚皮学问。就《戏作》内容而言，很明显不是指叶公超。以此观之，钱锺书此诗当暗指陈福田力不及任，才不副位。援引古事乃诗家一法，钱先生有幽隐复杂之事，借古事以发明，以故为新，言简意赅，温厚而含锋芒，激切而含情韵。

"且主楼"居住时期，钱先生已经完成了《〈宋诗纪事〉补正》初稿。品藻涵泳，目染心浸，自然深受宋诗影响。《且主楼诗十首》好用典，多化用，其中又以宋人居多。如上文所举"且住"取宋人诗词惜春之意；《寿李拔可丈七十》中"绝爱着花无丑枝"一句，化用宋梅尧臣《东溪》诗中"老树着花无丑枝"；《题陈病树丈居无庐图》中"月明乌鹊无依止"化史浩《上绍兴守俞阁学生日》"桃李从今满天下，月明乌鹊得依枝"中句；《慰叔子》中"莫乞金茎露一杯"取宋刘筠（一说杨亿）《馆中新蝉》中"露下金茎鹤未知"之意；《戏作》中的"灞桥风雪驮诗物"和《读杜诗》中的"犹有桑麻杜曲田"化用陆游《耕罢偶书》中诗"灞桥风雪吟虽苦,杜曲桑麻兴本浓。"除梅尧臣、史浩、陆游之外,也不难窥见辛弃疾、晁補之、方岳、刘克庄、陈师道、陈造、洪咨夔、张元幹等人诗词对钱先生的影响。在钱先生的《宋诗选注》里,也大都选了他们的诗作,其中梅尧臣七首、陆游二十七首、方岳四首、刘克庄七首、陈师道五首、陈造二首、洪咨夔四首。另外,宋诗重学养识见,强调储积。如黄庭坚云:"词意高胜,要从学问中来尔,"(《论作诗文》,《山谷集》卷六)"更屏声色裘马,使胸中有万卷书,便当不愧文与可矣。"(《题宗师大年永年画》,《山谷集》卷二十七)苏轼云:"不如默诵千万首,左抽右取谈笑足。"(《次韵孔毅父集古人句见赠五首》之四,《苏诗补注》卷二三)钱先生博通古今,学贯中西,又以思辨分析见长,自然更容易接近宋诗。

所以说,钱先生在"进行大规模的宋诗文献搜集与整理工作"的同时,并未"写作与宋诗异趣的'风华绮丽之体'"。反而由于沉浸其中,遣词用典,都烙上了宋诗的痕迹,先生自己并不觉得。正如《道山清话》中关于黄谷山的记载一样:"崇宁年间,黄庭坚谪宜州(今广西宜州市),成都范廖来访,曾就外面传说黄庭坚用白居易诗句剪裁成十首《黔南诗》请教黄。黄答:'庭坚少时诵熟,久而望其为何人诗也。尝阻雨衡山尉厅,偶然无事,信笔书耳。'"(转引自:蔡镇楚等《宋代诗话选释》，第421页，广西师范大学出版社，2007年）程千帆先生认为：钱先生的诗感觉极其细密，用思巧妙，对偶工稳。但还是黄山谷的路子。① 钱先生诗风步黄山谷一路，但在精神上他更钟情契合于元好问。钱先生沉潜隐忍，幽而不发，论元遗山时云"以骚怨弘衍之才，崛起金季，苞桑之惧，沧桑之痛，发为声情，情併七哀，变穷百态"（钱锺书：《谈艺录》，第150页，中华书局，1984年），以品藻寄托。从他《谈艺录》中的《施北研遗山诗注》《元遗山论江西派》《金诗与江西派》的字里行间不难窥见对元遗山的偏爱。"槐聚"出于元遗山"枯槐聚蚁无多地，秋水鸣蛙自一天"（元好问：《眼中》，《遗山集》卷八）也是一个小例子。钱先生认为"天下有两种人，斯分两种诗。唐诗多以丰神情韵擅长，宋诗多以筋骨思理见胜。"（钱锺书：《谈艺录》第2页）钱先生的精神气质以"筋骨思理"见长，生活又限于书斋，故难为苍凉沉郁、悲愤高亢之诗。因此《且主楼诗十首》多取宋诗法度，《槐聚诗存》也以宋诗深隽峭劲、枯淡僻涩为尚。

案：拙作发表三年后，宫立先生按图索骥，继续翻阅《京沪周刊》，并就钱锺书先生佚诗与潘伯鹰之关系有所阐发，撰文刊于《中华读书报》。特附录如下，以飨同好。

---

① 程千帆：《桑榆忆往》，第156页，上海古籍出版社，2000年。另外，程先生认为钱先生的诗太要好了，解放后的生活在《槐聚诗存》中几乎没有一点痕迹，觉得钱先生还有另外一本诗集。

钱锺书佚诗与潘伯鹰

宫立

王鹏程在《京沪周刊》上查找到了钱锺书署名槐聚的《且住楼诗十首》，为此写文作了考释，发现"钱锺书先生的《槐聚诗存》并无《且住楼诗十首》，对检《槐聚诗存》，发现作者编入《槐聚诗存》时，化整为零，且就题目、字句、用典作了较大修改"。诗前，还有一段别有风趣的"编者识"，现照录如下：且主楼主人者，文坛大将，学贯中西，本社邀其著论，而先选诗十首见贻，盘马弯弓之将军必以笔名，"槐聚"出之，迨取义于元遗山"枯槐聚蚁无多地，秋水鸣蛙自一天"。作者虽欲隐其名字，而末首自注谓"时方订正谈艺录付梓"。凡文艺界皆知此渊博精深之论诗新作，及作者之为谁，神龙纵不见首而见尾矣。"陌上花开，可缓缓归矣"，非君家豪杰能作风流语，而为坡公所低首者耶？《且住楼诗十首》刊登在1949年1月9日《京沪周刊》第3卷第1期，笔者继续翻阅周刊，在1949年1月23日第3卷第3期上看到一则署名"风"的小文章《诗话一则》，谈的还是钱锺书，全文如下：

钱默存先生即谈艺录著者本刊三卷一期之且主楼诗十首即钱氏所作。顷又寄题其友人某君诗集两首见寄，其一为不作磨牛践迹真能天马行空人道出奇因险吾知积健为雄，其二为霹雳拓诗境界醍醐味道中边莫拘杜甫细律最爱扬雄。太玄某君诗本来有些野狐禅，然其豪纵处颇可喜，兹录其一如次：手操时代錀，兀立洪潮头，读破万卷交古人，身无半亩忧九州。黄魂炎灵鉴汝，长河大岳为汝明双眸。开来继往在汝代，转捩乾坤迥万千。熊熊一冶烈，世界泥丸投，大同前奏曲，白骨齐山邱，炉余出咸凰，金练锁黄虬。吁嗟乎，转捩乾坤迥万牛，时乎时乎风飕飕。笔者查阅《槐聚诗存》，发现这两首题诗并未收入，当为集外佚诗。

钱锺书在《槐聚诗存·序》中也说"他年必有搜集弃馀，矜诩创获，且凿空索隐，发为弘文，则拙集於若辈冷淡生活，亦不无小补云尔"。某君为谁？其诗集又是哪种？均待查。笔者也无意于（更确切地说是没有能力）解读钱锺书这两首题诗，只是想知道写那段有趣的"编者识"的人是谁？《诗话一则》的作者"风"又是谁？由发刊词"员工工余需要读物，乘客车中消遣也需要读物，本周刊是为供这两种需要而设的"，可知《京沪周刊》是一份专为京沪铁路局员工及旅客打发时间而创办的休闲性刊物。周刊除了"重要时事的撰述，专题论文的选载"比较硬性的文字和发布京沪铁路局消息外，还刊登"兴趣文字"，有"文艺，科学，杂俎等等，不拘一格，不拘一式，行文不论体裁，范围无所不及。新旧皆收，庄谐并列"，只要"开卷有益"就好。笔者注意到关于《京沪周刊》的两条材料。朱自清在给萧涤非的信中说"伯鹰先生颇愿人作论诗短稿，稿费尚优，大约须雅俗共赏者，盖将载诸京沪周刊供旅客途中浏览"。曹聚仁在《书记翩翩潘伯鹰》一文中也提到潘伯鹰："写得一手好字，做得一手好诗，和沈尹默相处得很好……陈伯庄兄长两路局时，京沪周刊上的诗歌插页，都是他所手选，亲笔写出来的……书架上齐齐整整百来部精本诗词集……许多人送诗词集给他，很多就给他垫在砚底，或是给揩笔之用……"《京沪周刊》的刊名即是由沈尹默题写，可见曹聚仁所言不虚。从这两则材料可以推知，潘伯鹰负责《京沪周刊》诗词方面的编辑。潘伯鹰与章士钊、沈尹默等创办饮河诗社，《京沪周刊》自第5期起至终刊，几乎每期都有饮河诗页，由诗社社长潘伯鹰负责编订。钱锺书自己也提到"《谈艺录》刊行后，偶与潘君伯鹰同文酒之集"。无论是"编者识"还是《诗话一则》，正好反复提到《谈艺录》。由此可以推知，"编者识"和"风"即是潘伯鹰。《且住楼诗十首》是由潘伯鹰约钱锺书"著论"的，何况同期还刊有潘伯鹰自己的题诗一首。

《中华读书报》2013年7月24日第7版

"我来自北兮,回北方"

——郝御风与抗战时著名的《国立东北中山中学校歌》

十四年抗战,在中华大地上,涌现出无数可歌可泣的抗日歌曲。其中,大家最熟悉的、最能触动东北同胞的,是张寒晖的《松花江上》。在中学校歌中,也有一首非常著名,其影响力甚至超过了《松花江上》。这就是郝御风(郝泠若)作词的《国立东北中山中学校歌》。

这首校歌,甫一问世,即让她的学子耳热心酸,激情澎湃;国破家亡,学校师生迁徙流转,这首歌伴随着他们弦歌不辍,薪火相传,而后,又随着她的学子,传遍世界各地,成为其莘莘学子最深刻、最动情的记忆。

这首歌的词作者郝御风毕业于清华大学,是朱自清先生的高足、余冠英的挚友。在清华时,郝御风已文名籍籍,被称为"清华三诗人"之一(另两位是曹禺和吴组缃)。(王肯:《大学

清华大学中国文学会会员合影（1931年10月28日）。一排左起依次为：霍世休、郝御风、余冠英、郑振铎、刘文典、俞平伯、浦江清；二排左二林庚、左四吴组缃。

长郝御风》，《作家》1999年第7期）

国立东北中山中学是中国第一所国立中学，由台湾著名女作家齐邦媛的父亲齐世英倡办。齐世英既是东北中山中学的创办者，也是师生们"琐尾流离"路上的守护者。齐邦媛在她的《巨流河》中，详细介绍了国立东北中山中学的建校始末及其校歌：

> 一九三四年南京政府团拜时，父亲结识当时的行政院次长彭学沛先生，知道他也来自北方，说动他拨下五万银洋，立刻与北平的李锡恩、黄恒浩、周天放等友人进行办校，于一九三四年三月二十六日在借到的报国寺、顺天府、原警高旧址等地成立"国立中山中学"，招收了约二千名初

一到高三的流亡学生。这是中国第一所国立中学，因为父亲说服教育部，在风雨飘摇的局势中，只有国家才能稳当地保障这样救亡图存的学校的存续。

第一任校长由原任吉林大学校长的李锡恩出任（他与我二伯父世长在德国同学，与父亲亦有相同的政治理想，父亲视之为兄）。教师几乎全由流亡北平的大学教师担任，我的哥哥原本就读于北平崇德中学，来投考被录取读初二。

到了一九三六年秋天，华北的局势已是山雨欲来风满楼，日本的潜在威胁和土共的渗透，使中央直接支持的人与事渐渐难以生存，于是父亲和黄恒浩、高惜冰等几位东北抗日同志在南京郊外二十里的板桥镇买了一块地，先建了些基本校舍和几所教职员宿舍，将中山中学由北平迁来南京。

落脚之后，学生自己动手平操场、建围墙和校门。进校门前，远远看到那泥砖墙上巨大的八个字："楚虽三户，亡秦必楚。"每天清晨升旗典礼，师生唱着共同命运写照的校歌（郝泠若词，马白水曲）：

白山高黑水长，江山兮信美，仇痛兮难忘，有子弟兮琐尾流离，以三民主义为归向，以任其难兮以为其邦，校以作家，桃李荫长，爽荫与太液秦淮相望。学以知耻兮乃知方，唯楚有士，虽三户兮秦以亡，我来自北兮，回北方。①

1935年前后，郝御风开始在国立东北中山中学任国文教师。1936年11月，北平危急，学校于11月12日撤离北平，南下南京附近的江宁县板桥镇。从此，救亡图存、不畏艰险的师生们开始了步步惊魂的万里流亡，中国历史上一次规模宏大的教育大迁移也正式揭开大幕。1937年11月11日，上海失陷，危及

---

① 齐邦媛：《巨流河》，第66-68页。台湾：远见天下文化出版股份有限公司，2009年。笔者按：歌词中的"三民主义"后来被改为"爱国主义"。

南京，学校又于11月19日撤离板桥镇，抵武汉再南下。1938年1月5日，郝御风随全校师生，到达湖南湘乡县（今双峰县）永丰镇的璜璧堂。

在三年多的时间里，东北中山中学经历了北平创校、迁校南京、撤离板桥的巨大变故，师生们在枪林弹雨中辗转迁徙，颠沛流离。他们抱着"抗日救亡，复土还乡"的宗旨，发愤图强，弦歌不辍。但也有人觉得复土无望，还乡无期，从而怅惘失落，情绪消极。此时，亟需鼓励士气，选定校歌成为凝聚人心的重要举动。东北中山中学遂发动全校师生创作校歌。在征集的上百首歌词中，最后选定国文老师郝泠若在板桥时期所作的一首诗为国立东北中山中学校歌，由音乐老师马白水谱曲。

歌词悲壮沉痛，慷慨激昂，"唯楚有士，虽三户兮秦以亡，我来自北兮，回北方"是对全校师生最好的精神动员，也是"爱国的最生动表述"。在以后的迁徙途中，它和张寒晖的《松花江上》，成为"国立一号"中学全校师生抗日救国的生动表述，成为他们爱国情绪抒发的最佳寄托，也成为他们抗战必胜信念的坚定源头。七十多年后，中山中学的学子唱起母校校歌，依然激动不已、热泪盈眶。每当唱到"校以作家，桃李荫长"，白发苍苍的校友们不由得眼眶发潮，甚至老泪纵横，他们依稀看到了自己当年颠沛流离的年轻身影，听到了行行重行行的脚步声。当年的校友翟黑山，中山中学毕业后先到台湾，后旅居美国。再回北京，已是享誉中外的音乐家，被誉为中国爵士乐的"唐三藏"。他谈起校歌时说："超过了半个多世纪，校友年年聚会，年年同唱'我来自北兮，回北方'。从少年青年唱过中年，现在已经唱到老年暮年。至于唱得是否好听，词曲有无错误，似乎早已不太重要了。每当校歌响起，一股浓浓的情感油然而生，多少追思，几许乡愁，岂是他人所能感受？"（翟黑山：《校歌就是校歌》，蒋绍缎主编：《国立东北中山中学七十华诞纪念文集》（上），第77—78页，2004年）曾担任中央人民广播电台高级记者的陈寰回忆说："璜璧堂的歌声是因国仇家难发出的呼声，声声激动人心振奋斗志。有悲怆思乡的歌声，有愤起抗敌救国的歌声，也有慷慨激昂犹如身临沙场万马奔腾的歌声。没有靡靡之音，没有丧失信心的哀吟。我很羡慕同学们会唱那么多的歌，一早一晚，只要不是上课时间，歌声总是不断。有时，看见同学们边唱边流泪，我也是边听边流泪。歌声是流浪儿的心声，也是最大的慰藉。"（陈寰：《思往事重晚晴——话在东北中山中学的日子》，《桃李荫长——国立东北中山中学校友抒怀之一》，第365页。国立东北中山中学北京校友联谊会、沈阳校友会编印，1988年7月）

郝御风作词的这首校歌，成为东北中山中学全校师生的精神支撑。其不仅仅是一首校歌，它沉痛、悲壮，凝聚着青年一代的斗志、精神、尊严和价值，也凝聚着一个民族的沧桑、坚韧和自强不息的抗争精神，成为一个民族凄婉而永恒的巨大创痛与精神激励。

因为这首校歌，郝御风成为全校瞩目的精神偶像，成为学生记忆中毕生难忘的良师，成为学子回忆母校的共同话题。此时的郝御风，以诗人的身份，抒发抗日救国的热望，激发起师生们的爱国情愫。陈寰回忆说："我最喜欢听那位个子不高苹果脸女孩子的歌声，她叫陈雪微（陈今），是初中三年级的同学。她平日总是穿工裤戴鸭舌帽。她从早到晚唱个不停。声音清脆，很富于表达感情，有时哀感动人，有时斗志昂扬……她最爱唱国文教师郝泠若编著的《九月秋》歌。每天早晨洗脸时，就听见她唱：'我有恨在九月秋。我有泪向腹中流。我有仇，报仇！报仇！报仇！'……日子长了，我们成了朋友，后来她去了延安。"（陈寰：《思往事 重晚晴——话在东北中山中学的日子》，《桃李荫长——国立东北中山中学校友抒怀之一》，第366页）七十多年后，中山中学当年的学生谢锺琏，仍被自称为"郝老夫子"的郝御风1938年创作的《九月秋》深深震撼：

我有恨在九月秋。我有泪向腹中流。我有仇，报仇！报仇！报仇！三千万的同胞，等待我们救；千万方的失地，等待我们收。父母、兄弟、茅舍田畴，一切都非我有，一切都非我有。说什么功名富贵，说什么好景难留，一切都非我所有，一切都非我所有。起来！起来！把敌人打退；起来！起来！把强盗赶走！把旧恨新仇一笔勾！把旧恨新仇一笔勾！（谢锺琏：《忆郝老夫子》，《桃李荫长——国立东北中山中学校友抒怀之一》，第340页）

1939年2月16日，学生筹办2月18日的除夕师生同乐会，向平素比较亲近的老师"化缘"购买茶点。郝御风、秦方伯、程沐寒三位老师各拿出五元，同学们惊呆了，当时的五元钱可是相当不小的数目。郝御风对学生说："我用巾帼英雄曲谱写了一支歌，你们除夕夜里唱唱也好。"当天下午，学生们跑警报到镇外小山上，音乐老师马德馨就把郝御风的新作教会了学生，这就是七十多年后邓爽（邓育华）、谢锺琏还记忆深刻的《春夜怀乡曲》：

今夕何夕？花容月色与人亲。故乡如梦，一寸山河一寸金。芙蓉溅泪，兰芷飘零。念匈奴未灭，何处安身？长白雪化，鸭绿江融，翠鸟正呼春。惟鹊有巢，惟鸠来侵。八千云月，一世雄心。如是江山宁付人？杨柳绿，月牙新，仿佛我的乡村！（邓爽（邓育华）：《怀远镇上的日日夜夜》，《桃李荫长——国立东北中山中学校友抒怀之一》，第93页）

这两首歌，激越悲壮，情感昂扬，写尽了流亡师生抗日还乡的决心和渴望，至今读来仍觉得荡气回肠。

此时的郝御风，在个人感情上也遭遇了变故。1938年底，广州、武汉相继沦陷,湖南告急,东北中山中学随即派迁校先遣队入川寻求新校址,并于11月12日撤离璜璧堂,开始了近千公里的大迁徙。师生们步行26天,来到广西宜山怀远镇。此时师生极度疲劳,学校决定1939年1月5日临时复课修整,待师生精力恢复后再行迁移。已经入川的郝御风便将夫人安置在四川,只身返归怀远上课。孰料,他与夫人的短暂分离,竟然带来了婚姻的变故。夫人另结新欢后,颇为幽默地寄给他一张照片,郝御风郁郁寡欢,写七律以抒怀,题目为《晚灯得家人影片》:

书里分明见旧姿,岂无膏墨为谁施?首蓬伯爵东征后,臂冷清辉夜望时。

人比黄花花未减,年如逝水水犹迟。不堪重对灯前影,故国红颜各有思。

婚姻的突然变故,对郝御风打击很大,一句"不堪重对灯前影,故国红颜各有思",曲尽诗人的抑郁与感伤。

不久,他又写白话诗来倾诉:

一切都成了前因,

一切都成了后果,

风雨草原,桃花如马,

东方瓷器的妆台,

我们喜笑坐卧的楼角,

而今，

这一切都遥遥了。

这种伤感，亦体现在他的挽歌上。1939年4月，东北中山中学将校址定于川南威远县静宁寺。到静宁寺后的第一件事，便是为迁徙中罹难的数学教师宋子和夫妇，学生李克林、李子唐和王季萱举行追悼会。郝御风挽宋子和曰：

少攻天算三百人中推第一，

壮走江湖八千里外有知音。

挽李克林同学曰：

曾几何时怀远春灯同射虎，不堪回首燕京风雨坐谈文。

挽其他同学的还有：

生经黔桂千山顶，死葬龙巴碧水滨。

追悼会的挽歌亦由郝御风撰写：

你们安眠吧，在荒原上

星寒兮月冷兮风雨兮凄凉！

抗战的旗帜正在高扬，

报仇的担子让我们承担。"

几十年后，东北中山中学的学生回忆起这一幕，仍然心酸肝痛。据谢锺琏回忆，郝御风在另一篇悼念学生的文章中写道："……理想的幻灭，感情的纠缠，使我尝到一生中从未尝过的辛辣滋味。所谓快乐，那不过是痛苦的前身，有时也许是辛辣的遗留。人生如梦吗？梦还有那刹那的温馨！如今，在时间的逼迫下，即使是刹那的温馨，也不可得呢！……"（谢锺琏：《忆郝老夫子》，《桃李荫长——国立东北中山中学校友抒怀之一》，第343—344页）校歌国殇动地哀，"故国红颜各有思"，郝御风的悲痛与愁楚，岂可道矣！

国立东北中山中学第六任校长郝御风

抗战胜利后，国立东北中山中学迁回沈阳。1947年，郝御风出任第六任校长。新中国成立后，郝御风执教于西北大学中文系直至离世，曾任西北大学中文系教授兼系主任、校委会常委、校图书馆馆长、中文系文艺理论教研室主任等职，为西北大学文艺理论专业的奠基者。由于偏居西北，述而少作，当年清华著名的校园诗人，抗战时期鼓舞过无数师生的歌词作者、国文教师，已很少被人记起，念念不忘的唯有老同学余冠英等少数几人。据余先生的外孙女婿刘新风说，余先生晚年常常挂念郝御风先生——"另外有一位是郝御风先生，余先生晚年经常念叨的几个好同学之一，后来是西北大学的教授，但专业不是古典文学。上学的时候他和余先生是好朋友，也是'唧唧'诗社的成员，后来搞文艺理论、文艺学研究。每次他来北京，或者是余先生去西安，两人都要见上一面，一起把酒言欢，回忆彼此的青涩年华。"（刘新风：《余冠英先生的朋友圈》，《光明日报》2017年1月5日16版）幸有同学慰寂寥，郝先生不至于觉得人生太过落寞吧。

郝御风的名与字，概出于庄子《逍遥游》——"夫列子御风而行，泠然善也"。王勃《游庙山赋（并序）》云："王子御风而游，泠然而善，益怀霄汉之举，而忘城阙之恋矣"，郝先生可能未忘"城阙之恋"，但他的"霄汉之举"——创作《国立东北中山中学校歌》，亦是可以入史的了。

"向失望宣战"的新月派诗人朱湘

1933年12月5日,朱湘向失望进行了最绝望的也是最后的宣战。清晨6时,他将自己的过去悲怆地扔进了水里,从李白当年捞月的采石矶纵身跳下,跃入滚滚不息的长江。他29岁的人生就此画上了句号。

朱湘乘坐的三等舱船票,是向寡嫂借钱买的;喝剩的半瓶酒,是用妻子打工所得购来的;那本德文版《海涅诗集》,他在跳水前曾朗诵过,不知道朗诵了哪些篇目;还有一本他自己的诗集,我们也难以确定是哪一本。朱湘的死,引起一场不大不小的波动。同梁漱溟父亲梁巨川和王国维的自沉相比,朱湘的蹈赴清流并没有被赋予更多的文化意义,人们更多是从黑暗时代对知识分子的戕害和诗人耿介狂狷的性情上去解释。比如梁实秋说,"朱先生的脾气似乎太孤高了一点,太怪僻了一点,所以和社会不能调谐"；谢冰莹说，朱湘自杀"是为穷"；闻一多感叹"谁知道他若继续活着只比死去更痛苦呢"？苏雪林说："生命于我们虽然宝贵，比起艺术却又不值什么……我仿佛看见诗人悬崖撒手之顷，顶上晕着一道金色灿烂的圣者的圆光，有说不出的庄严，说不出的瑰丽。"上述解释都有道理，都言中了朱湘之所以弃身自沉的某一方面的原因。不过，我们知道，朱湘短暂的一生没有一日不与穷困潦倒相伴，这已成为家常便饭，他又何曾在乎！他孤僻、自傲、倔强、自尊，但这些都不是他要抛掷自己的生命的动因，用他自己当年离开清华时给朋友顾一樵信中的话说：他是"向失望宣战。这种失望是多方面的……"从学生时代开始，他就决绝地向失望宣战，采石矶的自沉，用苏雪林的话说，是"顶上晕着一道金色灿烂的圣者的圆光"的悲壮而又瑰丽的宣战！

"清华四子"之一的朱湘

朱湘是独立特行的，他清高而又简单，倔强而又自尊，反对一切循规蹈矩的世俗羁绊。在清华读书时，他的"中英文永远是超等上等，一切客观的道德藩篱如嫖赌烟酒向来没有犯越过,只因喜读文学书籍时常跷课以至只差半年即可游美的时候被学校开除掉了"。他反对学校的早餐点名制度,经常故意缺席。他反对清华生活的死板拘囿,这压抑了他诗人的天性。在他看来,"人生是奋斗的,而清华只有钻分数;人生是变换的,而清华只有单调;人生是热辣辣的,而清华只是隔靴搔痒。"他的那首著名的《废园》,就是写清华的:

有风时白杨萧萧着

无风时白杨萧萧着

萧萧外更听不到什么

野花悄悄的发了

野花悄悄的谢了

悄悄外园里更没有什么

《废园》里没有丝毫生机,死气沉沉。如花青春,似水流年,却被废园吞没了,诗人不禁要抗争,不仅用诗歌,也用自己的学业和前途。在欧美留学时,他为了诗也是不顾其余,对文凭也不屑一顾。他说:"博士学位任何人经过努力都可拿到,但诗非朱湘不能写。"

远离尘嚣的清华园如同一潭死水,喧哗扰嚷的世俗生活同样束缚着诗人天马行空的心性。在自己的婚礼上,他就闹出了惊人的一幕。他反对门当户对的指腹婚姻,拒行跪拜礼,将洞房的喜烛打成两截,扬长而去。在人们看来,朱湘太不懂世俗的礼节了，又有谁懂得诗人的天性呢？同朋友相处，他也是率性而为，毫无顾忌。共同编辑《诗镌》的诗人刘梦苇、杨子惠逝世，他看到《诗镌》没有很好的纪念，和《诗镌》的灵魂人物徐志摩闹翻，拂袖而去。五年后，他又深情地悼念徐志摩，为"《花间集》的后嗣"天妒英年而"辛酸"。自好难洁身，洁身难生存。1929年，他被聘为安徽大学外语系主任。他热情爽直、教书认真，很受欢迎，同时又倔强暴烈、不懂人情世故，常常上当且得罪人。后来学校改组，他自然被解聘了，潦倒到连生计问题也没法解决。在安徽大学执教期间，遇上学校欠薪，朱湘不到一岁的幼子因没有奶吃被活活饿死。朱湘译诗写诗所得极少，根本难以糊口，即使得了稿费，又不愿意自己去取。他清高狷介，既不肯求人，又没有谋生的能力，甚至到了付不起房费被扣押的境地。

朱湘是一位纯粹的诗人。他的诗歌是平静的，人生却是沸腾的。他为诗歌而生，也因诗歌而饱受折磨。文章憎命达，这是千百年文人墨客难以摆脱的宿命。穷困潦倒的生活和绝望的人生处境夺取了朱湘作为一个诗人的最敏感的自尊，激发他做出最绝望的也是最彻底的反抗。他短暂的一生，一直在用诗人的高洁、执拗抗争着污浊世俗的现实。无路可走了，他只好回到他出发的地方，回到他生命和诗歌的发源地——水乡。他生于江南，爱水爱莲，江南水乡孕育了他恬静醇美、传颂千古的

《采莲曲》:"小船呀轻飘,杨柳呀风里颠摇;荷叶呀翠盖,荷花呀人样妖娆。日落,微波,金线闪动过小河。"他从水里来,也终归要回到水里去。那首写于民国十四年的《葬我》是他早就写好的遗言:

> 葬我在荷花池内
>
> 耳边有水蚓拖声
>
> 在绿荷叶的灯上
>
> 萤火虫时暗时明——
>
> 葬我在马缨花下
>
> 永做芬芳的梦——
>
> 葬我在泰山之巅
>
> 风声呜咽过孤松——
>
> 不然,就烧我成灰
>
> 投入泛滥的春江
>
> 与落花一同漂去
>
> 无人知道的地方。

诗人去了"无人知道的地方",正如他在《残诗》中所说的"绿水同紫泥"是他"仅有的殓衣",他要"省得人家为我把泪流"。他是决绝的、偏执的,他要用重蹈清流来践证梁巨川自沉前的疑问——"这个世界会好吗?"梁漱溟回答父亲说:"我相信世界是一天一天往好里去的。"梁巨川说,"能好就好啊!"

说罢离家。几天之后，他在北京积水潭投水自尽。

朱湘不像梁巨川和王国维那样，有着自觉的文化使命。梁巨川在万字遗书中写到："国性不存，国将不国。必自我一人殉之，而后让国人共知国性乃立国之必要……我之死，非仅眷恋旧也，并将唤起新也。"王国维亦是如此，因而陈寅恪有"文化神州丧一身"的凄痛之句。朱湘是一只悲伤绝望的夜莺，这个被鲁迅誉为"中国的济慈"的新月派诗人，诗歌甜美忧郁，莽阔的大地却没有他的栖身的枝桠。他固执地反抗着失望，单身匹马反抗着如漆的黑暗的世俗，终而投入他热恋的水乡，用自己的身躯营养着甜美的《采莲曲》。

天灾乎？人祸乎？

——徐志摩因与主机师谈文学而遇空难？

徐志摩殒命的空难现场

1931年11月19日下午2时许，徐志摩乘坐的中国航空公司京平线"济南号"飞机在济南附近之党家庄突遇大雾，误撞开山，机毁人亡。一时文坛哗然，识与不识，俱为叹息，"甚至谈妓女，讲嫖经的小报，也发表了哀悼之声。"（《文艺新闻》1931年11月30日第1版"代表言论"）惨祸发生之原因，自徐志摩遇难迄今，皆归之于"大雾"。大雾是不可避免的天灾和外因，那么，当时飞行员是如何应对的，飞机坠毁前的情形如何，空难有人为的因素吗？徐志摩遇难九十一年来，上述疑问并没有令人满意的答案。

我们先来梳理一下徐志摩遇难后的相关报道。空难发生的

次日即11月20日,《大公报》报道如下:

> 中航公司北上飞机
>
> 误触山巅堕落焚毁
>
> 司机与搭客同时遇难
>
> 【济南十九日下午八时发专电】中国航空公司由京驶平飞机,十九日下午二时飞至距济南城南三十里之党家庄附近,因天雨雾大,误触党家庄迤西十八里之开山山头,当即堕(报纸原版如此——笔者注)落山下,机身全焚,司机王冠(应为"贯"——笔者注)一梁壁堂二人毙命,另有乘客一人,为该公司总理之友,亦同时遇难,记者亲往调查,见机身被焚,仅余空架,死者三人,均已焦碎不可辨识,惨极。邮件被焚,谨邮票灰仿佛可见,闻由平飞京机十九日到济后,因天雨未南下,改二十日飞京。

11月20日的《北平晨报》《民国日报》等报纸的报道,与《大公报》完全相同。此时人们尚不知遇难的乘客即徐志摩。当日下午,《北平晨报》发了号外,首先确认了徐志摩遇难的事实:

> 诗人徐志摩惨祸
>
> 前日北上飞机之牺牲者
>
> 【济南二十日下午五时四十分本报专电】京平航空驻济办事所主任朱凤藻,二十早派机械员白相臣赴党家庄开山,

将遇难飞机师王贯一、机械员梁璧堂、乘客徐志摩三人尸体洗净，运至党家庄，函省府派车一辆运济，以便入棺后运平，至烧毁飞机为济南号，即由党家庄运京，徐为中国著名文学家，其友人胡适由北平来电托教育厅长何思源代办善后，但何在京出席四全会未回。

11月20日《申报》的现场描述却与《大公报》略有不同，云"三人已烧成灰烬，一人尚能辨认"。当日天津《益世报》云"三人已烧成灰烬，一人因平式头尚能辨认"。《大公报》《北平晨报》《民国日报》云"死者三人，均已焦碎不可辨识"，《申报》《益世报》云"三人已烧成灰烬，一人尚能辨认"（这句话本身就矛盾——笔者注），徐志摩遇难后尸体到底如何？我们看看11月20日亲赴济南处理徐氏后事的张奚若、沈从文等人的描述。张奚若说：

> 惟徐之死容，尚无十分苦楚情态，可见机触山峰刹那，乘者即死，其间不过几秒钟。后部头发有一部分被焚，面部则除眉毛略焦外，并无被火形迹。右边太阳穴下有一孔，谅此即系致命伤。全身仅右腿部略有火伤，其他皆为摩擦伤。臀部皆跌断，伤自较重。尸体完整，实为不幸中之大幸。（《诗人遗容未现苦楚 尸体完整火烧处甚少》，《北平晨报》1931年11月25日）

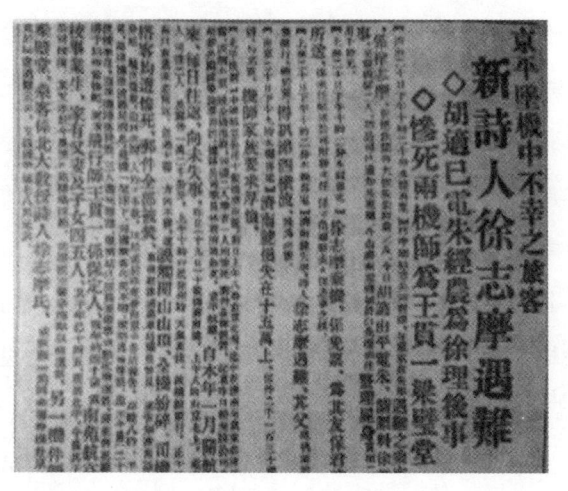

1931年11月21日天津《益世报》的报道

沈从文云：

　　棺木里静静地躺着的志摩，戴了一顶红顶绒球青缎子瓜皮帽，帽前还嵌了一小方丝料烧成"帽正"，露出一个掩盖不尽的额角，右额角上一个李子大斜洞，这显然是他的致命伤。眼睛是微张的，他不愿意死！鼻子略略发肿。想来是火灼炙的。门牙脱尽，额角上那个小洞，皆可说明是向前猛撞的结果。（《三年前的十一月二十二日》）

　　由张奚若、沈从文的描述看来，徐志摩的尸身是完整的，致命伤是"右额角上一个李子大斜洞"，但绝非《大公报》《北平晨报》《民国日报》等所云的"死者三人，均已焦碎不可辨识"。调查空难的美籍飞行师安利生勘察现场后发现：徐志摩坐在飞机后，火没有烧到他飞机即坠下，因而徐是被砸死而不是被烧死的，"此即机因撞山而起火，然后坠下之证明也。"（《京平飞机肇事真相谈》，《益世报》1931年11月28日）由此可见，记者发至现场的报道并不准确。

飞行员与"济南号"的状况

大雾是空难发生的难以避免的自然条件，但如果飞行员经验丰富的话，空难也是可以避免的。从1931年11月21日《申报》以及其他报道来看，正驾驶王贯一、副驾驶梁璧堂无疑是两个技术卓出、飞行经验丰富的飞行员：

王梁略历（一）王贯一，山东平原人，年三十六岁，保定军官学校及南苑航空学校毕业，领得飞行毕业证书。曾充直隶航空队飞航员兼教官，航空署飞航员，国民第三军航空队队长，联军航空司令部第三队分队长，直军航空司令部航空队长，山西航空学校教官，山西航空队队附，沪蓉航空线飞行师，现任中国航空公司京平线飞行师。（二）梁璧堂，河北肥乡县人，年三十六岁，保定军官学校及南苑航空学校毕业，曾任江苏航空队飞航员、航空署飞航员，东北飞豹队队员，现任中国航空公司京平线副飞行师。

空难发生后，媒体的报道多言王贯一技术优卓，"据闻王技术最精，今次实因天气太坏失事"（11月20日《申报》《益世报》），"并闻飞行师生（王之误）贯一，系南苑航空班毕业，历任飞行要职，技术精深，经验宏富，此次遇难，实因临时突遇恶劣天气，无法挽救。"（《民国日报》1931年11月21日）那么，遇到恶劣天气，王贯一是怎么应对的，我们并不知晓。当时，飞机上的"黑匣子"〔飞行数据记录仪（FDR）〕还没有被发明。1958年，墨尔本的一位工程师才发明了"黑匣子"，因而，我们无法了解飞机坠毁前的飞行情况。

关于坠毁的飞机，1931年11月21日《申报》云："机式单叶史汀孙式四座位、三百匹马力，每小时行一百迈尔，系美国开斯东厂造，价八千美金。"11月21日《上海新闻报》报道较详："济南号机为司汀逊式，于十八年蓉沪航空公司管理处时向美国购入，马力三百五十匹，速率每小时九十哩，今岁始装换新摩托，甫于二月前完竣飞驶，不意偶遇重雾，竟致失事，机件全毁，不能复事修理，损失除邮件等外，计共五万余元。"空难发生的次年初，国民革命军在南京编辑出版的《军事杂志》发布的《京平线济南号飞机失事记》报告更详："中国航空公司京平线济南号飞机，于二十年十一月十九日上午十时由京北上，飞至济南相近，因雾迷途，撞于山巅，飞机翻落，全部焚毁，该机为单叶史汀生式，全身为绿色，中书'济南'两金字，后尾上绘一'10'字记号，内设客座四位，机师座二，计有三百匹马力，每小时能行一百英里，价格八千美金，亦即正式飞航时最初飞平之价，雾云甚浓，机师王冠一，梁璧堂，以由京至济，尚无险途，故仍遵该机由京出发时刻飞行，直至徐州，非常平安，继抵济南三十里党家庄附近，因浓雾迷空，致撞开山山巅，机即下坠，油箱着火，全部遂被烧无遗……"当时报纸报道的机型一致，但关于马力和飞行速度，有说"三百匹马力，每小时行一百迈尔"，有说"马力三百五十匹，速率每小时九十哩"，略有出入。不过可以肯定的是，飞机1929年购自美国，1931年改装了新摩托，飞行时间并不长，飞机自身质量该无大的问题。11月23日《大公报》云："据王贯一父王巨卿谈，对肇事原因尚有怀疑，据调查所得，系气缸渗漏及在徐州开机前未接济南天气报告，责任应在公司，如公司无适当办法，必以法律解决。"当日《民国日报》《北平晨报》以及稍晚之《北大学生周刊》(《徐志摩先生之恶耗》，《北大学生周刊》1931年2卷2期)等的报道，均与《大公报》同。那么，到底是不是王贯一父亲所言的飞机漏油和天气报告未达所致呢？从目击者、现场情况等来看，飞机是撞山后着火，随即"机油四溢遂熊熊不能遏止"。史汀生单叶机动力装置为美国莱可敏公司或莱特公司生产的R-680-B型活塞式发动机。活塞式发动机的原理是：汽缸通过进气孔和输油孔注入空气和汽油，在汽缸内充分混合，当火花塞点燃混合物后，混合物猛烈地爆炸燃烧，推动活塞向下运动，并产生动力。首先，汽缸不存油，是不可能漏油的。其次，如果汽缸漏油，也不可能飞行三个多小时，恰好就在开山这个地方坠落。再次，如果真的漏油，飞行了两三个小时后，估计油早就漏光了，不可能坠毁后会油箱着火，并熊熊不止。因而，气缸漏油一说是站不住脚的。王父并非专业人士，不排除作为当事人家属，有回护偏袒的倾向。当然，作为遇难者家属，这也不难理解。

空难发生之主观原因

空难发生后，中航公司即派专人调查。据11月21日《上海新闻报》报道："公司于昨晨接电后，即派美籍飞行师安利生乘飞机赴京，并转津浦车往出事地点，调查真相，以便办理善后。"但现在难以看到当年的调查报告，也可能中航公司没有对外公布。"济南号"失事以来，除大雾和汽缸漏油的客观外因外，关于空难发生的主观原因，大致有以下几种说法：

（一）因为大雾，飞机飞行高度太低。开山有六个山头，驾驶者王贯一看见了高四百尺的开山，没有看见稍低的西大山，等看见时已经躲避不及，因而误撞西大山机毁人亡。这是调查事故原因的美籍飞行师安利生的说法。

（二）正驾驶王贯一精神太差，注意力不够集中。这种说法出自湘江的《忆徐志摩之死》（台湾《中央副刊》1964年12月18日）。他回忆说："事后公司方面透露：主要原因是驾驶员王贯一精神太差，飞行时注意力不集中，以致糊里糊涂地肇成大祸。"此文中还提到，与王贯一搭班的副驾驶刘职炎说："王贯一昨晚赶着为女儿办嫁妆，同时也打了个通宵麻将。虽然精神不大好，可是因为在北平的女儿婚期已近，不得不勉强飞一趟，以便嫁妆及时送去。"

（三）飞机由徐州起飞后，"总公司报告济南天气迟误，致有此变"。这是前面提到的王贯一父亲王巨卿的说法。

说法（一）为调查事故原因的美籍飞行师安利生事发后十日对《益世报》记者所言（《京平飞机肇事真相谈》，《益世报》1931年11月25日）。安利生认为责任在正驾驶王贯一，他误判了情况，而实际驾驶飞机的是副驾驶梁璧堂，这是关键，安利生竟然没有注意到。安氏到济南后，因天雨关系拖至25日才到现场。事发已数日，周围村民哄抢财物，现场难免不被破坏。其所谓的山头多，王贯一注意了高的山头而忽略了低的山头，也不大可能，当时大雾弥天，可见度很低，高点的山头也很难看见。说法（二）的提出者湘江当时任职于中国航空公司所属南京明故宫航空站，按理其说应该有一定的可信度，但因为是三十多年后的回忆，舛误甚多。其一，与王贯一搭班的副驾驶是梁璧堂，这已无任何异议，而湘江的文中却说是刘职炎；其二，湘江说"王贯一昨晚赶着为女儿办嫁妆，同时也打了个通宵麻将"，赶着办嫁妆，通宵打麻将的可能性不大；其三，"济南号"误撞济南附近开山坠毁，而湘江却说是"千佛山"。综上三点，湘江的回忆可信度不高。说法（三）也经不起推敲。据1931年11月21日《大公报》报道："上午十时抵徐州时，天气甚佳，故继续前进。迨至济南以南三十里党家庄附近之开山左右，天气忽然改变，大雾弥漫，不辨方向，该机遂误触开山山顶，全机粉碎。"当日《申报》《民国日报》等关于天气的报道大致相同。大雾是突然出现的，济南方面根本无法预测并通知。

我们再来看看赠送徐志摩免费机票的保君建的说法。梁实秋在《谈徐志摩》中说："徐之乘坐飞机，系公司中保君建邀往乘坐，票亦公司所赠……票由公司赠送，盖保君建方为财务组主任，欲借诗人之名以作宣传，徐氏留沪者仅五日。"票为保君建所赠无疑，不过，梁实秋"欲借诗人之名以作宣传"的说法却并不可靠。保君建毕业北大并留学美国，与徐志摩不但认识且关系不错。保君建（1896－1970），字既星，江苏南通人。早年毕业于北京大学经济系，考取官费留学，就读于美国哥伦比亚大学，获硕士、博士学位。回国后，曾任国立北京大学教授、私立民国大学教授兼教务长、上海市教育局局长、行政院驻北平政务委员会参议兼政治组长等职。1936年入外交部，曾任驻悉尼总领事、加尔各答总领事，驻秘鲁、玻利维亚全权大使等职。1956年调回台湾，任"外交部"顾问。后任多国大使。1967年至1970年，担任联合国大会"代表"。彼时，保君建任中国航空公司会计主任。据南翁云：（保君建）"北大毕业生，又留学美国，娶一美妇，归国后，趾高气扬，遇同学，均不屑交谈，曾一度在沪任教育局长，旋即去职，及其侄女志宁女士嫁交长王伯群，彼亦因此而得航空公司会计主任之要职。此次以航空公司免票赠徐志摩，竟送其命，自亦绝非保君意料之所及也。"（南翁：《徐志摩之死》，《天津商报画刊》1931年3卷第44期）

空难发生两年后，保君建在与冯友兰和朱自清的闲谈中道出了飞机失事的真相。不过，这则重要的材料并未引起研究者的注意——

芝生晤保君建，谈徐志摩死情形。大抵正机师与徐谈文学，令副机师开车，遂致出事。机本不载客，徐托保得此免票。正机师开机十一年，极稳，惟好文学。出事之道非必由者，意者循徐之请，飞绕群山之巅耶。机降地时，徐一耳无棉塞，坐第三排；正机师坐第二排，侧首向后如与徐谈话者，副机师只馀半个头，正机师系为机上转手等戳入腹中，徐头破一穴，肋断一骨，脚烧糊。据云机再高三尺便不致碰矣。（朱自清1933年7月13日日记）

从保君建所言来看，免费票为徐氏所求，并非保氏主动所赠，当然更无"欲借诗人之名以作宣传"的目的。我们知道，徐志摩遇难前几年，因为经济窘迫，到处兼课，再加之家事纷扰，常飞于北京、南京与上海之间。他有机会便搭乘便机，或求赠免费机票，此次由平抵京，即搭乘顾维钧的飞机。保君建所言，合理而可信。徐志摩遇难后，当时即有人言："我虽不杀伯仁，伯仁由我而死，保之与徐，得毋类是。"（南翁：《徐志摩之死》）并有传言说徐志摩听保君建所劝乘机北返，胡适也电致中航公司询问，该公司委派保君建回覆胡适，保氏致电胡适予以撇清："传保本人劝徐乘机北返，绝非事实。"（张亚雄：《诗人徐志摩之死》，《平民学院十年纪念特刊》，1932年1月）胡适回覆中航公司云："保君建先生：马电敬悉，已分发表，此间友朋，虽痛志摩惨死，亦知他久欲飞行之意，见诸诗文，济南不幸，适逢其会，遂使全国失一人才，深盼航空事业，更能谋安全，更盼国人勿因志摩惨祸而畏惧航空。胡适。"（《申报》1931年11月24日）当时的报纸也云："飞机失事，本不能预知，即使有人劝之亦无责任之可言，天夺诗人，夫复何言！"（张亚雄：《诗人徐志摩之死》）徐氏遇难后，中航公司专电致歉，但在家属看来，徐氏遇难，"只换得如此一纸，人命代价，是何等的浅薄呀！"（陈从周：《徐志摩家书之发现》，《子曰丛刊》1948年第5期）两年后，事过境迁，一切已经平静，保君建与冯友兰和朱自清闲谈时道出了实情。保氏是赠票人与中航公司的高层管理者，又受中航的委派第一时间电覆胡适以及社会上的疑虑，无疑知道空难发生的真相，所谈具有极高的可信度。由保氏所言的空难现场来看，空难发生的原因主要有以下几点：

（一）飞机失事前，由副驾驶梁璧堂驾驶，而不是主驾驶王贯一，因而即使王贯一"技术精深，经验宏富"，也无济于事。

（二）王贯一没有驾驶，他干吗呢？从现场来看，王贯一坐第二排，徐志摩坐第三排，

"侧首向后如与徐谈话者"，空难发生时，应该是与徐志摩谈话。王贯一除驾驶飞机外，"惟好文学"，此点当时报纸多有报道。他与徐志摩谈什么呢？应该是谈文学。

（三）"出事之道非必由者，意者循徐之请，飞绕群山之巅耶。"也即是说，飞机并没有遵从原来的航线，保君建认为可能是徐志摩所要求的，当然也不排除副机师梁璧堂不熟悉飞行航线所致。

保氏所谈的空难现场以及对飞机坠毁前情形的分析，极为专业，非行外人所能料及。安利生在空难发生五日后勘察现场时，也注意到了正驾驶王贯一副驾驶梁璧堂之所以被烧焦，是因为坐在机前油箱附近，徐志摩坐在机后，故能全尸。查考飞机发展史，我们知道，从1910年开始，飞机上开始出现安全

带,即使飞机解体,遇难者的位置也很难发生变化。从保君建和安利生的描述来看,"济南号"上的遇难者可能都系了安全带。联系主机师"惟好文学"的实际,对飞机坠毁前情形的推测也合乎情理。由此看来,"济南号"失事,固然是天灾——突然遇到大雾,但可能亦是"人祸"。空难已经发生,死者为大,中航公司如若公布当时飞机坠毁时的驾驶情况,非但于事无补,而且显得不近人情,有推卸责任于驾驶员的嫌疑,因而只能厚恤死者家属,将主因归咎于大雾。倘若由王贯一来驾驶,且遵行原来的航线,说不准会避过突然出现的大雾,躲过一劫。王贯一"在苏州南京曾两次遇险,均赖其技术纯熟,未遭意外"。(《济南号肇祸原因》,《北平晨报》1931年11月25日)即使遇到大雾,王贯一"技术精深,经验宏富",可能会高飞三尺以上,化险为夷,不至于触山坠毁。但历史无法假设,谁让徐志摩那么著名呢!一个痴迷文学的飞行员,怎肯轻易放过向赫赫大名的诗哲请教与交谈的机会呢?倘若飞机坠毁前是正机师王贯一驾驶,那么,我们现代文学史中的徐志摩,则可能完全是另一个样子了。

徐志摩的"粉墨"生涯

徐志摩自小喜欢看戏赏曲，对京剧和昆曲都颇为懂行。但他喜欢而不沉溺，止于消遣娱乐，并不以此为志业。他对京昆后来"上瘾"，泰半是为陆小曼的缘故。他们相识生情即缘于演《春香闹学》：陆小曼饰春香，徐志摩饰陈最良。陆小曼喜欢唱京戏，喜欢捧昆角儿。徐志摩"妇唱夫随"，以此为乐。不过，要他堂而皇之地粉墨登场，他敢情还有点为难：一来毕竟缺乏专业训练，台上功夫有限；二来他清楚自己戴高度近视镜，扮相不佳，台步不稳。然而为了爱情，他还是粉墨登场，凤凰于飞了。

一、徐志摩的扮相

1927年12月7日，位于上海静安寺路127号的夏令配克

（Olympic）大戏院上演了京戏名段《玉堂春·三堂会审》，民国名媛陆小曼饰演苏三，其夫著名诗人徐志摩饰演红袍崇公道，才子佳人，郎才女貌，一时观者如云，蜚声沪渎。实际上，大多数观众也不是为了观"戏"，而是为了看"人"。次日沪上报纸云："陆小曼徐志摩伉俪亦欣允加入串演，盛会罕遘"，陆小曼饰苏三欲上场时，"新闻记者纷纷至后台，环立而观。票界怪人王燨之曰：'他们都去观新娘子，我也去瞻仰瞻仰。'遂急趋而入。"（迪庄：《天马会之第一日》，《小日报》1927年12月8日）实际上，陆小曼与徐志摩已结婚年余（1926年10月3日结婚），何谈新娘子矣。

二十一岁的徐志摩

这场演出，是上海美术团体"天马会"为了庆祝第八届美术展览会之成功举行，由陆徐共同的好友江小鹣操办。他们夫妇联袂登台，完全是为了给江小鹣撑门面。这场演出由6日至7日，上演了《捉放曹》《群英会》《拾玉镯》《追韩信》《藏舟》等12个经典剧目，表演者不乏俞振飞、裘剑飞、袁寒云、苏少卿这样的名家，但独让陆小曼抢足了风头。据陈定山《唐瑛与陆小曼》云："第一天的大轴是小曼的《贩马记》。第二天大轴是小曼的《玉堂春》。"（陈定山：《唐瑛与陆小曼》，《春申旧闻》第82页。台湾：世界文物出版社，1979年）陆小曼之所以能够"大轴"，无关演技，而是因其为交际界之名姝与文化圈之名媛，"生得漂亮，艳名轰传，先声夺人"（磊庵：《聪明自误的陆小曼》，台湾《联合报》副刊1957年8月7、8、9日）。

陆小曼自幼痴迷戏曲，其父陆定为她延请梨园名师，专攻花旦，颇有声色。逢堂会和义务演出，时常露脸。后参加京剧票友演出，捧名角儿，以善演《玉堂春》而闻名，在交际界与上海名媛唐瑛有"南唐北陆"之称。《玉堂春》以旦角苏三为主，重唱功，为青衣的根基戏。四大名旦皆有《三堂会审》，侧重与特色各不相同。梅兰芳说："《玉堂春》是一出青衣唱功戏，学会以后，大凡西皮中的数板、慢板、二六、快板几种唱法，都算有底子了……"〔梅兰芳述，许姬传、许源来、朱家溍记：《舞台生活四十年：梅兰芳回忆录》（插图珍藏本，上），第

87页，团结出版社，2006年〕此戏从梅兰芳师从的陈德霖始，旦角一唱到底，而且是跪着唱，没有休息的机会，很见功力。陆小曼颇有天分，学得很是不错。名票鄂吕弓认为陆小曼"倜傥风流，有周郎癖，天赋珠喉，学艳秋有酷似处"。〔(鄂)吕弓：《陆小曼女士的青衣》，《上海画报》1927年6月9日第241期〕陆小曼惊才绝艳，扮相唱功都很不错，这两天的表演不乏圈点之处。迪庄《天马会之第一日》云："小曼上妆后，娇小玲珑，较平时益美，嗓音不高却还清脆，叫板一声'大人容禀'，如出谷雏莺，惟运腔转折处，略有特殊声浪，谅因久习昆曲之故。"(迪庄：《天马会之第一日》)唐瑛说：陆小曼的"扮相既美，唱工亦佳，几声'大人容禀'，叫得人心花怒放。"(《罗宾汉》1927年12月9日)

同年12月23日晚，陆小曼、翁瑞午、江小鹣等于中央大戏院再次演出了《玉堂春》。此次演出为"中华妇女慰劳伤病军士会"之义演，由郑毓秀、蔡元培发起，旨在慰劳"伤病军士之为国宣劳，而身被痛苦"(周瘦鹃：《红氍真赏录》：《上海画报》1927年12月24日第306期)，为同年8月3日"上海妇女慰劳会"慰问北伐成功演出之继续。《申报》记者金华亭说："陆的扮相很美丽，嗓音亦宛转自如，口供时的一段二六更妙。"(金华亭：《参观妇女慰劳伤病军士会以后》，《申报》1927年12月26日)作家(高)长虹观看了此次演出，他对陆小曼的评价甚高，认为不演剧实在可惜。他说："感谢蔡子民，郑毓秀诸君给我以机会得看陆小曼的京戏。我是认真有京戏癖的，虽然不以为他在艺术上有什么价值。陆小曼的扮、做、唱，都是非常之好的，罗曼一点说，胜过所有的戏子。我于是想，陆小曼何不演剧？这戏，对京戏而言，当然是欧剧了。我想：如能认真来演欧剧，一定会有很大成功呢！"〔（高）长虹：《每日评论：陆小曼何不演剧》，《世界周刊》1928年第2期〕周瘦鹃也观看了此晚的慰问演出，他认为："陆女士之苏三，宛转情多，令人心醉。"（周瘦鹃：《红氍真赏录》）周瘦鹃对陆小曼的《思凡》评价也很高。1927年8月3日，陆小曼受"上海妇女慰劳会"之邀，演出了《思凡》和《汾河湾》。鄂吕弓说陆小曼"昆乱俱擅，思凡与汾河湾，体贴戏情，前后俨若两人，思凡状情窦初开之尼僧，汾河湾写极目天涯之思妇，均曲曲入微。"（炯炯：《妇女慰劳会剧艺拾零》：《上海画报》1927年8月9日第261期）周瘦鹃曾看过陆小曼排演时的《思凡》，"不由得欢喜赞叹"——"觉得伊一颦一笑，一言一动，一举手一投足之间，都可以显出这小尼姑是个佛门中富有浪漫思想的奇女子革命家，不再是那种太呆木太平凡在佛殿上念佛修行的尼姑了。要是召集了普天下的比丘尼齐来领略小曼女士的曼唱，我知道伊们也一定要扯了袈裟，埋了藏经，弃了木鱼，丢了铙钹，纷纷下山，去寻那年少哥哥咧。像这样的唱和演，才当得上神化二字，才值得我们的欢喜赞叹。"（周瘦鹃：《小曼曼唱》，《上海妇女慰劳会剧艺特刊》，大东书局1927年8月印制）于旧戏，陆小曼有很高的天分，这点看过她演出的人几无异议。至于有人说她"于平剧一道，并无真实工夫，仅是在北平拾到一点牙慧，既没拜过老师，又没做过票友"（磊庵：《聪明自误的陆小曼》），全凭人长得漂亮，——不够客观公允，纯属臆测武断之语。

徐志摩的表演则乏善可陈。"天马会"演出筹备时，欧阳予倩建议崇公道不用原来班底，徐志摩自告奋勇饰演此角，欧氏在家中为徐志摩说戏（老徐：《陆小曼玉堂春之幕后——羊

1927年8月《上海妇女慰劳会剧艺特刊》上的陆小曼演出《思凡》的剧照。

毛居然权充内行，欧阳予倩家中说戏》，《万花筒》1946年第6期）。演出时，徐志摩坐在台上，总把两只靴子伸到桌纬外面。据戏剧评论家、孟小冬曾拜为师的苏少卿回忆："只是红袍蓝袍徐江两位，从来不曾登台唱过戏，这天勉强上场，举动可笑，台下识与不识，无不哄堂。"（苏少卿：《记：女画家陆小曼义演玉堂春之盛况》，《万花筒》1946年第4期）8月3日"上海妇女慰劳会"的演出，徐志摩的表现似乎还不赖。根据节目单，原本是欧阳予倩表演《人面桃花》，欧阳予倩被徐志摩催促着赶过来，角色道具未能齐备，临时改演《玉堂春》〔（余）空我：《艳歌趣屑纪中央》，《新闻报》1927年8月7日〕。（鄂）吕弓《慰劳会之趣见闻》中云：当日早欧阳予倩由宁至沪，所有配角未及预备，除蓝袍外，红袍、小生等皆为临时抓现，徐志摩且为配饰崇公道，"徐志摩先生贴玉堂春，人咸疑其非饰王金龙，即饰刘皋司，孰意饰崇公道，滑稽突梯，全场鼓掌，当堂开枷后，徐仍伺立，院子不能忍，乃令下去，徐鞠躬而退，台步亦有诗人风焉。"〔（鄂）吕弓：《慰劳会之趣见闻》〕周瘦鹃在《红氍三夕记》之"《玉堂春》中之诗人云"一节云："玉堂春中未尝有诗人也，所谓诗人者，盖指戏串解差之徐志摩君耳。君粉抹其鼻，御瑗褽如故，跣花紫足趿鞋，衣一布之衣，厥状绝滑稽，小曼女士见之大笑，几不复识其所爱之大大矣（按愚曾倩志摩释大大，大者，英语大灵 Darling 也，叠呼大大者，以示亲爱之至也，附志于此，以报林屋先生）。登台跪公案前，诉其连日筹备剧事主持前台之苦，纍纍如贯珠，闻者鼓掌不绝。"欧阳予倩是夕串苏三。周瘦鹃云其"游刃有余，不愧斲轮老手也。"（周瘦鹃：《红氍三夕记》，《上海画报》1927年8月9日第261期）名记者兼名票友余空我云：徐志摩在台上"目插眼镜，身穿西装，气宇昂昂。当察院点名时，崇公道既承认兼任崔公差使后，徐君似乎慷慨而谈地发过几句议论，惜予立稍远，未聆其果作何语。"〔（余）空我：《艳歌趣屑纪中央》，《新闻报》1927年8月7日〕徐扮相虽不佳，道白却甚佳。徐是重度近视，只能戴着眼镜上场，扮相固然不佳，又"身穿西装"，"跕花紫足跋鞋"，押苏三上场，观众自然哄然大笑。但道白"纍纍如贯珠"，却是甚佳，观众报以不绝掌声。12月23日晚"中华妇女慰劳伤病军士会"的演出，徐志摩的表演谈不上出彩，台步、道白、做派都无可观之处。周瘦鹃云："此次戏目中，有一海谷先生，不知其为何许人，殆即当日御大红袍而台步如机械人之徐志摩君乎？"（周瘦鹃：《红氍真赏录》）"海谷"是徐志摩用过的笔名，周瘦鹃并不知晓，所以对其表演并未置喙。但徐志摩8月份在妇女慰劳会的演出"御大红袍而台步如机械人"，令人发噱，周瘦鹃印象甚深。金华亭认为："惟海谷先生的台步，不走便罢，一走就要令人发笑。但他几声哈哈笑，亦还不错。"（金华亭：《参观妇女慰劳伤病军士会以后》，《申报》1927年12

月26日）高长虹认为徐志摩"除台步，道白，做派都不好外，其余的也还都很好。"〔（高）长虹：《每日评论：陆小曼何不演剧》〕崇公道虽为配角，戏亦不轻。舞台上只有其与苏三相伴，苏三每唱完一句，就有他的说白。如果说得太多，观众听了会觉得啰嗦；说得太少，苏三得不到休息，也显得枯燥无味。要说得不多不少，恰到好处，并不容易。高长虹说徐志摩"除台步，道白，做派都不好外，其余的也还都很好"，可见徐的表演也不是太差。当然，他知道徐志摩客串，也说不准有"同情之理解"。

"天马会"的演出闹出了"哑巴说话"的滑稽剧。据陈巨来《陆小曼、徐志摩、翁瑞午》一文说："剧中苏三上堂跪见按院大臣王金龙时，王骤见旧情人即犯妇，头晕不能理案了。当时苏三带下，当堂请医为王金龙诊病，此医生照例是个哑巴，诊毕即下。那天晚上演医生的是漫画家张光宇，先在台下问我：我做这丑角，可否有法子引座客哄堂一笑吗？我说：有，有，但哑巴须破例开口，只要诊毕后，对两个配角说：'格格病奴看勿来格，要请推拿医生来看哉。'"张光宇在剧中果然照此说了，当时观客哄堂大笑，一出悲剧几乎成了闹剧。"（陈巨来：《陆小曼、徐志摩、翁瑞午》，《万象》1999年第1卷第5期）这里的"推拿医生"，隐指饰演王金龙的翁瑞午为陆小曼推拿的事情，知之者莫不捧腹大笑。此前，翁瑞午为陆小曼推拿的事情

263

在上海文娱界人尽皆知。周瘦鹃在1927年10月30发表的《曼华小志》一文中云：其与江小鹣、陈小蝶饭于徐志摩家，"久不见小曼女士矣，容姿似少清癯，盖以体弱，常为二竖所侵也。……座有翁瑞午君，为昆剧中[①]名旦，兼善推拏之术，女士每病发，辄就治焉。"（周瘦鹃：《曼华小志》，《上海画报》1927年10月30日）"哑巴说话"让此事成为公开化的笑料。因而，"天马会"演出之后，12月23日郑毓秀、蔡元培发起"中华妇女慰劳伤病军士会"义演，陆小曼起初拒不答应。据当时报道："自天马会一度表演后，即受医生之嘱，须静养年余，故有不再演剧之意。此次因郑毓秀、蔡子民博士再三邀请，蔡先生并亲访徐志摩君之尊人，以陆女士加入表演相要求，小曼女士因不得已，只得允诺，但自此以后，决不再演矣。"（黄梅生："特

---

① 据梅兰芳讲，《三堂会审》老脚本医生是开口的。医生将下，中军白："先生请转。"医："何事？"中军："不知我家大人得的什么病症？"医："乃是单相思。"中军："自有相思病，哪有单相思？"医："你既知，何必问我？"中军："果然是名医。"医："不是名医，头上顶子哪里来？"中军："果然是高才。"医："不是高才，这个衙门里头，也能踱出踱进。"中军："送先生。"医生打诨后下。也有中军问"大人什么病"？医生回答说"毛病"，引得哄堂大笑。"请医"被删去之后，谓之为《新玉堂春》。删去原因有两种说法：一是医生丑扮，引起医家同行不满；二是有人以为请医"似嫌累赘，且使全剧气势中断"，因此删去最好。但删去之后，就"不能调剂台上严肃的气氛""未必给场子和剧情带来任何好处。"（见吴藕汀：《戏文内外》126-127页，北京：中华书局，2008年）由此可见，"天马会"演出的《三堂会审》，沿用了旧脚本。

刊",《上海画报》1927年12月24日）陆小曼的确演出后即生病，但拒演更多是不堪被当众取笑。以至于蔡元培亲自拜访徐志摩的父亲徐申如，动之以情，晓之以理，足见舆论之汹涌，带给了徐家如何大的社会压力。

这样的闹剧实际上在8月份"上海妇女慰劳会"的演出中亦上演过。据鄂吕弓《慰劳会之趣见闻》云："《汾河湾》未上场前，小鹣在后台与小曼曰：剧中有柳氏问：'你问着穿鞋的人儿么？'仁贵应答：'我不问这穿鞋的，难道问穿靴子的么？'小鹣拟改为'…难道问戴眼镜子的么？（指志摩）'小曼极力反对，故在场上并未更改，只有余在后台得悉耳。"（（鄂）吕弓：《慰劳会之趣见闻》）《汾河湾》一剧讲薛仁贵功成名就，晋封爵位后回家与妻柳迎春团圆。途径汾河湾，遇一少年打雁，惊其箭法，不知即是其子丁山。适有猛虎来袭，薛仁贵急施袖箭射虎，不料误中丁山，乃急忙逸去。至寒窑，夫妻相会，叙别离之情。薛仁贵忽见床下有男鞋，疑柳迎春有奸夫，便质问此鞋来历。柳迎春初以戏言弄之，后说明系其子丁山所穿。薛仁贵才知误伤死者，乃其亲生之子。江小鹣如此一改，虽不过为博观众一笑，但还是留下笑柄，让人联想。演出时因陆小曼极力反对，虽未改成，但一经鄂吕弓在报纸上撰文披露，还是成了人尽皆知的捧腹轩渠。

"天马会"演出后，上海大小报纸对于陆小曼徐志摩演出前的"妇唱夫随"赞誉有加。如陶的在《天马剧艺中之一对伉俪》

中云:"陆小曼女士,尤为群众注意之点。陆所演之玉堂春及奇双会,博得好誉最多。新派诗人徐志摩在会场中,亦极奔波劳碌,然与陆形影不离。第一日郑毓秀博士庡止时,徐陆夫妇引入包厢;郑博士就坐,徐陆夫妇亦随侍于侧,文农即为速写一像。未几,陆女士戏将上场。化装时,徐亦随侍于旁,为调脂粉。陆有小婢,伫立以待驱使,而陆挥手令去,独让其夫婿在旁照料,可知徐诗人体贴夫人,别有独到处也。女士上装后,徐则时加慰问,陆女士亦屡问:"扮相佳否?"徐必答曰:"漂亮,漂亮。"陆女士始靦然微笑,从容登台(陶的:《天马剧艺中之一对伉俪》,《晶报》1927年12月9日)。演出后恐怕就并非如此了。张光宇拿翁瑞午为陆小曼按摩的事情公然开涮徐志摩,全场哗然,徐志摩即使如何大度,心中难免怏怏。他当天的日记颇耐人寻味——

> 我想在冬至节独自到一个偏僻的教堂里去听几折圣诞的和歌,但我却穿上了臃肿的袍服上舞台去串演不自在的"腐"戏。我想在霜浓月淡的冬夜独自写几行从性灵暖处来的诗句,但却跟着到涂腊的跳舞厅去艳羡仕女们发金光的鞋袜。①

---

① 徐志摩1927年12月7日日记。韩石山主编:《徐志摩全集》(六),第382页。北京:商务印书馆,2019年。按:《徐志摩全集》中将12月7日日记误作"12月27日",遂在页下加注1,但注1仍为"12月27日"。注2云徐志摩与陆小曼演《玉堂春》为12月6日,有误,应为12月7日。

二、徐志摩的旧戏瘾

　　徐志摩中学时代即喜欢看戏，成年后乐此不疲，以之为主要的娱乐消遣方式。翻检徐志摩日记，我们可以看到，在杭州府中学堂读书时，他学习之余，也看戏并以和同学论戏为乐。如其1911年3月18日记到"晚膳后懒于温习，仅与张、沈二君谈戏曲，看谦本图数页。"〔韩石山主编：《徐志摩全集》（六），第181页〕4月6日，家中请来一变戏法者，徐志摩与家人连续两晚观之，兴致甚浓，觉得"尤新而异"〔韩石山主编：《徐志摩全集》（六），第190—191页〕。6月12日为浙江一中开学纪念日，放假一天，徐志摩与同学数人外出至清泰门看戏，看《二进宫》《收关胜》，所见极内行——"行彩既无足动目，唱功又衰败不堪。"〔韩石山主编：《徐志摩全集》（六），第215页〕7月17日，记《中北新桂茶园角色一览表》，老生花脸，小生小旦之名，均不厌其烦，一一列出〔韩石山主编：《徐志摩全集》（六），第221页〕。1922年年底到北京后，更是经常出入梨园堂会，品赏名家名曲，具有一定的欣赏水平和顾曲眼力。他认为："中国的戏剧，不论昆曲皮黄，犹之中国的音乐与画，是艺术。而且有时是很精的艺术。"就演员而言，"老谭，杨小楼，乃至梅兰芳，在旧戏范围之内，不能不说是很难得的艺术家。"〔徐志摩：《看了〈黑将军〉以后》，韩石山主编：《徐志

267

摩文集》（二），第31—32页〕

另一方面，徐志摩对旧戏又有很严肃的批评，他觉得旧戏"不论昆曲皮黄，犹之中国的音乐与画，是艺术，而且有时是很精的艺术"，但"不能不抱怨我国艺术范围之浅之狭"，用礼教伦常的"大幔子"遮住"生命的大海"〔徐志摩：《看了〈黑将军〉以后》，韩石山主编：《徐志摩文集》（二），第32页〕，不能真正撞击人们的心灵，很难算得上真正彻底的艺术。他说："看坤剧只是煽动私欲的内焰，看旧剧只是封锁艺术的觉悟，就是看男女两'芳'的杰作，所得至多也不过浅薄的官快。但是真纯艺术——戏剧亦艺术之———最高的效用，在于扩大净化人道与同情，载动，解放心灵中潜伏的天才，赋予最醇澈的美感，使于生命自觉中得一新境界，于人生观中得一新意趣。"〔徐志摩：《得林克华德的〈林肯〉》，韩石山主编：《徐志摩文集》（二），第49页〕中国的旧戏，虽"能给人一个艺术化的真的印象"，但价值不高，不是从生命力自然流露出来的，被礼教伦常的幔子遮住了，"从没有智力无边的萧伯纳，从没个理想高超的席勒，不要说歌德，莎士比亚，或是希腊的老前辈了。"〔徐志摩：《看了〈黑将军〉以后》，韩石山主编：《徐志摩文集》（二），第32页〕就此而言，传统戏曲很难跟西方话剧——这类"真纯艺术"相媲美的。

1923年初，徐志摩等在北京发起成立新月社。此后社内同仁相聚，赋诗饮酒，常以京昆唱段助兴。徐志摩偶尔也客串角色，支个腿儿，倒也像模像样。1924年11月29日，他致丁文江的信中说："我们又要演戏了，这日是中国戏，你不可错过。"〔韩石山主编：《徐志摩全集》（七），第1页〕可见他对演戏还是颇为满意和自豪的。20世纪20年代的北平是中国旧戏的中心，京剧昆曲名家云集，演出频繁，徐志摩的眼界和水准迅速提高。据毛子水回忆："那时他对于文艺，似乎是很有兴趣的。我记得当时有所谓菊选，大家都纷纷拥戴梅兰芳，结果果然是梅兰芳被选为剧界大王。志摩却说，平心而论，当然是杨小楼最好———我头一次去看杨小楼的戏，还是跟他去的——不知志摩的思想后来改变了没有，而我对于中国戏的观念，一直到现在，还受了他那时一句话的影响：我以为如果我们中国的旧戏，有些可看的地方，还是杨小楼好看些。他进预科的第一年，本住锡拉胡同他的亲戚蒋君家中。后来袁氏叛国以后，他的亲戚南返，他就搬到腊库胡同去住。我有时候上他那边去，远远便听见他唱戏的声音了。（大约是学杨小楼的！）"（毛子水：《北大求学时代的志摩》，《北晨学园哀悼志摩专号》，1931年12月7日）能够看出杨小楼的卓异之处，不能不说徐志摩目光如炬。名票鄂吕弓也说：徐志摩"仿杨小楼的白口，…颇得个中三昧，嗓亦洪亮自然。"〔（鄂）吕弓：《陆小曼女士的青衣》〕

同陆小曼相识后，徐志摩对旧戏更是表现出前所未有的兴趣。他跟陆的相识，即缘于饰演《春香闹学》。1924年年底在新月社迎接新年（可能就是上文提到的他致丁文江信中所言的"演戏"），演出《春香闹学》，徐志摩饰老学究陈最良，陆小曼饰丫鬟春香，曲终人散，徐志摩情根萌生。陆小曼说："唱戏是我最喜欢的一件事情，早年学过几折昆曲，京戏我更爱看，却未曾正式学过。前年在北京，新月社一群朋友闹新年逼着我扮演一出闹学，那当然是玩儿，也未曾请人排身段，可是看得人和我自己都还感到一些趣味，由此我居然得到了会串戏的一个名气了。"（（陆）小曼：《自述的几句话》，《上海妇女慰劳会剧艺特刊》）徐志摩1925年8月24日的日记也证明，《春香闹学》为其爱情萌生之始——"今晚在真光我问你记否去年第一次在剧院觉得你发鬈擦着我的脸，（我在海拉尔寄回一首诗来纪念那初度尖锐的官感，在我是不可忘的）。"〔韩石山主编：《徐志摩全集》（六），第349—350页〕此后，徐爱屋及乌，观看旧戏成为他生活的中心内容之一，他日记和与致陆小曼的信函中，多次谈戏论曲。如1926年2月26日在致陆小曼的信中，他谈到了新编的陆小曼最熟悉的《玉堂春》：

　　昨晚有人请我妈听戏，我也陪了去，听的你说是什么？就是上次你想听没听着的新玉堂春。尚小云唱的真不坏，下回再有，一定请眉眉听去。

　　朱素云也配得好，昨晚戏园里挤得简直是水泄不通。

戏情虽则简单，却是情形有趣，三堂会审后，穿蓝的官与王金龙作对，他知道王三一定去监牢里会苏三，故意守他们正在监内绸缪的时候，带了衙役去查监。吓得王三涂了满面窑煤，装疯混了出去。后来穿红的官做好人，调和了他们，审清了案子，苏三挂红出狱。苏三到客店里去梳妆一节，小云做得极好，结局拜天地团圆，成全了一对恩爱夫妻。这戏不坏。但我看时也只想着眉眉，她说不定几时候怎样坐立不安的等着我哩！〔韩石山主编：《徐志摩全集》（七），第105—106页〕

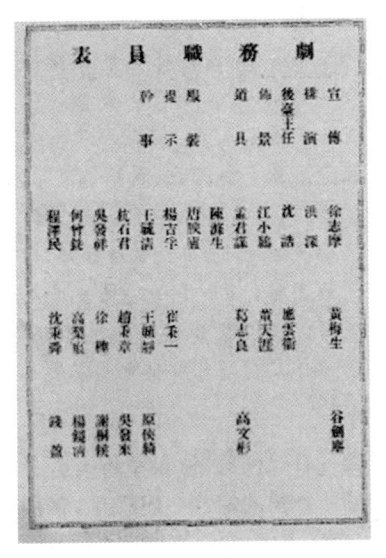

1927年8月《上海妇女慰劳会剧艺特刊》上的演出剧务职员表

除了看戏谈戏，徐志摩还不遗余力地帮助陆小曼排戏演戏。1927年，郭泰祺夫人、何应钦夫人、白崇禧夫人和郑毓秀博士发起成立"上海妇女慰劳会"，陆小曼任委员兼昆曲部主任。8月3日至4日，"上海妇女慰劳会"庆祝北伐成功演出在中央大戏院举行，徐志摩、黄梅生等负责宣传，洪深负责排演，江小鹣负责布景，孟君谋、陈涤生等负责道具服装。演出的剧目有《思凡》（陆小曼）、《汾河湾》（陆小曼、江小鹣）、《拾画》（唐瑛）、《叫画》（唐瑛）、《少奶奶的扇子》（唐瑛、钱剑秋、郑慧琛、孙杰等）。陆小曼表演了《思凡》和《汾河湾》。她说，之所以选这两出戏，因为"在我所拍过的几出昆戏中要算思凡的词句最美，他真能将一个被逼着出家的人的心理形容得淋漓尽致，一气呵成，情文相生，愈看愈觉得这真是一篇颠扑不破的美文，他的一字一句都含有颜色，有意味，有关联，决不是无谓的堆砌，决不是浮空的词藻。真太美了。""汾河湾确是个好戏，静中有闹，俗不伤雅，离别是一种情感，悲伤又是一种情感，这些种种不同的情感，在汾河湾这出戏里，很自然的相互起伏，来龙去脉，处处认得分明，正如天上阴晴变化，云聚云散，日闇日丽，自有一种妙趣。"〔（陆）小曼：《自述的几句话》，《上海妇女慰劳会剧艺特刊》〕徐志摩鞍前马后，整理了昆曲《牡丹亭》"拾画""叫画""游园"，《邯郸梦》"扫花"，《孽海记》"思凡"以及《汾河湾》的曲词。并在人手缺乏的情况下，客串了《三堂会审》中的崇公道（前文已经述及）。

三、"小报目无诗哲乱谣人"

夏令匹克大戏院"哑巴说话"的闹剧，让翁瑞午为陆小曼按摩的私事几乎成为上海滩人尽皆知的笑料。据陈定山《唐瑛与陆小曼》云："陆小曼身体也弱，连唱两天戏，旧病复发，得了晕厥症。瑞午更有一手推拿绝技，他是丁凤山的嫡传。常为陆小曼推拿，真能手到病除。"翁瑞午为世家子弟，鼎彝书画，累篋盈廚，时是以之袖赠小曼，以博欢心。继而，"又常教吸食阿芙蓉，试之，疾良而已。于是一榻横陈，隔灯并枕。"徐志摩认为：男女的情与爱，有所分别——"丈夫绝对不许禁止妻子有朋友，何况芙蓉软榻，看似接近，只能谈情，不能叙爱。所以男女之间，最规矩，最清白的是烟榻。最暗昧，最嘈杂的是打牌。所以志摩不反对小曼吸烟，而反对小曼叉麻雀。"（陈定山：《春申旧闻》，第83页）徐志摩觉得按摩是医病，彼此又皆为好友，并不以为意；对于陆小曼吸食阿芙蓉，他尽管很痛苦，但也是尽力隐忍，起码表面上并没有不满的。

但"哑巴说话"在文娱圈掀起的浪波并不消停，尤其是上海的一些娱乐小报，以此为料，大肆渲染。演出后第十天即12月17日，《福尔摩斯》小报刊出了"屁哲"的《伍大姐按摩得腻友》一文,对陆小曼和徐志摩冷嘲热讽、恶意中伤,且添盐加醋,荤素搭配,趣味极为低下。开头说:"诗哲余心麻,和交际明星伍大姐的结合,人家都说他们一对新人物,两件旧家生。原来心麻未娶大姐以前,早有一位夫人,是弓叔衡的妹子,后来心麻到法国,就把她休弃。心麻的老子,却于心不忍,留那媳妇在家里,自己享用。心麻法国回来,便在交际场中,认识了伍大姐,伍大姐果然生得又娇小,又曼妙,出落得大人一般。不过她见遇心麻之前,早已和一位雄赳赳的军官,一度结合过了。所以当一对新人物定情之夕,彼此难免生旧家伙之叹。"明眼人一看即知:余心麻影射徐志摩,伍大姐影射陆小曼。文中说:"心麻书生本色,一粒粟似的家伙,投在沧海里,正是漫无边际。因此伍大姐不得不舍诸他求,始初遇见一位叫做大鹏的,小试之下,也未能十分满意……后来有人介绍一位按摩家,叫做洪祥甲的,替她按摩。祥甲吩咐大姐躺在沙发里,大姐只穿一身蝉翼轻纱的衫裤,乳峰高耸,小腹微隆,姿态十分动人……一时沪上举行海狗大会串,大姐登台献技,配角便是她名义上丈夫余心麻,和两位腻友:汪大鹏、洪祥甲。大姐在戏台上装出娇怯的姿态来,发出凄婉的声调来,直使两位腻友,心摇神荡,惟独余心麻无动于衷。原来心麻的一颗心,早已麻木不仁了。时台下有一位看客,叫做乃翁的,送他们一首歪诗:诗哲当台坐,星光三处分,暂抛金屋爱,来演玉堂春。"大鹏明显影射江小鹣，洪祥甲影射翁瑞午，海狗会是天马会。次日，《小日报》又刊出"窈窕"的《陆小曼二次现色相》一文[①]，模仿《伍大姐按摩得腻友》的文风，云陆小曼与徐志摩伉俪皆好戏曲，结婚后"家庭间夫唱妇随，此唱彼和，融融穆穆"，通过江小鹣认识翁瑞午之后，"由是小曼得翁瑞午君之指教，久而久之，艺遂大进"，文章表面恭维陆小曼与徐志摩，实则坐实《福尔摩斯》小报的影射。在12月23日妇女慰劳伤病军士会的演出中，陆小曼登台时，即有人大谈"大姐"取笑。据玲珑云："余入座后，有数客人，殆小报癖者。当陆小曼女士上台时，彼等忽大谈其福尔摩斯小报上之稿，'大姐大姐'，絮叨不已，顾无如之何。"（玲珑：《共舞台慰劳会中》，《小日报》1927年12月25日）人言可畏，积毁销骨，陆小曼心里不能不憋气。

陆徐二人连续受到小报的冷嘲热讽与观众的恶意中伤，颜面扫地，尊严丢尽，是可忍孰不可忍，只能诉诸法律。岂料《福尔摩斯》早有准备，并先下手为强。与平襟亚和交情甚笃的律师詹纪凤动用私人关系，指使捕房以"触犯秽亵刑章"对《福尔摩斯》提起公诉，法院以"攸关风化"为名处罚示儆，处被告罚金三十元。即使陆徐再次上诉，法庭也会以当时法律规

[①] 指陆小曼12月23日参加郑毓秀、蔡元培发起的"中华妇女慰劳伤病军士会"义演。

定的"一案不再审,一事不再罚"予以驳回。陆徐认为捕房公诉的处罚太轻,遂向法院刑事诉讼《福尔摩斯》小报编辑吴微雨与作者平襟亚。

当时负责左翼文化联络统战工作的潘汉年也关注到此事。1928年1月3日,他在自己主编的《幻洲》杂志评论道:

…今诗哲以此提起名誉损失诉讼,似乎太不漂亮!自己与尊夫人最近努力的只是小报上的材料,他们"好看"以及行文歌颂之外加以笑话,意中事也。你如果认为这是名誉损失,那么客串玉堂春那种荣誉也不必去承受!所以我说起诉一事,大可不必。

其实我劝诗哲不要起诉。也是逆耳之言,吃饱穿暖,有钱有闲,正是才子佳人"游于艺"的机会,如不与其夫人客串玉堂春,徐志摩也不成为诗哲徐志摩之身价了。既到了这个不堪地步,提起诉讼又是"白相人"之意中事啦!鄙人信手写来,余意未尽,再学晶报丹翁作首歌儿作收稍:

才子佳人客串玉堂春,

方是震名四海新诗人;

一个本是潘安再转生,

伊人又是西施落凡尘;

雪莱曼殊斐儿在西方,

中国诗人方演玉堂春。

小报目无诗哲乱谣人，

自然有伤诗人之令名，

请个李大律师来告状，

不愧中国堂堂新诗人！（潘汉年：《徐志摩告状》，《幻洲半月刊》1928年第2卷第8期）

潘汉年冷嘲热讽，奉劝徐志摩不要扯这件官司，"认为这是名誉损失，那么客串玉堂春那种荣誉也不必去承受"，继续打下去不过徒增笑料，满足了小市民的"好看"心理。潘氏话虽刻薄，却切中肯綮。不过，徐陆在气头上，怎么会听得进去呢？

法院于12月30日初审，未有结果，1月10日再审。法庭最终认为：《伍大姐按摩得腻友》所记人名为余心麻、伍大姐、汪大鹏、洪祥甲等人，并无一语涉及徐志摩、陆小曼、江小鹣与翁瑞午诸人，纵使文字中有侮辱谩骂，然亦与徐等无关，法律不能援引比附，原告诉讼主体尚未构成，因而诉讼难以成立。再则，此案与捕房所诉《福尔摩斯》"触犯秽亵刑章"案为同一事实，已经了结。根据刑事诉讼条例三百四十条第二项之规定：同一事件不得向同一法院做再度控诉。如欲求赔偿名誉损失，应另行具状向民庭起诉。（《徐志摩等控福尔摩斯小报案驳斥》，《申报》1928年1月20日）

刑事诉讼失败，徐陆似乎明白：即使再提起民事诉讼，也是有失无得。对方为无聊小报，善于制造看点，消费名人，并精于诉讼；而自己一方，是社会名流，拙于诉讼。官司继续打下去，正好迎合了好事者的窥视欲。即使赢了，也是满城风雨，徒留笑柄。更何况无论如何辩护"腻"与"不腻"，陆小曼与翁瑞午按摩推拿、吞云吐雾的基本事实总是无法抹去。因而，陆徐只好忍气吞声，作罢了事。①但此事无疑带给陆徐二人很大的伤害与罅隙，使他们的关系日益紧张。陆小曼重友轻事，与翁瑞午、江小鹣等交往如故，但不再公开演戏。徐志摩心中的阴影，却不断滋长扩大，这也成为他后来离沪北上的主因之一。陆小曼后来践行了她应蔡元培之邀参与"中华妇女慰劳伤病军士会"义演时的诺言——"自此以后，决不再演"。徐志摩也没有再客串过角色。不过，两人还经常看戏，并在书信谈戏论曲。徐志摩遇难之前，还一连看了好几天戏。林徽因回忆说："对旧剧他也算'在行'，他最后在北京那几天我们曾接连地同去听好几出戏，回家时我们讨论的热闹，比任何剧评都诚恳都起劲。"

---

① 需要补充的是，1946年，平襟亚知晓陆小曼处境不佳，"困于芙蓉城主"，在报纸上真诚地向陆徐及翁瑞午与江小鹣道歉。"二十年前她虽曾和她的丈夫暨翁君江小鹣君等人，向法院告我一状，可是当时虽然是他们败诉的，但毕竟我的不是。我写了一篇《伍大姐按摩得腻友》，他们才起诉的，我内疚于心。"并要求编辑告知翁瑞午，将他猜中《飘》杂志所刊青年女子侧影（即陆小曼）的10万元（法币）赏金转赠陆小曼，"买些她目前所需用的东西"。此时徐志摩已经去世15年，如若泉下有知，也该释然了。（秋翁：《秋翁疑是陆小曼，一番情谊可感》，《飘》1946年第3期第11页）

(林徽因：《悼志摩》，《北晨学园哀悼志摩专号》）徐志摩遇难后，陆小曼依然保持着顾曲的癖好，媒体多有关注和报道。如1932年上海某报载——"陆小曼女士近来以京剧为消遣，每逢星期六，必往观杜丽云所演诸剧。闻陆女士将在某舞台客串，"（《中国摄影学会画报》1932年第7卷第354期）但看不到她粉墨登场的报道。20世纪50年代，江小鹣母亲大寿，陆小曼前去祝祷，清唱一折，可能为其最后一次公开表演。①

徐志摩与陆小曼

---

① 柴草：《眉轩香影陆小曼》（增订本），第344页。北京：人民文学出版社，2017年。按：柴草云20世纪50年代，江小鹣母亲五十大寿，陆小曼前去助兴唱戏。此处明显有误，江小鹣生于1894年，20世纪50年代至少已五十六岁，其母才做五十大寿，岂不怪哉？

陆小曼与徐志摩"妇唱夫随",时人视为"闻琴解佩神仙侣"。他二人共同的朋友鄂吕弓说,"此一对玉人,同好,又同志,其伉俪间的乐趣,必较常人高胜一等也。"实际却并非如此。他们俩联袂登台的甘苦,如鱼饮水,冷暖自知。鄂吕弓曾记陆小曼一轶事:"…某夕,为吴博士生日,女史与夏禹飏君对唱武家坡,至(旦白)'哎呀苦命的夫吓'一句,女史说至'苦'字忽中断,乃立于门首探视徐志摩先生的动静如何,时徐适在外间,众观女史之形态,莫不捧腹大笑。"((鄂)吕弓:《陆小曼女士的青衣》)这句"哎呀苦命的夫吓",后来还真成了徐志摩的谶语。徐与陆因演《春香闹学》而相识生情,以演《三堂会审》而心生罅隙,惹来嘲讽,并引发诉讼。戏中的唱词似乎也在冥冥中诠释着他们的关系和命运:一句是他们共同演过的《春香闹学》,春香的一句"有福之人人服侍,无福之人服侍人";一句是陆小曼唱过的《武家坡》中的旦白:"哎呀苦命的夫吓"。真是人生如戏,戏如人生!

后记

这本小书，上辑散文，下辑论文，如菜杂陈于俎，敝帚自珍而已。

散文这种文体，新世纪尤其是近年以来因为形式的无度与失衡、情感的虚假与做作、心灵的芜杂与缺位、思想的匮乏与常识的背弃等等，很少有"大"作家和"好"作品。我也曾对这种现象予以批评。然而知易行难，待到自己搦管为文，才真切地体会到眼高手低。唯一欣慰的是，自己是"以情纬文"，虽距离"以文被质"遥不可及，但态度和情感都是很真诚的。比较特殊的一篇是《清华酒事》，当初是为了系庆而作，流传仅限于同学之间，因而笔墨有些游戏。后来在流布较广，故也收入。

下编"品鉴钩沉"内容比较驳杂，包含作家与作品评论、学术史梳理、佚作钩沉、史料研究，除了写朱湘的短文作于

2012年，其他均写于新冠疫情暴发以来。如若说这些文章有可观之处，在其乃一孔之见、一家之言；其短处，亦可能在此。

书名"长安市上醉春风"借用了陆放翁《一壶歌》中的诗句。放翁诗云——"长安市上醉春风，乱插繁花满帽红。""醉春风"传统的解释是"乱插繁花满帽红"的这些人，插花帽红，春风得意，躬逢盛世，好不快哉！我觉得也可以这样理解："醉春风"的是放翁本人——当然这是带有反讽意味了，那些人不学有术、夤缘钻刺，竟然也乱插繁花，风生水起。这样理解，后两句"看尽人间兴废事，不曾富贵不曾穷"似乎也解释得通。这里的"醉春风"，跟2012年流行开来的网络用语"醉了"应该意思差不多——对人、事无奈或不能理解或觉得不可思议。如此说来，"醉了"这一网络用语，陆放翁早就"玩"过了。这纯属以今释古，以文害辞，未必可靠，不过本书取的却是这种臆解。众目所见，自疫情以来，使人"醉了"的事情实在是不可尽数。闻道长安似弈棋，百年世事不胜悲。

小书中的篇什，曾在《中华读书报》《美文》《中国文学批评》《南方文坛》《名作欣赏》《新文学史料》等报刊上面世。感谢这些报刊提供宝贵版面，感谢编辑老师们的不吝赐教和辛勤付出。

特别要感谢的是我的硕士导师黄伟林先生、博士导师解志熙先生、博士后合作导师王彬彬先生，没有他们一直以来给予的扶掖和帮助，教诲和栽培，我不可能走到今天，也不会有今天一点小小的成绩。小书编讫，想将彬彬老师五年前为《南方文坛》"今日批评家"而写的《王鹏程印象》作为序言，王老师慨然应允，让我感念不已。王老师的文章多有溢美之词，于我更多的是激励和鞭策，也使我不敢在学术研究中有些许怠慢和松懈。

最后感谢广东人民出版社，感谢向继东和段洁先生为这些拙劣文字提供集中亮相面世的机会，感谢责任编辑高玉婷女士的辛勤编校。这是我跟广东人民出版社的第二次合作，同第一次一样惬然温暖，但愿以后还有机缘合作。

王鹏程
2022.2.19 于西大桃园